A FAREWELL
TO ARMS

永别了，武器

海明威作品精选

Ernest Hemingway

〔美〕欧内斯特·海明威 著

孙致礼 周晔 译

人民文学出版社
PEOPLE'S LITERATURE PUBLISHING HOUSE

Ernest Hemingway
A Farewell to Arms

Simplified Chinese edition Copyright © 2024 by Shanghai 99 Readers' Culture Co., Ltd. All rights reserved.

图书在版编目(CIP)数据

永别了,武器 /（美）欧内斯特·海明威著；孙致礼,周晔译. —北京：人民文学出版社，2024
（海明威作品精选）
ISBN 978-7-02-018087-5

Ⅰ.①永… Ⅱ.①欧…②孙…③周… Ⅲ.①长篇小说-美国-现代 Ⅳ.①I712.45

中国国家版本馆 CIP 数据核字（2023）第 136063 号

责任编辑　胡司棋　刘佳俊
封面设计　钱　珺

出版发行　人民文学出版社
社　　址　北京市朝内大街 166 号
邮政编码　100705

印　　刷　山东临沂新华印刷物流集团有限责任公司
经　　销　全国新华书店等

字　　数　276 千字
开　　本　890 毫米×1240 毫米　1/32
印　　张　11
版　　次　2024 年 1 月北京第 1 版
印　　次　2024 年 1 月第 1 次印刷

书　　号　978-7-02-018087-5
定　　价　69.00 元

如有印装质量问题，请与本社图书销售中心调换。电话：010-65233595

目录

海明威和他的《永别了,武器》 　　　　　　　1

第一部　　　　　　　　　　　　　　　　　　1
第二部　　　　　　　　　　　　　　　　　　81
第三部　　　　　　　　　　　　　　　　　　167
第四部　　　　　　　　　　　　　　　　　　239
第五部　　　　　　　　　　　　　　　　　　293

海明威和他的《永别了，武器》

我们向读者译介的这部《永别了，武器》，是美国著名作家海明威在"一战"后写成的一部以反对帝国主义战争为主题的长篇小说，也是二十世纪二十年代以海明威为代表的"迷惘的一代"最广受推崇的一部杰作。

一

欧内斯特·海明威于1899年7月21日出生于美国伊利诺伊州芝加哥市西郊的橡树园镇。他父亲是医生，酷爱钓鱼、打猎，母亲则爱好音乐、美术。由于受父母亲的影响，海明威从小就兴趣广泛，尤其喜欢摆弄枪支，常到密歇根州北部的树林地带打猎、钓鱼。上高中时，海明威热衷于参加学校的拳击、足球等体育运动，同时还参加学校的演讲协会和乐队，并向校报、校刊积极投稿，很早就显示出他在体育和写作方面的才华。十七岁中学毕业后，海明威没有顺从父母要他上大学的愿望，跑到堪萨斯城应征入伍，因年龄问题遭到拒绝后,他到该市的《星报》当记者,并把自己的年龄增加了一岁。当记者期间,海明威不仅加深了对社会的了解,还学会了怎样撰写简洁有力的新闻报道,为他以后文学风格的形成奠定了基础。1918年5月,海明威报名参加美国红十字会战地救护队,6月随救护队开赴欧洲战场,来到意大利当救护车司机,7月8日被炮弹炸伤双腿,住进米兰一家医院。经过十多次手术,他的腿伤终于治愈,便带着一只铝膝盖和意大利政府授予他的两枚勋章,加入了意大利陆军。然而,战争给他心灵造成的创伤是永远难以愈合的,加上他在意大利疗养期间爱上了一位美国护士,可这位护士战后却嫁给了他人,使海明威越发受到了巨大的精神刺激。

1919年初返回家乡,海明威只好重操旧业,到加拿大多伦多《星报》当记者。1921年,他与哈德莉·理查森结婚后,一同赴巴黎担任该报驻法特派记者。在此期间,海明威结识了许多艺术家和知识分子,特别是许多旅居巴黎的美国作家,如格特鲁德·斯泰因、舍伍德·安德森、弗·司各特·菲茨杰拉德、埃兹拉·庞德等。以海明威、菲茨杰拉德等为代表的一批美国青年,或是直接或是间接目睹了人类一场空前的大屠杀,经历了种种苦难,因而对社会、人生大为失望,便通过创作小说描写战争的残酷,表现出一种迷惘、彷徨和失望的情绪。斯泰因称他们为"迷惘的一代"。

海明威的文学创作之路,是从短篇小说和诗歌开始的。1923年,他在巴黎发表了处女作《三个故事和十首诗》,但却没有引起反响。两年后,他又发表了第一部短篇小说集《在我们的时代里》。全书由十八个短篇小说组成,描写主人公尼克·亚当斯从孩提时代到战后带着战争创伤退伍还乡的成长经历,初步显示了海明威凝练、独特的叙事艺术和写作风格,引起了评论界的注意。不过真正使他一举成名的,还是他于1926年发表的第一部长篇小说《太阳照样升起》。小说描写第一次世界大战后一批青年流落欧洲的情景，反映战争给青年一代造成的生理和心理创伤，以及他们对生活和前途的失落感和幻灭感。因此，该书发表后被誉为"迷惘的一代"的代表作，海明威也成为"迷惘的一代"的代言人。

1927年，海明威辞去报社工作，潜心写作，同年发表了第二部短篇小说集《没有女人的男人》，在收入其中的《杀人者》《打不败的人》《五万大洋》等著名短篇中，海明威塑造了临危不惧、视死如归的"硬汉性格"的人物，对此后美国通俗文学的发展产生了很大影响。与此同时，海明威着手创作他的第二部长篇小说、也是第一部战争小说《永别了，武器》。该书初稿用了八个月，修改用了五个月，而小说结尾则修改了三十九次之多。1929年，《永别了，武器》终于问世，成为第一次世界大战后美国涌现出来的众多反战小说中最为著名的一部。海明威返美后，先在佛罗里达居住，后侨居古巴，并曾到西班牙看斗牛，到非洲猎狮子，其间发表了多篇短篇小说，最著名的包括《死在午后》（1932）、《非洲的青山》（1935）、《乞力马扎罗的雪》（1936）。1937年，海明威发表了他的第三部长篇小说《有钱的和没钱的》，但不是很成功。同年，海明威再次以记者身份奔赴欧洲，采访西班牙内战，积极支持年轻的共和政府，创作了反对法西斯主义的剧本《第五纵队》（1938）。内战结束后，他回到哈瓦那，于1940年发表了他的第四部长篇小说《丧钟为谁而鸣》。小说以西班牙内战为背景，叙述了美国人乔丹奉命在一支游击队配合下炸桥的故事。跟《永别了，武器》中失去信念、没有理想的悲剧人物亨利不同，乔丹是一个具有坚强信念，并甘愿为之而献身的英雄。由此可见，《丧钟为谁而鸣》反映了海明威在创作思想上的转变，从消极反战到积极投身到正义的战争中去。小说出版后大受欢迎，被誉为"二十世纪美国文学中一部真正的英雄史诗"。不过，该书也遭到了评论界的批评，

3

有人指责海明威抛弃了他原先那种凝练、白描、纯净的艺术风格和"冰山"原则，取而代之的是情感的宣泄和思想的直露，因此《丧钟为谁而鸣》也在一定程度上标志着海明威在创作上走下坡路的开始。

二十世纪四十年代初，海明威曾来中国报道抗日战争。五十年代，海明威发表了其最负盛名的中篇小说《老人与海》(1952)。小说中孤军苦战的桑提亚哥是海明威三十年代创造的"硬汉性格"的继续与发展，而那句名言"人不是生来要给打败的，一个人可以被毁灭，但不能被打败"，则拨动了中外无数读者的心弦，引起了他们的共鸣。在这部思想深邃、风格纯净的小说中，海明威恢复了他在《太阳照样升起》《永别了，武器》等作品中表现出的那种优雅、紧凑、凝练的写作风格，将他的叙事艺术推上一个新的高峰。1954 年，他由于"精通现代叙事艺术"，而荣获诺贝尔文学奖。1961 年 7 月 2 日，海明威自杀身亡。

二

《永别了，武器》的小说原名是 *A Farewell to Arms*，可直译成"告别 arms"，而这 arms 一词是个双关语：它既有"武器"的意思，意指"战争"，又有"怀抱"的意思，意指"爱情"。遗憾的是，汉语中找不到一个对应的双关语，因而无法寻求一个一语双关的汉语译名。以前我国有过《战地春梦》的译名，虽然蕴涵了两层意思，但是重"梦"轻"战"，冲淡了小说的反战主题。两相权衡，现在较多的人倾向于译成《永别了，武器》，虽然意犹未尽，却突出了小说的反战主题。

这部小说以"一战"的意大利战场为背景，以主人公弗雷德里克·亨利中尉与英国护士凯瑟琳·巴克利的爱情故事为主线,重点描写了亨利如何先后"告别"了"战争"和"爱情"——或者更确切地说,"战争"如何毁灭了"爱情",深刻地揭露了战争毁灭生命、摧残人性的本质。跟作者的许多作品一样,《永别了,武器》带有一定的自传成分。"一战"期间,海明威曾作为意大利战线上的一位救护车司机,腿部被炮弹严重炸伤,与亨利有着极为相似的经历。所不同的是,海明威受伤是卡波雷托大溃败以后的事情,而亨利的受伤却发生在卡波雷托大溃败之前。另外,海明威在意大利疗养期间虽然也有过恋爱经历,但与小说中亨利和凯瑟琳的恋爱故事大相径庭,因而小说中的爱情故事显然是小说家虚构的。不过,作者写得有血有肉,栩栩如生。

亨利与凯瑟琳结识后,开始只是同她调情,并非真正爱她。后来他腿部被炮弹炸伤,送到米兰一家美国人办的战地医院治疗,恰巧凯瑟琳也调来这里工作,亨利在她的护理下逐渐康复,两人之间便产生了真挚的爱情。亨利伤口愈合后,本计划出去休假,并打算与凯瑟琳同往,不料出院前又染上黄疸病。等病好准备开赴前线时,又发现凯瑟琳已怀孕。凯瑟琳唯恐被遣送回国,因此决定暂不同亨利结婚,希望战后再成立家庭。亨利返回前线,正赶上奥军在德军配合下发起猛烈进攻,意军连连失利,全线崩溃,开始从卡波雷托撤退。亨利和他的车队也加入了大撤退。由于车辆拥挤、道路堵塞,亨利决定离开大路,抄乡村小道行驶。后因救护车陷入泥浆,亨利一行只好弃车步行,汇入意军撤退的行列。来到塔利亚门托河边时,亨利发现守桥的意大利宪兵正在逮捕和审问脱离部队的军官,并且不分青红皂白地将他们一一处决。亨利也被扣押,面对即将被处决的厄运,他急中生智,一头扎入河中,死里逃生。上岸后历尽艰险,来到米兰医院,得知凯瑟琳去了斯特雷萨。于是他便借了一身便服,去斯特雷萨找到了凯瑟琳。两人劫后重逢，自然欣喜若狂，倍加恩爱。但是一天夜里，酒吧侍者敲响了亨利的房门，告诉他当局第二天一早要来抓他，他只好借了条小船，跟凯瑟琳一起逃往瑞士，在那里度过了一段美好的时光。然而凯瑟琳分娩时难产，婴儿大人双双离开了人世。亨利望着"石像"般的凯瑟琳，万念俱灰，在雨中走回旅馆。

小说在一种虚无与幻灭的气氛中结束，强烈地暗示着作品的基本思想，即战争就是灾难，战争就是死亡。战争不仅给亨利个人带来了痛苦与不幸，也给参战国人民带来了巨大的灾难。小说第一章末尾写道："一入冬，雨就下个不停，霍乱也随之而来。不过霍乱得到了控制，最后军队里仅仅死了七千人。"一场霍乱致使军队里死了七千人，这本是个不小的数字，海明威却用了个"仅仅"，确实发人深思！读者不由得在想：这七千人跟战争本身造成的死亡人数相比，一定是小巫见大巫。小说第二十一章告诉我们：意军仅在班西扎高原和圣加布里埃尔就损失了十五万人，在卡索还损失了四万人。事实上，到战争结束时，意大利虽是战胜国，却损失惨重，伤亡人数达一百六十万之多，其中六十万阵亡，二十二万终生残疾。

有的评论家称《永别了，武器》为描写第一次世界大战的最伟大的战争小说，然而它又不仅仅是一部战争小说，同时还是一部爱情小说，一部现代的《罗密欧与朱丽叶》。战争导致了爱情的悲剧，而爱情的悲剧又凸显了战争的残酷；正是战争和爱情紧密交织在一起，才造就了这部震撼人心的伟大杰作。

三

然而不管战争与爱情如何交织，贯穿小说始终的还是反战的主题。战争不仅夺去了凯瑟琳及其婴儿的生命,夺去了亨利的爱情和幸福,同时也夺去了千千万万人的生命和幸福。小说中有些人物,从士兵到军官到牧师,个个都厌恶战争,盼望战争早日结束,回去过和平生活。

首先,在小说多处,海明威借助人物之口,表示了各级参战者对战争的厌倦,如第七章,发疝气的士兵问亨利:

"你对这该死的战争怎么看?"

"糟糕透了。"

"嗐,糟糕透了。耶稣基督啊,真是糟糕透了。"

再如第二十五章,亨利受伤康复后又回到前线,少校跟他说:

"……你这样说是一片好意。我很厌倦这场战争。假如我离开了,我想我是不会回来的。"

"这么糟糕吗?"

"是的。就这么糟糕,甚至还要糟糕。……"

就在同一章,连里纳尔迪这个工作狂式的外科医生也厌恶战争:

"这场战争快要我的命了,"里纳尔迪说,"我给搞得十分沮丧。"他又着手捂着膝盖。

"噢。"我说。

"你怎么啦?难道我连人的冲动都不能有吗?"

与此同时,意军上上下下的官兵对指挥深为不满,对胜利失去信心。如英国少校跟亨利说:"今年这儿的仗打完了,意军是贪多嚼不烂,已经力不从心。又说弗兰德斯的攻势不会有好结果;盟军若是还像今年秋天这样让士兵去卖命,再有一年就完蛋了……他说完全是胡闹。上面想的只是师团和兵力。大家都为师团争吵,一旦分派到手,便驱使他们去送命……我们都完蛋了。"(第二十一章)

由于指挥不力,导致了战场上的一片混乱不堪。亨利手下的救护车司机艾默是让意大利士兵、而不是德国士兵打死的。对于亨利一伙官兵来说，意军的威胁比德军还要大，因为意军"后卫部队对什么都害怕"。另一个救护车司机博内洛则宁愿冒被德奥军俘虏的危险，也不肯为意军卖命，于是便开了小差。更为荒诞的是那些意大利前线宪兵。他们在卡波雷托大溃败中每抓到一个脱离部队的意军军官，既不让当事人申辩，也不做认真盘问，便通通枪决，作者以反讽的笔调描写他们说："他们执意要在处决刚审完的那个人的同时，就专注于审问下一个人。……我们站在雨中，一次给提一人出去受审和枪决。到现在为止，凡是审问过的全枪决了。这些审问官本身绝无任何危险，因而处理起生杀大权来优雅超脱，大义凛然。"（第三十章）在这里，"大义凛然"是假，草菅人命是真。

　　尤其值得注意的是，作者还以犀利的语言揭露了帝国主义的战争宣传。美国统治阶级在大战开始时，一边抱着坐山观虎斗的态度，一边又向交战双方供应武器，大发战争财。等眼看自己的利益受到侵犯时，便扯下和平的假面具，声言要"拯救世界民主"，捡起"神圣""光荣""牺牲"等口号，把美国青年骗到欧洲战场去送死。海明威对这种宣传极为反感，他在小说中借助主人公的内心独白说："什么神圣、光荣、牺牲、徒劳之类的字眼，我一听到就害臊。我们听到过这些字眼，有时还是站在雨中听的，站在几乎听不到的地方，只依稀听见几个大声吼出来的字眼；我们也读到过这些字眼，是从别人张贴在旧公告上的新公告上读到的，如今观察了这么久，我可没见到什么神圣的事，那些光荣的事也没有什么光荣，至于牺牲，那就像芝加哥的屠宰场，只不过那肉不再加工，而是埋掉罢了。有许多字眼你根本听不进去，到头来就只有地名还有点尊严。有些数字也一样，还有某些日期，只有这些和地名你能说出来，也才有点意义。诸如光荣、荣誉、勇敢、神圣之类的抽象名词，若跟村名、路号、河名、部队番

号和日期放在一起，那简直令人作呕。"（第二十七章）

海明威作为"迷惘的一代"的代言人，对世界、对人生完全抱着一种绝望的情绪。他在小说最后一章有一段意味深长的描写："我往火上添了一根木柴，这木柴上爬满了蚂蚁。木柴一烧起来，蚂蚁成群地拥出来，先往中央着火的地方爬；再掉头朝木柴尾部跑。等尾部挤不下了，就纷纷坠入火中。有几只逃出来了，身体烧得又焦又扁，东奔西突地不知该往哪儿爬。但是大多数还是往火里跑，接着又往尾部爬去，挤在那没有着火的一端，最后全都跌入火中。"（第四十一章）在海明威看来，人类好比这着了火的木柴上的蚂蚁，在"世界末日"来临的时候，再好的人都免不了一死："对于最善良的人，最和气的人，最勇敢的人，世界不偏不倚，一律杀害。即使你不是这几类人，世界肯定还要杀害你，只是不那么急迫罢了。"（第三十四章）在小说中，亨利不少善良勇敢的意大利伙伴死于炮火，他心爱的人凯瑟琳好不容易熬过战争这一关，却死于难产。凯瑟琳生前最怕下雨，因为在她的心目中，雨是灾难和死亡的象征。在整部小说中，雨一次又一次地频繁出现，始终弥漫着一种令人窒息的悲剧气氛。

《永别了，武器》的悲剧色彩，更集中地表现在主人公亨利身上。亨利是帝国主义战争的反对者，同时又是个消极的和平主义者。他不仅从战场上逃跑，而且逃离社会，满怀沮丧绝望的情绪。在他看来，任何信仰，任何理智上的思考，都没有实际价值，都是虚妄的，只有个人的享受、个人的幸福才是看得见、摸得着、靠得住的东西。他不去追究这场战争是怎么一回事，他唯一的希望是逃离战争，逃离社会，躲进"自我"的天地。因此，他所能做的，所想做的，唯有"吃饭，喝酒，跟凯瑟琳睡觉"。这是战后资产阶级文明崩溃时期的"反英雄"形象。

四

　　海明威是二十世纪美国最著名的一位语言大师。他的作品语言洗练，刻画逼真，既有情景交融的环境描写，又有通过动作、形象表达人物情绪的动人刻画，尤其是他那千锤百炼的电传式的对话和简洁的内心独白，形成他独特的写作风格，开创了一代文风。

　　海明威的独特风格在《永别了，武器》中也有突出的表现。英国作家赫·欧·贝茨曾做过精辟的分析：自十九世纪亨利·詹姆斯以来，一派繁冗芜杂的文风像是附在"文学身上的乱毛"，被海明威"剪得一干二净"。他说海明威是一个"拿着一把板斧的人"，"斩伐了整座森林的冗言赘词，还原了基本枝干的清爽面目"。（董衡巽，2003：381）海明威的语言，句子结构简单，通常是短句或并列句，用最常见的连接词联系起来；他选用普通的日常用语，厌倦"大字眼"，摒弃空洞、浮泛的夸饰性文字，习惯于选用具体的感性的表达方式。

　　海明威的叙事艺术以他的"冰山原则"最为著名。1932年，他在《死在午后》中第一次把文学创作比作漂浮在大洋上的冰山："冰山运动之所以雄伟壮观，是因为它只有八分之一露在水面上。"其后，他又多次做过这样的比喻。于是，"冰山原则"就成了评论界研究海明威的重要课题之一。因此可以说，"冰山原则"是海明威多年创作经验的形象总结，是他处理艺术和生活关系所遵循的基本原则。

　　海明威在《死在午后》中有一个解释：如果一个散文家对于他想写的东西心里很有数，那他可能省略他所知道的东西，而读者呢，只要作家写得真实，会强烈地感觉到他所省略的地方，好像作者写出来似的。显然，海明威在此强调的是省略，主张水面下的"八分之七"

应该留给读者去感受。下面，我们就以小说的第一段和最后一段为例，扼要阐析一下海明威的"冰山原则"。

那年晚夏，我们住在乡村一幢房子里，那村隔着河和平原与群山相望。河床里尽是卵石和砾石，在阳光下又干又白，河水清澈，水流湍急，深处一片蔚蓝。部队打房前顺着大路走去，扬起的尘土洒落在树叶上。树干也积满尘埃。那年树叶落得早，我们看着部队沿路行进，尘土飞扬，树叶被微风吹得纷纷坠落，士兵们开过之后，路上空荡荡，白晃晃的，只剩下一片落叶。（第一章）

一般说来，一部长篇小说的开头应是对作品背景的简要交代。那海明威是如何交代的呢？时间："那年晚夏"，但是没有说明是哪年；地点：只讲了"村""河""群山"等地貌特征，并未指出在何处；人物："我们"和"部队"，但是没有说明"我们"是谁，"部队"又是哪一家的……这表明作者在貌似透明、简单的叙述中，暗藏着"隐"的手法，给读者留有很大的思索的余地，让其尽可发挥自己的想象力。从遣词造句上看，作者似乎是信手拈来几个极为普通的形容词"晚""干""白""清澈""蔚蓝""空荡荡"，寥寥数笔，就勾勒出一幅晚夏的萧索与荒凉景象。作者使用了大量的单音节词汇，这些词汇按照轻重音紧凑有序地排列，并用英语最常见的连接词 and（和）加以联结，读来颇有内在的节奏，形成了自然流畅的文风。这种干净利落、绝不拖沓的白描手法，给人以笔法老练、简单澄明的冲击。

其实，海明威所描绘的图景倒有一个毋庸置疑的好处，那就是具有一种广阔的辐射力。作者不点明战争发生的时间、地点，不点明战争的参与者，自然就有一种辐射力：我的描写适用于更多的战争，因为一切战争都是残酷的，都会给战争参与者带来死亡和灾难。

海明威的"冰山"原则，就是用简洁的文字塑造出鲜明的形象，把自己的感受和思想情绪最大限度地埋藏在形象之中，使情感充沛却含而不露，思想深沉却隐而不晦，从而将文学的可感性与可思性巧妙地结合起来，让读者通过鲜明形象的感受去发掘作品的思想意义。阅读海明威的小说，读者会有一个感觉：作者好像不愿意让读者一下子就看懂他的作品。因此，海明威的好多作品只读一遍是无法理解其中深意的，必须反复阅读，才能在看似平淡，甚至无意义的对话与白描中领会作者的深刻含义。如小说的最后一段描写：

  但是，我就是把她们（指护士）都赶出去，关了门，熄了灯，也丝毫没用。那就像跟石像告别。过了一会儿，我走出去，离开了医院，在雨中走回旅馆。（第四十一章）

  这一段写的是女主人公死去，男主人公与其最后诀别。海明威没有正面去写主人公内心的悲恸，也没有任何场景的渲染，但却充分显示了省略掉的"八分之七"的力量。作者在描写亨利向凯瑟琳的遗体告别时，似乎不带有任何感情色彩，但读者却感到有一股强烈而深沉的感情潜流，催人泪下。在这里，文字和形象是所谓的"八分之一"，而感情和思想是所谓的"八分之七"。尤其是"石像"这个形象字眼，着实耐人寻味：男主人公原先熟悉的那个活脱脱的凯瑟琳，现在却只成了一个死沉沉的、不动不语的"石像"。亨利由此意识到：自己心爱的人死了，而她这一死，他的一切也就化成了乌有！作品的主题思想是潜在的，感情也是潜在的。最后，亨利"在雨中走回旅馆"，故事虽然戛然而止，但是作品潜在的情感却达到了高潮。亨利告别了战争，也告别了爱情，最后作者也暗示读者：他"在雨中走回旅馆"，实际上是万念俱灰，彻底幻灭。他是帝国主义大战的牺牲品和受害者。

  海明威作为战士、战地记者、战争小说家，他那为了人类的正义事业而出生入死的"硬汉性格"，将永远为后人所铭记。同样，他作为一个杰出的文体家，他的"冰山原则"的影响也是永恒的。

第一部

第一章

　　那年晚夏，我们住在乡村一幢房子里，那村隔着河和平原与群山相望。河床里尽是卵石和砾石，在阳光下又干又白，河水清澈，水流湍急，深处一片蔚蓝。部队打房前顺着大路走去，扬起的尘土洒落在树叶上。树干也积满尘埃。那年树叶落得早，我们看着部队沿路行进，尘土飞扬，树叶被微风吹得纷纷坠落，士兵们开过之后，路上空荡荡，白晃晃的，只剩下一片落叶。

　　平原上遍地是庄稼，还有许多果园，而平原那边的群山则光秃秃的，一片褐色。山里打着仗，夜里看得见炮火的闪光，黑暗中就像夏日的闪电，不过夜里凉爽，让人感觉不到暴风雨即将来临。

　　有时在黑暗中，我们听见部队打窗下行进，还有摩托牵引车拖着大炮走过。夜里交通运输繁忙，路上有许多驮着弹药箱的骡子，运送士兵的灰色卡车，还有一些卡车，装的东西用帆布盖住，开得较慢。白天也有牵引车拖着大炮经过，长炮管用绿树枝遮住，牵引车也盖着带叶的绿树枝和藤蔓。越过山谷朝北看，可以望见一片栗树林，林子后边，河的这一边，另有一座山。那座山也在打争夺战，但是进行得并不顺利。到了秋天雨季来临时，栗树叶全掉光了，树枝光秃秃的，树干被雨淋得黑黝黝的。葡萄园稀稀疏疏，藤蔓光秃秃的，整个乡间湿漉漉的，一片褐色，满目秋意萧索。河上罩雾，山间盘云，卡车在路上溅起泥浆，士兵的斗篷淋得透湿，沾满烂泥；他们的来福枪也是湿的，每人的腰带前挂着两个灰皮子弹盒，里面装满一袋袋口径 6.5 毫米的细长子弹，在斗篷下凸出来，走在路上仿佛怀胎六个月。

路上也有灰色小汽车疾驰而过；通常司机旁坐着一位军官，后座上还坐着几位军官。小车溅起的泥浆甚至比大卡车还多，如果后座上有一位军官个头很小，坐在两位将军中间，矮小得让人看不见他的脸，只看得见他的帽顶和瘦削的后背，而且车子又开得特别快的话，那人很可能就是国王①。他住在乌迪内②，几乎天天都这样出来察看局势，可是局势很不妙。

一入冬，雨就下个不停，霍乱也随之而来。不过霍乱得到了控制，最后军队里仅仅死了七千人。

---

① 意大利当时的国王是维托里奥·埃马努埃莱三世（1900—1947 年在位），曾跟随八国联军入侵中国，残酷镇压义和团运动，曾默许意大利对土耳其战争，参加第一次世界大战，法西斯分子攫取政权后，成为墨索里尼的傀儡。
② 乌迪内，系意大利东北部城市，当时意军的总司令部所在地。

第二章

　　第二年打了不少胜仗。位于山谷和栗树坡后边的那座山给拿下来了,而南面平原那边的高原上也打了胜仗,于是我们八月渡过河,住进戈里察①的一栋房子里。这房子有个砌有围墙的花园,园里有个喷水池和不少浓荫大树,房子一侧有一棵紫藤,一片紫色。眼下战斗在那边山后的山里进行,而不是一英里②之外。小镇挺不错,我们的房子也挺好。河水在我们后面流过,小镇给漂漂亮亮地攻下来了,但小镇那边的几座山就是打不下来,可我感到挺高兴,奥军似乎想在战后再回小镇,因为他们轰炸起来并没有摧毁的意思,而只是稍微做点军事姿态。镇上照常有人居住,小街上有医院、咖啡店和炮兵部队,还有两家妓院,一家招待士兵,一家招待军官,加上到了夏末,夜晚凉丝丝的,镇那边山里还在打仗,铁路桥的栏杆弹痕累累,河边先前打仗时被摧毁的隧道,广场周围的树

---

① 戈里察是意奥边境上的一个小镇,"一战"前原属奥匈帝国,1916 年 8 月被意军攻克。
② 1 英里约为 1.6 公里。

木,以及通向广场的一长排一长排的林荫道;这些再加上镇上有姑娘,而国王乘车经过时,有时可以看到他的脸,他那长着长脖子的矮小身子和那山羊髯般的灰胡子;所有这一切,再加上有些房屋被炮弹炸去一面墙,而突然露出房子的内部,坍塌下来的灰泥碎石堆积在园子里,有时还撒落在街上。还有卡索①前线一切顺利,使得今年秋天和去年我们在乡下的那个秋天大为不同。战局也变了。

小镇那边山上的橡树林不见了。夏天我们刚到小镇时,树林还一片青翠,可现在只剩下残根断桩,地面也被炸得四分五裂。秋末的一天,我来到从前的橡树林那儿,看到一片云朝山顶飘来。云飘得很快,太阳变成暗黄色,接着一切都变成灰色,天空被笼罩住,云块落到山上,突然间我们给卷入其中,原来是下雪了。雪在风中斜着飘飞,遮住了光秃秃的大地,只有树桩突出来。大炮上也盖着雪,战壕后边通向茅厕的雪地上,已给踩出几条小径。

后来我回到小镇,跟一个朋友坐在军官妓院里,一边拿两只酒杯喝着一瓶阿斯蒂酒②,一边望着窗外,眼见着雪下得又慢又沉,我们就知道今年的战事结束了。河上游的那些山还没有拿下来,河那边的山一座也没拿下来。都得等到明年了。我的朋友看见牧师从食堂里出来,小心翼翼地踏着半融的雪,打街上走过,便嘭嘭地敲打窗子,想引起他的注意。牧师抬起头,看见是我们,便笑了笑。我的朋友招手叫他进去,他摇摇头走了。那天晚上在食堂吃意大利细面条,人人都吃得又快又认真,用叉子把面条挑起来,直到下垂的一端离开了盘子,才朝下往嘴里送,不然就是不停地叉起面条用嘴吸,一边还从盖着干草的加仑酒瓶里斟酒喝。酒瓶就挂在一个铁架子上,你用食指扳

---

① 卡索高原位于意大利东北部,1917年发生重要战役。戈里察就在卡索高原上。
② 阿斯蒂为意大利西北部一古城,出产一种白葡萄酒。

下酒瓶的细颈,那纯红色的、带丹宁酸味的美酒,便流进同一只手拿着的杯子里。吃完面条后,上尉开始调侃牧师。

牧师很年轻,动不动就脸红,穿的制服和我们一样,不过他灰制服胸前左面口袋上,多一个深红色丝绒缝制的十字架。上尉操一口蹩脚的意大利语,据称是为了照顾我,让我能全部听懂,免得有什么遗漏,对此我有所怀疑。

"牧师今天泡妞了。"上尉说,眼睛望着牧师和我。牧师笑了笑,红着脸摇摇头。上尉常常逗他。

"不对吗?"上尉问,"今天我看见牧师泡妞了。"

"没有。"牧师说。其他军官都被逗乐了。

"牧师不泡妞,"上尉接着说,"牧师从不泡妞。"他向我解释说。他拿起我的杯子倒上酒,一直盯着我的眼睛,可是目光也没错过牧师。

"牧师每天晚上是一对五。"饭桌上的人全都笑起来。"你懂吗?牧师每天晚上是一对五。"他做了个手势,纵声大笑。牧师只当他是开玩笑。

"教皇希望奥地利人赢得这场战争,"少校说,"他喜欢弗朗茨·约瑟夫[①]。钱都是从那儿来的。我是个无神论者。"

"你看过《黑猪》吗?"中尉问,"我给你弄一本吧。就是那本书动摇了我的信仰。"

"那是本下流龌龊的书,"牧师说,"你不是真喜欢吧?"

"这本书很有价值。"中尉说。"是讲那些牧师的。你会喜欢看的。"他对我说。我向牧师笑笑,牧师也在烛光下冲我笑笑。"你可别看。"他说。

"我给你弄一本。"中尉说。

[①] 弗朗茨·约瑟夫(1830—1916),1848—1916 年为奥匈帝国皇帝。

"有思想的人都是无神论者，"少校说，"不过我不相信共济会①。"

"我相信共济会，"中尉说，"那是个高尚的组织。"有人进来了，门打开时，我看见外面在下雪。

"雪一下就不会再有进攻了。"我说。

"当然不会有啦，"少校说，"你该休假了。你该去罗马、那不勒斯、西西里——"

"他应该到阿马斐②去，"中尉说，"我替你给我在阿马斐的家人写几张名片。他们会像喜欢儿子一样喜欢你。"

"他应该到巴勒莫③去。"

"他该去卡普里④。"

"我希望你去看看阿布鲁齐⑤，见见我在卡普拉柯达的家人。"牧师说。

"听，他连阿布鲁齐都提出来啦。那儿的雪比这儿的还多。他可不想去看农民。让他到文化和文明中心去吧。"

"他应该玩玩好妞儿。我给你开一些那不勒斯的地址。美丽的年轻姑娘——都由母亲陪着。哈！哈！哈！"上尉把手摊开，大拇指朝上，其他手指展开着，如同在表演手影戏。墙上出现他手的影子。他又说起了洋泾浜意大利语。"你去时像这个，"他指指大拇指，"回来时像这个。"他点点小拇指。人人都笑起来。

"看哪。"上尉说。他又摊开手。烛光又把他的手影投到墙上。他从竖起的大拇指开始，依次将大拇指和四个指头叫出名字来："soto-tenente（大拇指），tenente（食指），capitano（中指），maggiore（无名

---

① 共济会是一种秘密团体，天主教严禁教友参加这种组织。
② 位于意大利西南部的阿马斐海岸，是著名的旅游胜地。
③ 巴勒莫是意大利西西里岛西北部的港口城市，也是西西里岛的首府。
④ 意大利西海岸那不勒斯附近一风光迷人的小岛。
⑤ 阿布鲁齐，亦称阿布鲁佐，意大利中东部一地区名，濒亚得里亚海。古时，这里的意大利部落曾长期抵抗罗马人的征服，反对教皇国。

指），tenente-colonello（小拇指）。你去的时候是 soto-tenente！回来的时候是 tenente-colonello！"①大家都笑了。上尉的指头游戏大获成功。他看着牧师大声嚷道："每天晚上牧师都是一对五！"众人又大笑起来。

"你应该马上去休假。"少校说。

"我想跟你一起去，给你当向导。"中尉说。

"回来时带一台留声机吧。"

"还带些好的歌剧碟来。"

"带些卡鲁索②的唱片。"

"别带卡鲁索的。他只会吼叫。"

"难道你不希望能像他那样吼叫吗？"

"他只会吼叫。我说他只会吼叫！"

"我希望你到阿布鲁齐去。"牧师说。其他人还在大声叫嚷。"那里打猎可好啦。你会喜欢那儿的人，虽然天气寒冷，但是清爽干燥。你可以住我家。我父亲是有名的猎手。"

"走吧，"上尉说，"我们逛窑子去吧，别等到人家关门了。"

"晚安。"我对牧师说。

"晚安。"他说。

---

① 这些意大利词汇含有军衔的意思：soto-tenente（少尉）；tenente（中尉）；capitano（上尉）；maggiore（少校）；tenente-colonello（中校）。
② 卡鲁索（1873—1921），意大利著名男高音歌唱家。

第三章

  我回到前线时,我们的部队还驻在那小镇上。附近乡间,炮比以前多了好些,而春天也来了。田野青翠,葡萄藤上也泛出小绿芽,路边的树木吐出了嫩叶,微风从海①上吹来。我看见那小镇和小镇上边的小山和古堡,众山环绕着,形成一个杯状,远处是些高山,褐色的高山,山坡上泛出了一点新绿。小镇上炮更多了,还有几家新开的医院,街上可以碰见英国男人,有时还有女人,又有一些房子被炮火击中。天暖如春。我沿着树荫小巷走,给墙上反射过来的阳光照得暖洋洋的。我发现大家还住在那幢老房子里,这房子看上去跟我离开时完全一样。门开着,有个士兵坐在外面长凳上晒太阳,一辆救护车停在侧门口。我一进门,便闻到大理石地板和医院的气味。一切都是我离开时的样子,只是春天到了。我向大房间的门里望了望,看见少校坐在办公桌前,窗子开着,阳光射进屋内。他没看见我,我不知道是该进去报个到,还是

---

① 这里的"海"指意大利东面的亚得里亚海。

先上楼洗洗再说。我决定先上楼。

我和里纳尔迪中尉合住的房间面向院子。窗子开着,我床上铺着毯子,我的东西挂在墙壁上,防毒面具放在一个长方形的马口铁罐子里,钢盔还挂在原来的钉子上。床脚放着我的扁箱子。我的冬靴,皮子上过油擦得铮亮,搁在箱子上。我那杆奥地利狙击步枪,枪管是蓝色的八角形,枪托是漂亮的黑胡桃木,装有护颊板,就挂在两张床中间。跟那杆枪配套用的望远镜,我记得锁在箱子里。里纳尔迪中尉在另一张床上睡着,听见我进到屋里便醒了,坐了起来。

"你好①!"他说,"玩得怎么样?"

"棒极了。"

我们握握手,他搂住我脖子吻我。

"噢。"我说。

"你太脏了,"他说,"你该洗洗。你去了什么地方,做了什么事儿?马上通通说给我听听。"

"哪儿都去过了。米兰、佛罗伦萨、罗马、那不勒斯、维拉·圣乔凡尼、墨西拿、陶米纳——"

"你好像在背火车时刻表。有没有什么艳遇?"

"有。"

"在哪儿?"

"米兰、佛罗伦萨、罗马、那不勒斯——"

"够了。只要告诉我哪儿最得意。"

"米兰。"

"因为那是第一站。在哪儿碰上她的?在科瓦②吗?你们去哪儿

---

① 原文为意大利语:Ciauo。
② 米兰一家著名的咖啡馆,位于斯卡拉歌剧院附近。

啦？感觉怎么样？马上通通告诉我。你们待了一整夜吗？"

"是的。"

"那没什么。我们这儿现在有的是漂亮妞。新来的妞，从没上过前线的。"

"太棒了。"

"你不信？我们下午就去瞧瞧。镇上有漂亮的英国姑娘。我现在爱上了巴克利小姐。我带你去见见她。我很可能会娶她。"

"我得洗一洗再去报到。难道现在谁也不上班吗？"

"你走以后，也没有什么大的伤病，只是有些冻伤、冻疮、黄疸、淋病、自伤、肺炎以及硬、软下疳。每周都有人被石片砸伤。有几个还真伤得不轻。下周又要打起来了。也许又打起来了。人家是这么说的。你看我娶巴克利小姐好不好——当然是在战后啦？"

"绝对好。"我说着往盆里倒满了水。

"今天晚上你再一五一十地说给我听，"里纳尔迪说，"现在我得接着睡，好精神饱满、漂漂亮亮地去见巴克利小姐。"

我脱下上衣和衬衫，用盆里的冷水擦身。我一边用毛巾搓身，一边环视屋内，看看窗外，望望闭着眼躺在床上的里纳尔迪。他长得挺帅，年龄跟我差不多，是阿马尔菲人。他喜欢当外科医生，我们俩是极好的朋友。我打量他时，他睁开了眼。

"你有钱吗？"

"有的。"

"借五十里拉给我吧。"

我擦干手，从挂在墙上的上衣口袋里掏出皮夹子。里纳尔迪接过钞票，躺在床上也没起身，就折好塞进裤袋里。他笑着说："我得给巴克利小姐留个阔佬的印象。你是我最好的朋友，经济上的保护人。"

"去你的。"我说。

当晚在食堂里，我坐在牧师身边。听说我没去阿布鲁齐，他感到很失望，顿时伤心起来。他给他父亲写过信，说我要去，他们也做好了准备。我也同他一样难受，奇怪自己为什么没有去。本来我是打算去的，我试图说明事情如何一桩接一桩，最后他明白了，了解我的确想过要去的，于是就没事了。我先前就喝了不少酒，后来又喝了咖啡和施特烈嘉酒①，便带着酒意解释说：我们不做我们想做的事；我们从不做这样的事。②

别人争论的时候，我们俩聊着天。我本想去阿布鲁齐。我没去过路面冻得像铁那么坚硬的地方，那儿天气清冷干燥，下的雪干燥像粉，雪地上有兔子留下的踪迹，农夫们一见到你就脱帽喊老爷，那儿还能痛快地狩猎。我没去这样的地方，却去了烟雾弥漫的咖啡馆，一到夜里，房间直打转，你得盯住墙壁，才能使房子停止旋转。夜里醉醺醺地躺在床上，想着人生一切不过如此，醒来时有一种奇异的兴奋，也不知道究竟是跟谁在睡觉，黑暗中世界变得虚幻，虚幻得令人兴奋，每到晚上你又要变得稀里糊涂，毫不在乎，认为这就是一切，一切的一切，用不着在乎。突然变得很在乎也是有的，早晨有时怀着这样的心情从睡梦中醒来，所有的一切都消失了，什么都变得尖锐、苛刻、清晰起来，有时还为价钱争吵。有时还觉得愉快、甜蜜、温馨，便一同吃早饭、中饭。有时一点快感都没有，就想快点走到街上，但总是另一天的开始，接下来是另一个夜晚。我想讲讲夜里的事，讲讲夜里与白天有什么不同，讲讲白天若不是很清爽很冷的话，还是黑夜来得好；可我就是讲不出来，就像我现在讲不出来一样。不过，你要是有过这样的经验，你就明白了。他没有这样的经验，但他

---

① 一种橘子味的甜酒。
② 参见《圣经·罗马人书》第七章第十五节："我所愿意的，我并不做；我不愿意的，我却做。"

也明白我本来确实很想去阿布鲁齐,只是没去成,我们俩还是朋友,有许多相似的兴趣,不过也有分歧。他总是懂得我所不懂的事,懂得我搞懂了但总能忘记的事。不过当时我不晓得,后来才明白。当时,我们大家都在食堂里,饭吃完了,争论还在继续。我们俩停止了说话,上尉便嚷道:"牧师不开心。牧师没有妞不开心。"

"我开心着呢。"牧师说。

"牧师不开心。牧师希望奥地利人打赢这场战争。"上尉说,其他人都听着。牧师摇摇头。

"不对。"他说。

"牧师想让我们永远不进攻。难道你想让我们永远不进攻?"

"不是。既然有战争,我想我们应该进攻。"

"应该进攻。必须进攻!"

牧师点点头。

"别捉弄他了,"少校说,"他人不错。"

"这事反正他也无能为力。"上尉说。大家都起身,离开饭桌。

第四章

早晨,我被隔壁花园里的炮火吵醒了,看见阳光从窗外射进来,便起了床。我走到窗边往外望去。砾石小径上湿漉漉的,草上沾着露水。迫击炮响了两次,每次好像一股气流扑来,震动了窗子,震得我的睡衣胸襟也跟着抖动。炮虽然看不见,但显然是从我们头顶上开火的。跟那些炮挨得那么近,真让人讨厌,不过炮的口径不是太大,又令人欣慰。我望着外边的花园时,听见一辆卡车在路上发动的声音。我穿好衣服下楼,到厨房里喝了点咖啡,然后往车棚走去。

长长的车棚下并排停着十辆车。都是上重下轻、车头短小的救护车,一辆辆漆成灰色,构造像家具搬运车。机械师正在修理停在外面院子里的一辆车。还有三辆停在山里的包扎所。

"他们轰炸过那炮兵连吗?"我问其中的一个机械师。

"没有,中尉先生。那座小山把它掩护起来了。"

"情况怎么样?"

"还不错。这辆车不行了,但别的车还开得动。"

15

他停下活计笑了笑。"你休过假了吧?"

"是的。"

他往工作服上擦擦手,咧嘴一笑。"玩得好吗?"其他人也都咧嘴一笑。

"挺好,"我说,"这辆车怎么了?"

"不中用了。不是这个毛病就是那个毛病。"

"现在是什么毛病呢?"

"得换钢圈了。"

我走开让他们继续忙活,那车子的引擎打开了,零件散放在工作台上,看上去又丑陋又空荡。我走进车棚,一辆辆车看过去。车子还算干净,有几辆刚洗过,其余的积满尘埃。我仔细检查车胎,看看有没有划破或石头蹭破的地方。看来一切状况良好。显然,有没有我在那里看管车子,无关紧要。我还以为车子的保养,能否搞到物资,把伤病员从包扎所接走,从山里运到医疗后送站,然后把他们送到各自档案上指定的医院,这一揽子事情的顺利运作,很大程度上要靠我个人。显然,那儿有我没我并没有多大关系。

"弄零件有什么困难吗?"我问那个中士机械师。

"没困难,中尉先生。"

"现在油库在什么地方?"

"老地方。"

"好。"我说,随即回到房里,去饭堂又喝了碗咖啡。咖啡呈淡灰色,里面加了炼乳,甜甜的。窗外是宜人的春晨。鼻子里开始有一种干燥的感觉,预示着这天晚些时候会很热。那天我去看了看山里的救护站,下午很晚才回到镇上。

我不在的时候,情况似乎更好一些。听说又要发动进攻了。我们所属的那个师准备从河上游某地点进攻。少校叫我在进攻期间负责那些救护站。进攻部队将从河上游一条窄峡上渡河,然后在山坡上展开。救护车停靠的位置应尽可能靠近河边,同时又要掩蔽好。当然,地点应由步兵来选择,不过具体还要由我们来运作。这样一来,你就有了一种运筹帷幄的错觉。

我浑身是灰,脏得不行,便上楼进屋洗刷。里纳尔迪拿着本《雨果英语语法》[①]坐在床上。他穿戴好了,脚蹬黑靴,头发油光发亮。

"好极了,"他一看见我就说,"你陪我去见巴克利小姐吧。"

"我不去。"

"要去。求你跟我去,帮我给她留个好印象。"

"好吧。等我把自己弄干净。"

"洗一洗,就这样去吧。"

我洗一洗,梳梳头,两人就出发了。

"等一等,"里纳尔迪说,"也许我们得先喝一杯。"他打开箱子,拿出一瓶酒来。

"别喝施特烈嘉。"我说。

"不,是格拉帕[②]。"

"好的。"

他倒了两杯,我们伸出食指碰碰杯。格拉帕酒劲很大。

"再来一杯?"

"好吧。"我说。我们喝了第二杯,里纳尔迪放好酒瓶,我们下楼去。在镇上走起来挺热的,不过太阳开始下山,觉得也挺惬意的。英国医院是德国人战前盖的一幢大别墅。巴克利小姐在花园里。另有一位护士和她在一起。我们从树缝间望见了她们的白大褂,便朝她们走

---

① 《雨果英语语法》是伦敦雨果语言学院编写的外国语速成法丛书中的一种。
② 意大利出产的一种葡萄渣白兰地。

去。里纳尔迪行了个礼。我也行了个礼,不过比较随便。

"你好,"巴克利小姐说,"你不是意大利人吧?"

"噢,不是。"

里纳尔迪和那位护士聊开了。两人在笑。

"真是怪——居然进入意大利军队。"

"不是真正的军队。不过是救护队罢了。"

"不过还是很奇怪。你为什么要这样做呀?"

"我也不知道,"我说,"并非每件事都能说清楚的。"

"噢,是吗?我受的教育告诉我是能说清楚的。"

"那倒挺好啊。"

"我们非要以这种方式谈下去吗?"

"用不着。"我说。

"这样好多了。不是吗?"

"这棍子是做什么用的?"我问。巴克利小姐长得很高。她身上穿的在我看来像是护士服,金黄色的头发,黄褐色的皮肤,灰色的眼睛。我觉得她长得很美。她手里拿着一根细藤棍,外边包了皮,像是小孩玩的马鞭。

"是个小伙子的,他去年阵亡了。"

"非常遗憾。"

"他是个很棒的小伙子。本来想跟我结婚,却在索姆[①]牺牲了。"

"好惨烈的恶战。"

"你也在场吗?"

"不在。"

[①] 索姆河位于法国北部,1916 年,英法联军向德军发起进攻,以解除德军围攻凡尔登的压力。

"我听人说过，"她说，"这儿可没有那样的恶战。他们把这根小棍子送给我。是他母亲送来的。他们送遗物的时候，把这根棍子带回去了。"

"你们订婚很久了吗？"

"八年。我们是一起长大的。"

"你们为什么不结婚呢？"

"我也不知道，"她说，"我真傻没结婚。我本来是可以嫁给他的。可我当时觉得那样对他不好。"

"原来如此。"

"你爱过什么人吗？"

"没有。"我说。

我们在长凳上坐下。我看着她。

"你的头发很美。"我说。

"你喜欢吗？"

"非常喜欢。"

"他死后我本想全部剪掉的。"

"别剪。"

"我想为他做点什么。你知道，我对那事情本来无所谓，可以都给他的。早知道的话，他要什么我都可以给他。我可以嫁给他，怎么都行。我现在全明白了。可他当时想去参战，而我却不理解。"

我没有作声。

"我当时什么也不懂。我觉得给了他反而会害了他。我认为那样他也许会熬不住，后来当然他阵亡了，什么都完了。"

"我不知道。"

"哦，是的，"她说，"什么都完了。"

我们看着里纳尔迪在和那位护士聊着。

"她叫什么?"

"弗格森。海伦·弗格森。你的朋友是个医生,对吧?"

"是的。他人很不错。"

"那太好了。这么挨近前线,很难找到好人。这儿是挨近前线吧?"

"相当近。"

"无聊的前线,"她说,"但是很美。他们准备进攻吗?"

"是的。"

"那我们就有事儿做了。现在可没事儿干。"

"你当护士好久了吧?"

"快满十五岁的时候开始的。他一参军我就当护士了。我记得当时有一个傻念头,觉得他会到我的医院来。我想象他会带着刀伤,头上扎着绷带,或是肩膀中了子弹,很壮烈的样子。"

"这是个很壮烈的前线。"我说。

"是的,"她说,"人们都认不出法国是什么样子了。如果他们认得的话,恐怕仗就打不下去了。他受的不是刀伤,他们把他炸得粉碎。"

我一声没吭。

"你认为战争总会进行下去吗?"

"不会的。"

"什么可以阻止它呢?"

"总有什么地方要垮。"

"我们会垮的。我们在法国会垮的。像索姆这样的仗来几次,那就不可能不垮。"

"这里是不会垮的。"我说。

"你认为不会?"

"不会。他们去年夏天打得很不错。"

"他们可能要垮,"她说,"什么人都可能要垮。"

"德国人也可能。"

"不,"她说,"我想不会。"

我们朝里纳尔迪和弗格森小姐走去。

"你喜欢意大利吗?"里纳尔迪用英语问弗格森小姐。

"非常喜欢。"

"听不懂。"里纳尔迪摇摇头。

"非常喜欢①。"我翻译道,他还是摇头。

"这不好。你喜欢英格兰吗?"

"不是很喜欢。你知道,我是苏格兰人。"

里纳尔迪茫然地看着我。

"她是苏格兰人,所以她喜欢苏格兰胜过英格兰。"我用意大利语说。

"但是苏格兰正是英格兰呀。"

我把这话翻译给弗格森小姐听。

"还算不上②。"弗格森小姐说。

"真的吗?"

"从来不是。我们不喜欢英格兰人。"

"不喜欢英格兰人?不喜欢巴克利小姐?"

"噢,那可不同了。你可不能这样咬文嚼字。"

过了一会儿,我们道了晚安就分手了。在回家的路上,里纳尔迪说:"巴克利小姐喜欢你胜过喜欢我呀。这是很清楚的。不过那个苏格兰小姐很不错。"

"是很不错。"我说,其实我没怎么留心她。"你喜欢她吗?"

"不喜欢。"里纳尔迪说。

---

① 原文为意大利语:Abbastanza bene。
② 原文为法语:Pas encore。

第五章

第二天下午,我又去拜访巴克利小姐。她不在花园里,我就来到停救护车的别墅边门。进门后见到护士长,她说巴克利小姐正在值班:"这是战争时期,你知道。"

我说我知道。

"你就是加入意大利军队的那个美国人吧?"她问。

"是的,小姐。"

"你怎么会这么做?你为什么不加入我们的部队?"

"我不知道,"我说,"我现在可以加入吗?"

"现在恐怕不行啦。告诉我,你为什么加入意大利军队?"

"我当时在意大利,"我说,"会讲意大利语。"

"噢,"她说,"我也在学意大利语。真是美丽的语言啊。"

"有人说两个星期就能学会。"

"噢,两个星期我可学不会。我都学了几个月了。你想来的话,七点钟以后来看她吧。那时她下班了。不过,可别带着一大帮意大利人来。"

"就是听听美丽的语言也不行吗？"

"不行。就是看看漂亮的军装也不行。"

"再见。"我说。

"回头见①，中尉。"

"回头见。"我敬了个礼，走了出去。以意大利军人的身份向外国人敬礼，还真难做到不尴尬。意大利人的敬礼似乎永远不提供出口的。

这天天气很热。我来到河上游②的普拉瓦桥头堡。进攻将从这里开始。去年还没法深入河对岸，因为从山口到浮桥只有一条路，路上有近一英里地段处在敌人机枪和炮火的控制之下。那条路也不宽，既不能解决进攻的运输问题，奥军还能把这里变成屠宰场。但是意军已经渡过河，在对岸往前推进了一点，占据了大约一英里半的奥军地带。这是个险要之地，奥军本不应该让意军占领的。我想这是彼此妥协的结果，因为奥军在河的下游也保留了一个桥头堡。奥军的战壕就挖在山坡上，距离意军防线只有几码远。那儿本来有一个小镇，可如今已是一片废墟。只剩下一个残缺不全的火车站和一座被炸毁的铁路桥，这桥无法再修复使用，因为它就暴露在敌人眼皮底下。

我开车沿着窄路朝河边驶去，把车子停放在山下的包扎所，走过那座有个山肩掩护的浮桥，穿过被摧毁小镇和山坡边上的战壕。人人都在掩体里。那儿架着一排排的火箭，一旦电话线被割断，就可以施放火箭，请求炮兵支援，或者发放信号。那儿又静，又热，又脏。我隔着铁丝网察看奥军的阵地。一个人影也没有。我跟一个认识的上尉在掩体里喝了一杯酒，然后过了桥回去了。

---

① 原文为意大利语：A rivederci。
② 这里的"河"指意奥边境上的伊松佐河，长约75英里。1915—1917年，意军与奥匈军队曾在此进行了十一次战役。

一条宽宽的新路快要修好了，这路盘山而上，再蜿蜒曲折地通到桥那里。这条路一修好，进攻就要开始了。新路下山时穿过森林，呈现一道道急转弯。按照规程，所有的辎重车辆都要走这条新路，而让空卡车、马车、载有伤员的救护车和所有的回程车，走那狭窄的旧路。包扎所设在河的奥军那边的小山边，抬担架的人得把伤员抬过浮桥。进攻开始时，仍然要照此行事。就我所能观察到的，新路在开始变得平坦的最后一英里处，将不断遭到奥军的轰击。看样子可能搞得一团糟。不过我找到一个可以掩蔽车子的地方，车子开过那一段危险地带后可以在那儿躲一躲，等待伤员给抬过浮桥。我很想在新路上试试车，可惜路还没修好。路看上去挺宽，修得又好又高级，还有那一道道拐弯处，从山上树林的空隙看去显得非常壮观。救护车上装有上好的金属刹车，再说下山时也不载人，因此一般不会出事。我沿窄路开了回去。

两个宪兵拦住了车。原来落下一颗炮弹，我们等候的时候，又有三颗落在路上。炮弹都是七十七毫米口径的，落下来时发出一股嗖嗖的气流声，一记强烈明亮的爆裂和闪光，接着路上冒起一阵灰烟。宪兵挥手叫我们开走。经过炮弹落下的地方时，我避开地上的小坑，闻到烈性炸药味，以及炸裂的泥石和刚击碎的燧石的味道。我驱车回到戈里察，回到我们住的别墅，然后就照我说的，去拜访巴克利小姐，可惜她还在上班。

晚饭我吃得很快，吃完就赶到英军用做医院的别墅。那别墅确实又大又漂亮，庭院里种着很好的树。巴克利小姐坐在花园里一条长凳子上。弗格森小姐和她在一起。她们见到我似乎很高兴，过了不一会儿，弗格森小姐便找了个借口要走开。

"我要离开你们俩，"她说，"你们俩没有我会很融洽的。"

"别走，海伦。"巴克利小姐说。

"我真得走。我得去写几封信。"

"再见。"我说。

"再见,亨利先生。"

"可别写什么给检查员找麻烦的内容。"

"别担心。我只不过写写我们的住地多么美丽,意大利人多么勇敢。"

"那样你会得到奖章的。"

"那敢情好。再见,凯瑟琳。"

"过一会儿我去找你。"巴克利小姐说。弗格森小姐在黑暗中消失了。

"她人不错。"我说。

"噢,是的,她人挺好。她是个护士。"

"难道你不是护士吗?"

"噢,我不是。我是所谓的志愿救护队队员。我们干得很卖劲儿,可是人家不信任我们。"

"为什么不信任?"

"没事儿的时候,他们不信任我们。真有活干的时候,他们就信任我们了。"

"这有什么区别呢?"

"护士就像医生一样。要很长时间才当得上。做志愿救护队队员走的是捷径。"

"原来如此。"

"意大利人不让女人太靠近前线。所以我们的行为很特别。我们不出门。"

"不过我可以来这里。"

"噢,是的。我们又不是出家的。"

"我们不谈战争了。"

"这很难。战争无处不在，没法不谈。"

"不管怎样，不谈得啦。"

"好吧。"

我们在黑暗中对望着。我心想她长得很美，便抓住了她的手。她任我抓着，我便抓住不放，还伸出手臂搂住她的腰。

"别。"她说。我的手臂还是搂着她的腰。

"为什么？"

"别。"

"可以的，"我说，"来吧。"我在黑暗中倾身向前去吻她，顿时感到一阵火辣辣的灼痛。她狠狠地扇了我一记耳光。她的手打在我的鼻子和眼睛上，我眼里本能地涌出了泪水。

"真抱歉。"她说。我觉得我占了一点上风。

"你做得对。"

"非常抱歉，"她说，"我只是受不了不当班护士被人调情这一套。我不是有心伤害你。我真打疼你了吧？"

她在黑暗中望着我。我很生气，然而心里倒挺踏实，觉得就像下棋一样，一步步都看得很清楚。

"你做得很对，"我说，"我一点也不介意。"

"可怜的家伙。"

"你知道我一直过着一种奇异的生活。甚至连英语都不讲。再说你又这么美。"我望着她。

"少说无聊的话。我已经道过歉了。我们俩还合得来。"

"是的，"我说，"我们已经不谈战争了。"

她笑了起来。这是我第一次听到她的笑声。我端详着她的脸。

"你挺讨人喜欢的。"她说。

"不见得吧。"

"你是挺可爱的。你要是不介意的话,我倒想吻吻你。"

我瞅着她的眼睛,像刚才那样伸出手臂搂住她,亲吻她。我使劲地亲她,紧紧地搂着她,想逼着她张开嘴唇,可她的嘴唇闭得很紧。我还在生气,就在我搂着她的时候,她突然颤抖起来。我把她搂得紧紧的,可以感到她的心在跳动,这时她的嘴唇张开了,头往后贴在我手上,随即便趴在我肩上哭起来了。

"噢,亲爱的,"她说,"你会对我好的,对吧?"

该死,我心想。我抚摸她的头发,拍拍她的肩膀。她还在哭。

"你会的,对吧?"她抬起头来望望我,"因为我们要过一种奇异的生活。"

过了一会儿,我把她送到别墅门口,她进了门,我走回家。我回到我住的别墅,上楼走进房里。里纳尔迪躺在床上,看了看我。

"看来你和巴克利小姐有进展了?"

"我们是朋友。"

"看你那春风得意的样子,真像一只发情的小狗。"

我没听懂他的意思。

"像什么?"

他解释了一番。

"你呢,"我说,"你那春风得意的样子,就像一条狗要——"

"算了吧,"他说,"再说下去你我就要出言不逊了。"他大笑起来。

"晚安。"我说。

"晚安,小狗。"

我把枕头扔过去,扑灭了他的蜡烛,在黑暗中上了床。

里纳尔迪捡起蜡烛,点上了,又继续看书。

第六章

　　我到前线救护站去了两天。回来时天已太晚,直到第二天晚上才见到巴克利小姐。她不在花园里,我只好在医院办公室里等她下来。他们用作办公室的这间屋子,沿墙边有许多油漆过的木柱,上面刻着好些大理石半身像。办公室外边的走廊上,也有一排排这样的雕像。这些雕像完全是大理石质地,看上去千篇一律。雕刻这玩意总是有些乏味——不过,铜像看上去倒挺像回事。而那些大理石半身像看起来像片坟地。不过坟地中也有一个好的——就是比萨[①]的那个。要看糟糕的大理石像,最好去热那亚[②]。这医院原是一位德国阔佬的别墅,这些半身像一定花了他不少钱。我寻思是谁刻的,赚了多少钱。我想搞清楚那些雕像刻的是不是那个家族的成员什么的;可惜都是清一色的古典雕刻,实在看不出什么名堂。

　　我坐在椅子上,手里拿着帽子。即使回到戈里察,

[①] 意大利中西部古城。
[②] 意大利西北部海滨城市。

我们还得戴着钢盔,不过那玩意戴着不舒服,再说镇上的老百姓尚未疏散,看着也太滑稽。我上救护站的时候,只好戴一顶,还戴了一个英国防毒面具。我们刚开始搞到一些防毒面具。货真价实的防毒面具。我们还得佩戴自动手枪;连医生和卫生员都得佩戴。我能感到手枪正顶着椅背。谁要是没把手枪佩带在显眼的地方,就有可能被逮捕。里纳尔迪佩戴着一只手枪皮套,里面塞满了卫生纸。我佩带的是一支真枪,起初还觉得自己是个枪手,后来试放了几枪,才知道不行。这是支阿斯特拉短筒手枪,口径七点六五毫米。开枪时枪筒跳动得非常厉害,休想击中任何目标。我拿着它练习,尽量瞄准靶子下方打,竭力控制那滑稽短筒的上下跳动,后来终于能在二十步开外打中离靶子一码远的地方了。再后来我感到佩带手枪挺滑稽,但不久就忘记了,将它随便吊在腰背上,一点感觉都没有,除非遇到说英语的人,才多少感到有点不好意思。眼下我坐在椅子上,一个勤务兵模样的人从桌后不以为然地盯着我,而我则打量着大理石地板、大理石雕像柱和墙上的壁画,等待巴克利小姐。壁画还不错。任何壁画,只要开始剥落,看起来都不错。

我看见凯瑟琳·巴克利下到大厅了,便站了起来。她朝我走来时,并不显得很高,但样子很可爱。

"晚上好,亨利先生。"她说。

"你好。"我说。那个勤务兵待在桌子后面听。

"我们是在这儿坐坐,还是到外面花园里去?"

"还是出去吧。外面凉快多了。"

我跟在她后面走进花园,勤务兵在后面瞅着我们。我们走到砂砾车道时,她说:"你去哪儿了?"

"我到救护站去了。"

"你就不能给我捎个信吗?"

"不行,"我说,"不大方便。我原以为当天就能回来。"

"你应该跟我说一声,亲爱的。"

我们出了车道,在树荫里走着。我抓住她的双手,停下来吻她。

"有没有地方可以去?"

"没有,"她说,"只能在这儿走走。你去了好长时间。"

"这是第三天。可我已经回来了。"

她看着我:"你真的爱我吗?"

"是的。"

"你说过你爱我的吧?"

"是的,"我撒了个谎,"我爱你。"我以前并没说过这话。

"你还叫我凯瑟琳吧?"

"凯瑟琳。"我们沿一条路走着,被一棵树挡住了。

"说:'我夜晚回来见凯瑟琳'。"

"我夜晚回来见凯瑟琳。"

"噢,亲爱的,你回来了,是吧?"

"是的。"

"我太爱你了,心里真不好受。你不会走了吧?"

"不会。我总会回来的。"

"噢,我太爱你了。请你再把手放在那儿。"

"我的手没有挪开过呀。"我把她转过来,以便吻她时可以看到她的脸,只见她两眼都闭着。我吻了吻她闭合的双眼。我想她大概有点神魂颠倒吧。她真这样倒也好。我不在乎我会怎么样。这比每晚去逛窑子要好得多,那儿的姑娘陪着兄弟军官一次次上楼去,每次回来就往你身上一爬,把你的帽子往后反戴着,算是表示对你的亲昵。我知道我并不爱凯瑟琳·巴克利,也没有任何爱她的念头。这不过是场游戏,像打桥牌一样,你光叫牌不出牌。就像打桥牌,你得假装你是在赌钱，或者是在玩别的赌注。没有人提起究竟下的什么赌注。我觉得无所谓。

"我们能有个地方去就好了。"我说。我正在经历男性无法长久站着谈情说爱的困难。

"没有地方可去。"她说。她不知道在想什么，刚回过神来。

"我们就在这儿坐一会儿吧。"

我们坐在扁平的石凳上，我握着凯瑟琳·巴克利的手。她不肯让我用手臂搂她。

"你很累吗？"她问。

"不累。"

她低头看着草地。

"我们在演一场拙劣的戏，不是吗？"

"什么戏？"

"别装傻。"

"我不是故意装傻。"

"你是个好人，"她说，"你是尽你的能力在演。可这戏太拙劣了。"

"你总是知道别人在想什么吗？"

"并非总是知道。不过我知道你是怎么想的。你用不着假装爱我。晚上这出戏已经演完了。你还有什么话要说吗？"

"可我真的爱你啊。"

"不必要的时候，我们还是不要撒谎。我刚才有一点失态，现在好了。你看我没有发疯，没有昏头。只是有时候略有点失常。"

我紧紧握住她的手："亲爱的凯瑟琳。"

"现在听起来挺滑稽的——凯瑟琳。这名字你叫起来每次都不太一样。不过你人不错，你是个很好的小伙子。"

"牧师也是这么说的。"

"是的,你是很好。你会再来看我吗?"

"当然会。"

"你用不着说你爱我。这场戏暂且算结束了。"她站起来伸出手,"晚安。"

我想吻她。

"别啦,"她说,"我累坏了。"

"那亲亲我吧。"

"我累坏了,亲爱的。"

"亲亲我。"

"你真的很想吗?"

"是的。"

我们接吻,她突然挣脱开了。"不。晚安吧,亲爱的。"我们走到门口,我看着她进去,走进门廊。我喜欢看她走动的样子。她顺着门廊一直走。我则回家去。那天夜里很热,山里非常热闹。我望着圣迦伯烈山①上炮火的闪光。

我在罗萨别墅前停住了脚。百叶窗都拉上了,不过里面仍然很热闹。有人在唱歌。我继续往家走。我到家脱衣服的时候,里纳尔迪进来了。

"啊哈!"他说,"看样子进展不太顺利呀。小乖乖挺烦恼的。"

"你上哪儿去了?"

"在罗萨别墅。受益匪浅啊,小乖乖。大家都唱了歌。你上哪儿去了?"

"拜访英国人去了。"

"谢天谢地,我和英国人倒没有什么瓜葛。"

---

① 位于戈里察的东南,控制着卡索高原。

第七章

  第二天下午，我从山上第一救护站回来，把车停在后送站门口，伤病员在那里按照各人的病历分类，送往不同的医院。车由我开着，我坐在车里，司机把病历拿进去。那天天气炎热，天空晴朗碧蓝，路面白晃晃的，满是尘土。我坐在菲亚特的高座上，什么事都不想。有一个团打路上走过，我看着他们过去。士兵们热得直冒汗。有些人戴着钢盔，但多数人把钢盔斜吊在背包上。钢盔大多都太大，戴的人差不多连耳朵都给遮住了。军官们都戴钢盔；这些钢盔比较合适。这是巴西利卡塔①旅的一半兵力。这是我从他们红白相间的领标上辨认出来的。那团人过去很久以后，又来了一些散兵——跟不上队伍的士兵。他们满身汗水和灰尘，疲惫不堪。有几个模样相当狼狈。散兵走完后，来了一个士兵，走起路来一瘸一拐。他停下来在路边坐下。我下车走了过去。

  "怎么啦？"

---

① 巴西利卡塔是意大利南部一地区名。

他望望我，站起身来。

"我要朝前走。"

"出什么事儿啦？"

"该死的战争。"

"你的腿怎么啦？"

"不是腿的问题。是疝气发作了。"

"怎么不上运输车？"我问，"怎么不去医院？"

"人家不让。中尉说我故意把疝带搞丢了。"

"让我摸摸看。"

"滑出来了。"

"在哪一边？"

"这边。"

我摸到了。

"咳一下。"我说。

"我怕咳嗽会肿得更大。已经比早上大了一倍了。"

"坐下，"我说，"我一拿到那些伤员的病历，就带你上路，把你交给你们的医务官。"

"他会说我是故意搞丢的。"

"他们不会拿你怎么样，"我说，"这又不是伤。你以前就得过，是吧？"

"可是我把疝带搞丢了。"

"他们会送你上医院的。"

"难道我不能就待在这儿吗，中尉？"

"不行，我没有你的病历。"

司机走出门来，拿来了车上伤员的病历。

"四个到一〇五，两个到一三二。"他说。这是河那边的两家医院。

"你来开车。"我说。我把那个发疝气的士兵扶上车,跟我们俩坐在一起。

"你会说英语吗?"他问。

"当然会。"

"你对这该死的战争怎么看?"

"糟糕透了。"

"嗐,糟糕透了。耶稣基督啊,真是糟糕透了。"

"你到过美国吗?"

"当然。在匹兹堡待过。我早知道你是美国人。"

"难道我的意大利语说得不够顺溜吗?"

"反正我知道你是美国人。"

"又一个美国人。"司机用意大利语说,一边望着那个发疝气的人。

"听着,中尉。你非要把我送回我那个团吗?"

"是的。"

"因为上尉军医早就知道我有疝病。我故意丢掉了那该死的疝带,让病情恶化,这样我就不用上前线了。"

"原来如此。"

"难道你不能把我送到别的地方去吗?"

"假若靠近前线的话,我可以送你去急救站。可是在这儿,你得有病历。"

"我要是回去,他们就给我动手术,然后就叫我一直待在前线。"

我仔细想了想。

"你不想一直待在前线,是吧?"他问。

"是的。"

"耶稣基督,这难道不是一场该死的战争吗?"

"听着,"我说,"你还是下车,在路边摔一跤,把头撞个包。我车子回来时就送你去医院。我们在路边这儿停一停吧,奥尔多。"我们在路边停住车。我把他扶下去。

"我就在这儿等你,中尉。"他说。

"回头见。"我说。车子继续往前开,跑了大约一英里就超过了那个团,随后过了河。河水掺杂着雪水,显得一片浑浊,在桥桩间急流。车子沿着平原上的路驶去,将伤员送往那两家医院。回来时我开着车,空车开得很快,好去接那个到过匹兹堡的士兵。我们先遇上的是那团官兵,他们现在走得热更慢了;接着便是那些掉队的散兵。随后看到一辆马拉救护车停在路边。有两个人把那患疝病的士兵抬起来,想把他弄上车。他们是回来找他的。他冲着我摇摇头。他的钢盔没了,前额的发际线下在流血。鼻子擦破了皮,流血的伤口和头发上都是尘土。

"看看这疙瘩,中尉!"他嚷道,"没法子。他们回来找我啦。"

我回到别墅已经五点钟了,先到外面洗车的地方冲了个澡,然后就回到房里,只穿着裤衩和汗衫,坐在敞开的窗前打报告。两天后就要开始进攻了。我要跟着车队去普拉瓦。我已经好久没往美国写信了,心里也知道该写信,可是时间拖了那么久,现在几乎不知道怎么动笔了。没什么可写的。我寄了几张战区明信片去,除了报个平安之外,什么都不写。这就把亲友给打发了。这些明信片在美国很时髦:既新奇又神秘。这是个既新奇又神秘的战区,不过比起过去跟奥军的几次作战,我想这里既井然有序,又颇为严酷。奥军生来就是为着让拿破仑打胜仗的;随便哪个拿破仑都行。我希望我们也有一个拿破仑,可惜我们只有位肥胖阔绰的卡多尔纳大将军[①],还有个长着细长

[①] 路易吉·卡多尔纳(1850—1928),意军司令官,在伊松佐战役中的指挥盲目乏力。

脖子、蓄着山羊须的小个子国王维多里奥·埃马努埃莱[1]。在他们右边的是奥斯塔公爵。也许他长得太帅了，当不了大将军，可他瞧着有男人气质。许多人都希望他来当国王。他瞧着就像个国王。他是国王的叔叔，指挥着第三军团。我们属于第二军团。第三军团里有几支英国炮队。我在米兰曾碰到两个英国炮手。他们人都挺好，那天晚上我们玩得好痛快。他们俩个头大，人却羞怯，有些拘谨，凡事都往好里想。我当初进的是英国军队就好了。那样的话，事情就简单多了。不过，我也可能早就没命了。干救护车这差事是不会死的。这也难说，即使开救护车也不保险。英国救护车驾驶员有时也有送命的。哼，我知道我是不会送命的。这场战争不会要我的命。它跟我毫无关系。就像电影里的战争一样，对我本人没有什么危险。不过，我还是祈祷上帝让它结束。也许今年夏天就能结束。也许奥军会垮掉。他们以前总是一打就垮。这场战争怎么搞的？人人都说法国人完蛋了。里纳尔迪说法国人哗变了，军队在向巴黎挺进。我问他结果如何，他说："噢，人家拦住了他们。"我想去不打仗的奥地利。我想去黑森林[2]。我想去哈尔茨山[3]。哈尔茨山究竟在哪儿？他们正在喀尔巴阡山作战。我说什么也不想去那儿。不过那儿也许挺不错。假如没有战争的话，我可以到西班牙去。太阳落山了，天气凉快了一点。晚饭后我要去找凯瑟琳·巴克利。她要是现在在这儿就好了。我们俩现在在米兰就好了。我想跟她在一起，在科瓦吃上一顿，然后在炎热的黄昏里，顺着曼佐尼大街散步，穿过桥去，掉个头沿着运河一直走，最后走进旅馆。也许她会乐意的。也许她会把我当成她死去的男友，我们从前门进去，

---

[1] 参见第一章注释①。
[2] 德国南部一片长 160 公里、宽 50 公里的常青绿色地带，因为遮天蔽日的深色树荫而得名"黑森林"。
[3] 哈尔茨山位于德国中部地区，德国著名诗人海涅曾热情赞颂过其绮丽的自然风光。

门房会脱帽致意，我到柜台拿钥匙，她站在电梯旁等候，然后我们走进电梯，电梯开得很慢，每到一层都发出咔哒咔哒的声音，终于到了我们那一层，侍者打开房门站在那儿，她走出电梯，我走出电梯，我们顺着走廊走，我把钥匙插进锁孔，打开门，走进去，然后拿起电话，要一瓶卡普里白葡萄酒，要他们放在满是冰块的银提桶里送来，你听得见走廊上传来冰块撞击提桶的声音，侍者敲敲门，我说就请放在门外。因为天气太热，我们什么也没穿，加上窗子敞开着，燕子在各家屋顶上飞，后来天黑了，你走到窗口，几只很小的蝙蝠在屋顶上觅食，低低地贴着树梢飞，我们喝着卡普里酒，门锁上了，天气炎热，只盖一条床单，整个夜晚，在米兰炎热的夜晚，我们整夜地相亲相爱。就该这样才对劲。我要快点吃，然后去见凯瑟琳·巴克利。

饭堂里人们话说得太多。我喝酒了，因为今晚我要是不喝点，不和牧师谈谈爱尔兰大主教[1]，人家会说我们缺乏兄弟情谊。爱尔兰大主教似乎是位高尚的人物，他受了冤屈，而我作为美国人，对他所受的冤屈也是有份的，尽管这事我从未听说过，我还得装作知道的样子。牧师对主教受迫害的原因做了长篇大论的解释，说到底似乎都是误会造成的，我听了以后再说完全不知道，未免太不礼貌了。我觉得这大主教有个挺不错的姓氏，他来自明尼苏达州，这本身就是个动听的名字：明尼苏达州的爱尔兰，威斯康星州的爱尔兰，密歇根州的爱尔兰。这姓氏之所以好听，是因为听起来像 Island[2]。不，不是这样的。没有那么简单。是的，神父。真的，神父。也许，神父。不，神父。噢，也许是吧，神父。这你比我懂得多，神父。牧师人不错，可是挺乏味。军官们人差劲又乏味。国王人不错，但是乏味。酒很差

---

[1] 美国天主教教士约翰·爱尔兰（1838—1918）于1888年升任大主教。
[2] Island 是"岛屿"的意思，念起来像"爱兰"。

38

劲,但并不乏味。它去掉了你牙齿上的珐琅,把它粘在上颚上。

"牧师给关起来了,"罗卡说,"因为人们发现在他名下有一些年息三厘的债券。当然是在法国啦。要是在这儿,人家才不会抓他呢。他拒不承认那些年息五厘的债券。这事发生在贝济耶①。我当时就在那儿,从报上看到这消息,就跑到监狱,要求见见牧师。显然,他偷了那些债券。"

"我一点都不信。"里纳尔迪说。

"信不信由你,"罗卡说,"不过我是讲给我们这位牧师听的。很有教育意义啊。他是牧师,一定会很珍惜的。"

牧师笑了。"说下去,"他说,"我听着呢。"

"有些债券自然是不知去向了,可是在牧师名下查到了所有的年息三厘债券和一些地方债券,究竟是哪一种债券我也记不清了。所以我去了趟监狱,这就到了故事的高潮,我站在他牢房外头,好像要做忏悔似的跟他说:'祝福我吧,神父,因为你犯了罪。'"

人人都大笑起来。

"他怎么说的?"牧师问。罗卡未加理会,继续向我解释这个笑话。"你听懂了吧?"看来,你要是真听懂了的话,这是个很有趣的笑话。他们又给我倒了些酒,我讲了一个英国士兵被逼着淋浴的故事。接着,少校讲了一个十一个捷克斯洛伐克士兵和一个匈牙利下士的故事。我又喝了些酒,讲了一个骑师捡到便士的故事。少校说意大利有个类似的故事,讲的是公爵夫人夜里睡不着觉。这当儿牧师走了,我又讲了个旅行推销员的故事,说他清早五点冒着干燥凛冽的北风来到马赛。少校说他听人讲我挺能喝酒。我加以否认。他说我肯定能喝,

---

① 贝济耶是法国南部埃罗省的一个镇,著名旅游胜地。

我们可以当着酒神巴克斯[①]的躯体，来看看是真是假。别抬出巴克斯，我说。别抬出巴克斯。要抬出巴克斯，他说。我得和菲利波·文森柴·巴锡一杯一杯比酒。巴锡说不行，这可比不得，因为他已经喝了我两倍多。我说那是个卑劣的谎言，什么巴克斯不巴克斯，菲利波·文森柴·巴锡或是巴锡·菲利波·文森柴整个晚上都没沾过一滴酒，他究竟叫什么来着？他说我究竟是叫 Frederico Enrico 还是 Enrico Federico[②]？我说别管什么巴克斯，还是比谁喝得多，于是少校拿大杯来倒红酒，我们便开始了。喝到一半，我不想再喝了。我想起我要去的地方。

"巴锡赢了，"我说，"他比我行。我得走了。"

"他真得走了，"里纳尔迪说，"他有个约会。我都知道。"

"我得走了。"

"改天晚上，"巴锡说，"改天晚上等你感觉好点了再比。"他拍拍我的肩膀。桌上点着几支蜡烛。军官们都很开心。"晚安，先生们。"我说。

里纳尔迪和我一道出来。我们站在门外那一小片地上，他说："你喝得醉醺醺的，还是别去那儿吧。"

"我没醉，里宁。真的没醉。"

"你还是嚼点咖啡吧。"

"胡说。"

"我去弄点来，宝贝。你来回走走吧。"他带回来一把烤咖啡豆。"嚼嚼这些，宝贝，上帝保佑你。"

"巴克斯。"我说。

[①] 巴克斯是罗马帝国时期的酒神——既是葡萄与葡萄酒之神，也是狂欢与放荡之神。
[②] 这是本书主人公弗雷德里克·亨利的姓名的意大利语的读法。

"我陪你走一趟。"

"我一点问题也没有。"

我们一同穿过小镇,我嚼着咖啡豆。到了通往英国别墅的车道门口,里纳尔迪道了晚安。

"晚安,"我说,"怎么不一块进去?"

他摇摇头。"不进去了,"他说,"我喜欢简单一点的乐趣。"

"谢谢你的咖啡豆。"

"没什么,宝贝。没什么。"

我顺着车道走去。车道两旁的松柏,轮廓鲜明清晰。我回过头去,看见里纳尔迪还站在那儿望着我,便向他挥挥手。

我坐在别墅的会客厅里,等待凯瑟琳·巴克利下来。有人沿着走廊走来。我站起身,但来的不是凯瑟琳,而是弗格森小姐。

"你好,"她说,"凯瑟琳让我转告你,她很抱歉,今晚不能来见你。"

"真遗憾。但愿她没有生病。"

"她不太舒服。"

"你能否转告她我很关切?"

"好的,我会的。"

"你觉得我明天再来见她好不好?"

"可以,我觉得挺好。"

"多谢了,"我说,"晚安。"

我走出门,突然感到既孤单又空虚。我本来就没把来看凯瑟琳当回事,甚至都有点喝醉了,差一点忘了要来,可来了没能见着她,心里又觉得既孤单又空虚。

第八章

第二天下午,我们听说当天夜里要在河的上游发动进攻,我们得派四辆救护车去那里。尽管人人说起来都深信不疑,一副深谋远虑的样子,其实个个都一无所知。我坐在头一辆救护车里,经过英国医院大门口时,我叫司机停一停。其余的车子也跟着停下来。我下了车,让司机继续开,如果到了去科尔芒斯的岔路口我们还没追上,他们就在那儿等候。我匆匆跑上车道,走进会客厅,说要见见巴克利小姐。

"她在值班。"

"我能否见她一会儿?"

他们派了个勤务兵去问问,巴克利小姐跟着勤务兵来了。

"我路过这儿,来问问你好些没有。他们说你在值班,我还是要求见见你。"

"我很好,"她说,"我想昨天是有些中暑了。"

"我得走了。"

"我陪你到门外走一走吧。"

"你好了吧?"到了外头,我问。

"好了,亲爱的。今晚来吗?"

"不来了。我现在要去参加普拉瓦河上游的一场战斗。"

"一场战斗?"

"我想这算不了什么。"

"你会回来吧?"

"明天。"

她从脖子上解下一样东西,把它放在我手里。"是个圣安东尼[①]像,"她说,"明天晚上来吧。"

"你不是天主教徒吧?"

"不是。但是人家说圣安东尼像很管用。"

"我来替你保管吧。再见。"

"别,"她说,"别说再见。"

"好吧。"

"做个好孩子,当心点。不,你不能在这儿亲我。不能。"

"好吧。"

我回过头去,看见她站在台阶上。她挥挥手,我给了她一个飞吻。她又挥挥手,接着我走出车道,爬上救护车车座,我们便起程了。圣安东尼像装在一只白色小铁盒里。我打开盒子,把圣像倒在手掌上。

"圣安东尼像?"司机问。

"是的。"

"我有一个。"他的右手离开方向盘,解开上衣的一颗纽扣,从衬衫里面掏了出来。

---

① 圣安东尼为公元3—4世纪的埃及隐士,长期过着禁欲生活,并创办第一所修道院,是基督教修道主义的创始人。

"看见没?"

我把我的圣安东尼像放回盒子里,再把那条细细的金链子倒出来,一起放进我的胸袋里。

"你不戴上吗?"

"不戴。"

"还是戴上吧。本来是用来戴的嘛。"

"好吧。"我说。我解开金链的扣子,把它挂在我的脖子上,扣上扣子。圣像垂在我的制服外面,我解开上衣领子,解开衬衫领口,把它塞到衬衫里面。车子行驶中,我能感觉到它在小铁盒里抵着我的胸部。随后我便把它给忘掉了。我受伤后再也没能找到它。大概是在一个包扎所给什么人拿走了。

我们过了桥,把车子开得飞快,很快就望见跑在前头的那几辆救护车扬起的尘土。路拐了个弯,可以看见那三辆车子显得特小,车轮扬起尘埃,弥漫在树木之间。我们追上它们,超了过去,拐上一条上山的路。结队开车,只要你开的是领头的车子,倒也没有什么不快活的,我安坐在车座上,观赏起乡村景色来。我们的车子行驶在河这边的山麓上,随着路往上攀升,可以望见北边的高山峻岭,峰顶还有积雪。我回头望望,看见那三辆车子都在爬坡,车与车之间隔着一段尘埃。我们跑到了一支长长的骡队前面,骡子身上都驮着物资,赶骡人戴着红色的非斯帽,走在骡队旁边。他们都是意大利狙击兵。

赶过骡队之后,路上便空荡荡了,我们的车子爬过山丘,然后沿着一长道山峦的山肩,往下驶进一个河谷。路的两边都是树,透过右排的树,我望见那条河,河水又清又浅,流势湍急。河面很低,河里一片片沙滩和卵石,中间是一条窄窄的河道,有时河水铺展在卵石河床上,泛出光彩夺目的光芒。靠近河岸,我看见几处深水潭,水蓝如天。河上有几座拱形石桥,大路就从这儿分出一条条小径,我们经过农家的石屋，梨树的枝桠倚在南墙上，地里砌着低矮的石墙。我们顺着大路在河谷里盘旋了很久，然后转了个弯又开始爬山了。山路峻峭，时上时下，在栗树林间穿行，终于进入平地，沿着山脊而行。穿过树木间往下看，可以望见远处山下阳光照耀的那条河，将敌我两军分隔开。我们顺着这条沿山脊顶峰的崎岖的新军用道行驶，我朝北望见两道山脉，雪线下又青又黑，雪线上阳光灿烂，一片雪白，煞是好看。接着，路沿着山脊攀升，我看见第三道山脉，更高的雪山，看起来呈粉白色，上有皱褶，形成奇特的平面，随后看到这些高山后面还有不少山峰，不过很难说你真看得见。这都是奥地利人的高山峻岭，我们可没有这样的山。前面路上有个朝右的圆形转弯，从那儿往下望，看得见路在林间向下延伸。这条路上有部队、卡车和驮着山炮的骡子，当我们挨着路边往下开去时，我可以望见下面远处的那条河、沿河的铁轨和枕木、铁路穿越到对岸去的老桥，还有对岸山脚下要争夺的那座小镇的一片断墙残壁。

等我们下山，拐进河边的那条大路时，天已快黑了。

45

第九章

　　路上很拥挤，两边都有玉米秆和草席搭成的屏障，头顶也盖有席子，因此看起来像马戏团或土著村落的入口。我们的车在这草席覆盖的通道里慢慢行驶，出了通道，便来到一块清理过的空地，这儿原是火车站。这儿的路比河岸还要低，沿着下沉的路的一边，河岸上挖了好些洞穴，步兵们就藏在里头。太阳在下落，车子一边行驶，我一边抬头朝河岸上观望，看见奥军的侦察气球飘浮在对面的小山上，在夕阳辉映下，一个个黑乎乎的。我们把车子停在砖厂那边。砖窑和一些深洞被改造成包扎所。我认得那里的三名医生。我和少校聊了聊，听说进攻一开始，我们的救护车一装好伤员，就将沿着那条用草席遮掩的路往回送，一直开上沿着山脊走的大路，那儿有一个救护站，另有车辆把伤员送走。他希望这条路可别阻塞不通。这是唯一的通道。这条路被遮掩起来，因为正好处于河对岸奥军的视野范围内。在砖厂这儿，我们有河岸掩护，步枪和机枪打不到我们。河上有一座桥被炸毁了。轰炸一开始，意军准备再搭一座桥，有的部队打算从上游河湾处的浅滩渡河。少校是个小个子,留着向上翘的小胡子。他在利比亚[①]打过仗,挂着两条证明受过伤的条章。他说如果战事顺利的话,他会保证我立功受奖。我说我希望战事顺利,还说他待我太好了。我问他有没有大的掩蔽壕,可以让司机们待在里面,他便派一名士兵领我去。我跟着士兵找到了掩蔽壕,那地方倒蛮不错。司机们很满意,我就把他们安顿在那儿。少校让我跟他和另外两名军官喝一杯。我们喝的是朗姆酒,彼此非常融洽。外面,天渐渐黑下来了。我问什么时候进攻,他们说天一黑就开始。我回到司机们那儿。他们坐在掩蔽壕里聊天,我一进来,他们就默不作声了。我给每人发了包香烟,马其顿香烟,烟卷装得松,烟草都露出来了,抽之前需要将两头拧紧点。马内拉打着了打火机,挨个儿递给大家。打火机的形状像是菲亚特汽车的引擎冷却器。我把听到的消息告诉了他们。

"我们刚才下来时怎么没见那救护站?"帕西尼问。

"就在我们拐弯的地方过去一点。"

"那条路会弄得一团糟。"马内拉说。

"他们会把我们轰得半死。"

"可能吧。"

"什么时候吃饭,中尉?一打起来,我们就没工夫吃饭了。"

"我去看看。"我说。

"你看我们是待在这儿,还是四处转转?"

"还是待在这儿吧。"

我回到少校的掩蔽壕里,少校说马上就有战地厨房了,司机们到时可以来领饭了。如果没有饭盒,可以从他这儿借。我说他们想必是有饭盒的。我回去跟司机们说,吃的一到,我就拿来。马内拉说希望

[①] 利比亚当时是意大利殖民地。

在轰炸开始前吃上饭。我出去后他们才开始说话。他们都是机械师,憎恶战争。

我出去看了看救护车,摸了摸情况,然后回到掩蔽壕,跟四名司机坐在一起。我们背靠着墙,坐在地上抽烟。外边天快黑了。掩蔽壕的土又暖又干,我双肩向后靠着墙,腰背贴地坐着,放松休息。

"派谁去进攻?"加沃齐问。

"意大利狙击兵。"

"都是狙击兵?"

"我想是的。"

"这儿的兵力不足,难以发动一次真正的进攻。"

"也许只是虚张声势,替真正的进攻打掩护。"

"士兵们知道派谁去进攻吗?"

"恐怕不知道。"

"他们当然不知道,"马内拉说,"他们要是知道的话,就不会出击了。"

"会的,他们会出击的。"帕西尼说,"狙击兵都是些笨蛋。"

"他们勇敢,守纪律。"我说。

"他们一个个胸部发达,身体健康。但仍然是笨蛋。"

"掷弹兵们个子都很高。"马内拉说。这是个笑话。大家都笑了。

"那次他们不肯出击,结果每十人中枪决一人。当时你在场吗,中尉?"

"不在。"

"确有其事。后来人家叫他们排好队,每十人处决一个。由宪兵执行枪决。"

"宪兵,"帕西尼说,朝地板上唾了一口,"可是那些掷弹兵,个个身高六英尺①以上。他们就是不肯出击。"

"要是人人都不肯出击,战争就结束了。"马内拉说。

"掷弹兵们可不这样想,他们是害怕。军官们家庭出身都很好。"

"有些军官独自冲锋上阵了。"

"一名中士枪毙了两个不肯上阵的军官。"

"有些士兵也冲锋上阵了。"

"那些冲锋上阵的,倒没有被人家列队每十个枪决一个。"

"被宪兵枪决的人中,有一个是我的老乡,"帕西尼说,"他是掷弹兵,长得又高又大,还很机灵。老是待在罗马。老是喜欢泡妞。老是跟宪兵在一起。"他笑起来。"如今,他们派了个挎着刺刀的卫兵守在他家门口,不准任何人去见他的父母姊妹。他父亲还被剥夺了公民权,甚至不许参加选举。他们全都不受法律保护。谁都可以拿走他们的财产。"

"假若不是怕株连家人,谁也不会去冲锋陷阵。"

"会的。阿尔卑斯山部队就会。那些志愿兵就肯。还有那些狙击兵也肯。"

"狙击兵也有临阵脱逃的。现在大家尽量装作没有这回事似的。"

"你可别让我们这样谈下去,中尉。军队万岁!②"帕西尼挖苦地说。

"我知道你们是怎么说话的,"我说,"但只要你们肯开车,守规——"

"——而且说话别让别的军官听见。"马内拉帮我把话说完。

"依我看,我们总得打完这场战争吧,"我说,"一方停战是结束

---

① 1英尺约为0.3米。
② 原文为意大利语: Evviva l'esercita。

不了战争的。假如我们停战了，那只会更糟糕。"

"不会更糟糕的，"帕西尼用恭敬的口气说，"没有比战争更糟糕的事情了。"

"战败会更糟糕。"

"我看不见得，"帕西尼还是用恭敬的口气说，"战败算什么？你回家就是了。"

"人家追着你来了。占领你的家。奸污你的姐妹。"

"我看不见得，"帕西尼说，"他们不可能对人人都这么做。让人人守住自己的家。把各人的姐妹关在屋里。"

"他们绞死你。他们来逼着你再去当兵。不让你进汽车救护队，让你去当步兵。"

"他们不可能把人人都绞死呀。"

"外族人不可能逼你去当兵，"马内拉说，"刚打第一仗，大家都跑光了。"

"就像捷克人那样。"①

"我想你压根儿没尝过被征服的滋味，所以你认为这没什么残酷的。"

"中尉，"帕西尼说，"我们晓得你让我们畅所欲言。听着。没有什么事比战争更残酷了。我们汽车救护队的人，根本意识不到战争有多残酷。人即使意识到战争有多残酷，也无力阻止战争了，因为大家都疯了。有些人永远意识不到。有些人怕军官。战争就是由军官造成的。"

"我也知道战争残酷，但总是要把它打完的。"

"战争是完不了的。仗是打不完的。"

"不，是打得完的。"

---

① 第一次世界大战初期，奥匈帝国的捷克军团临阵不肯作战，相继投降俄军。

帕西尼摇摇头。

"战争不是靠打胜仗来取胜的。即使我们拿下了圣迦伯烈山,那又怎么样?即使拿下了卡索、蒙法尔科内和的里雅斯特[①],又怎么样?那时我们在哪儿?你今天看到那些遥远的群山了吗?你认为我们应该把它们都拿下来吗?只有奥军停战才行。总有一方必须停战。我们为什么不停战呢?敌军要是开进意大利,就会感到厌倦,一走了之。他们有自己的国家。但谁也不肯让步,于是就有了战争。"

"你是个演说家呀。"

"我们思考。我们读书。我们不是农民。我们是机械师。但即使是农民,也知道不去相信战争。人人都恨这场战争。"

"一个国家有个统治阶级,这统治阶级是愚蠢的,什么都不懂,并且永远不会懂得。因此就有了这场战争。"

"而且他们还借此发财。"

"他们中的大多数人发不了财,"帕西尼说,"他们太愚蠢了。他们毫无目的地打起来。只是出于愚蠢。"

"我们得闭嘴了,"马内拉说,"即使对中尉来说,我们也说得太多了。"

"他喜欢听,"帕西尼说,"我们会改变他的。"

"不过现在可得闭嘴了。"马内拉说。

"我们可以吃饭了吗,中尉?"加沃齐问。

"我去看看。"我说。戈尔迪尼站起身,跟我一道走出去。

"我能做点什么,中尉?有什么可以帮忙的吗?"他是四人中最安静的一位。"你要来就跟我来吧,"我说,"我们看看去。"

外面天已黑了,探照灯长长的光柱在山间晃动着。这条战线上,

---

① 蒙法尔科内和的里雅斯特都是意奥边境上的重镇。

有些大型探照灯装在军用卡车上,你有时夜间赶路碰得见,就在挨近前线的后边,卡车停在路旁,有名军官在指挥着灯光,他的部下惊慌不已。我们穿过砖厂,在包扎总站前停了下来。入口处上面有绿枝搭成的小屏障,黑暗中,夜风吹动被太阳晒干的树叶,发出一片沙沙声。里边亮着灯。少校坐在一只箱子上打电话。一名军医上尉说,进攻提前了一小时。他递给我一杯科涅克白兰地。我望着那些木板桌、灯下闪闪发光的医疗器械、脸盆和盖好的药瓶。戈尔迪尼站在我身后。少校打好电话,站起身来。

"现在开始了,"他说,"又推后到原来的时间。"

我望望外面,一片黑乎乎,奥军的探照灯在我们身后的山上照来照去。不过还是安静了一会儿,接着我们身后的大炮都响了起来,轰炸开始了。

"萨伏伊王室[①]的部队。"少校说。

"汤呢,少校?"我说,他没听见我说的话。我又说了一遍。

"还没送来。"

一颗大炮弹飞来,在砖厂外头爆炸。又一声爆炸,在这大爆炸声中,还能听见砖头和泥土像雨点般落下时的比较细小的声响。

"有什么可吃的?"

"只有一点干面。"少校说。

"有什么我就吃什么好了。"

少校对勤务兵吩咐了几句,勤务兵走到后边去,回来时端来一铁盆冷的煮通心粉。我接过来递给戈尔迪尼。

"有干酪吗?"

少校很勉强地对勤务兵吩咐了一声,勤务兵再次钻到后边的洞里

[①] 萨伏伊王室,系 1861—1946 年间统治意大利的王室。

去，回来时端来四分之一块白干酪。

"多谢了。"我说。

"你们最好别出去。"

外边有人在门口旁边放了一样什么东西。抬东西来的两人中的一个，朝里面张望。

"把他抬进来，"少校说，"你们怎么啦？难道要我们到外面去抬他？"

抬担架的两人抱住伤员的腋下和腿，把他抬了进来。

"撕开他的外衣。"少校说。

他拿着个镊子，镊子底下夹着块纱布。两个上尉脱下外衣。"出去。"少校对抬担架的两人说。

"走吧。"我对戈尔迪尼说。

"你们还是等轰炸过了再走。"少校扭过头说。

"他们想吃东西。"我说。

"那就随你便。"

出来后，我们冲过砖厂。一颗炮弹落在河岸附近突然爆炸了。接着又是一颗，不过我们没有听见，直至猛然有一股气浪冲来。我们两人连忙扑倒在地，随着爆炸的闪光和撞击声，还有那火药的气味，我们听见一阵弹片的呼啸声和砖石的坠落声。戈尔迪尼跳起身朝掩蔽壕跑去。我跟在他后边，手里拿着干酪，干酪光滑的表面已蒙上了砖灰。掩蔽壕里，三位司机正靠墙坐着，一面抽着烟。

"给你们，爱国者。"我说。

"车子怎么样？"马内拉问。

"挺好。"

"你受惊了吧，中尉？"

"你他妈的说对了。"我说。

我拿出小刀,打开,揩揩刀口,刮去干酪表皮的灰尘。加沃齐把那盆通心粉递给我。

"来吃吧,中尉。"

"不了,"我说,"放地上吧。我们一块吃。"

"没有叉子。"

"管它呢。"我用英语说。

我把干酪切成片,放在通心粉上。

"坐下来吃吧。"我说。他们坐下等着。我伸出五指去抓面,把面提起来。一团面松开了。

"提高点,中尉。"

我提起那团面,把手臂伸直,面条总算离开了盆子。再放下来往嘴里送,吸到头就咬断,然后咀嚼,接着咬一口干酪,咀嚼一下,喝一口酒。那酒的味道就像生锈的金属。我把饭盒还给帕西尼。

"差劲透了,"他说,"放的时间太长了。我一直搁在车子里。"

大家都吃起来,下巴紧贴着面盆,头往后仰,把面条全部吸进嘴里。我又吃了一口面,尝一点干酪,用酒冲一冲。外面有什么东西落下,大地震动了一下。

"不是四二〇大炮,就是迫击炮弹。"加沃齐说。

"山里头根本没有四二〇。"我说。

"他们有斯科达大炮①。我见过这种炮弹炸出的大坑。"

"那是三〇五。"

我们接着吃。有人咳嗽了一声,好像火车头在开动的声音,接着又是一声震天动地的爆炸。

"这掩蔽壕挖得还不够深。"帕西尼说。

---

① 斯科达是捷克一家兵工厂的名字,当时捷克属于奥匈帝国。

"那是一门大迫击炮。"

"是的,长官。"

我吃完我那份干酪,喝下一口酒。在别的声响中,我听见一声咳嗽,接着是"嚓——嚓——嚓"的声音——然后是一条闪光,仿佛熔炉门被突然打开,接着是轰隆一声,先是白色,后是红色,跟着一股疾风扑来,持续不停。我使劲呼吸,可又无法呼吸,只觉得灵魂冲出了躯壳,往外冲,往外冲,我的躯壳始终在风中往外冲。迅即间,我的灵魂全出了窍,我知道我已经死了,如果以为是刚刚死去,那是大错特错。随后我就飘浮起来,不是往前飘,而是退回来。我吸口气,回到原地。地面已被炸裂,在我脑袋前面,就有一根破裂的木梁。我的脑袋在摇晃,听见有人在哭。我想是有人在尖叫。我想动,但是动不了。我听见河对岸和沿河上下的机枪声和步枪声。随着一阵响亮的溅水声,我看见照明弹在往上升,接着炸裂了,一片白光在天上飘浮着,随即火箭也冲上天,还听见炸弹声,这一切都发生在一瞬间,随后我听见附近有人在嚷:"我的妈呀!噢,我的妈呀!"我又是拔,又是扭,终于抽出了双腿,便转过身去摸摸他。原来是帕西尼,我一碰他,他就尖叫。他的双腿朝着我,我在明暗交错中看到,他的双腿膝盖以上全都炸烂了。一条腿不见了,另一条腿仅由肌腱和裤腿的一部分勉强连着,残余的一截在抽搐,在痉挛,好像脱了节似的。他咬咬胳臂,哼叫道:"噢,我的妈,我的妈呀!"接着又说:"天主保佑你[①],马利亚。天主保佑你,马利亚。噢,耶稣,打死我吧打死我吧我的妈我的妈噢最纯洁可爱的马利亚打死我吧。结束这痛苦吧。结束这痛苦吧。结束这痛苦吧。噢耶稣可爱的马利亚结束这痛苦吧。噢噢噢噢。"接着是一阵哽噎声:"妈呀我的妈呀。"然后他安静下来,咬着

[①] 原文为意大利语:Dio te salve。

胳臂,腿的残肢在抽搐着。

"担架兵[①]!"我将两手合拢成杯形,放在嘴边大声喊道,"担架兵!"我想接近帕西尼,给他腿上绑根止血带,但我根本动不了。我又试了一次,我的腿稍微挪动了一点。我可以用双臂和双肘撑着往后爬。帕西尼现在安静了。我坐在他旁边,解开我的外衣,想撕下我的衬衣后摆。衬衫撕不动,我就用牙齿咬住布的边沿来撕。这时我才想起他的布绑腿。我穿着羊毛袜,而帕西尼却裹着布绑腿。司机们都裹着布绑腿,但帕西尼只有一条腿。我解开布绑腿,可我这么做的时候,就发觉没有必要再绑止血带了,因为他已经死了。我确认了一下,他是死了。还得找一找另外三个人。我坐直了身子,这一来才觉得我脑袋里有什么东西在动,就像洋娃娃的眼睛上压着铁块,我眼球后面被什么东西击中。我的双腿又暖又湿,鞋子里面又湿又暖。我知道我中弹了,就俯下身子去摸摸膝盖。我的膝盖不见了。我把手伸进去,才发现我的膝盖原来在小腿上。我在衬衫上擦擦手,又一道照明弹的光慢慢地落下来,我看着我的腿,心里非常害怕。噢,上帝,我说,让我离开这里吧。然而,我知道,还有另外三个人。本来有四个司机。帕西尼死了。还有三个。有人抱住我的腋下,另有一人抬起了我的双腿。

"还有三个人,"我说,"有一个死了。"

"我是马内拉。我们去找担架,可是找不着。你好吗,中尉?"

"戈尔迪尼和加沃齐在哪儿?"

"戈尔迪尼在急救站接受包扎。加沃齐抬着你的双腿。搂住我的脖子,中尉。你伤得很厉害吗?"

"伤在腿上。戈尔迪尼怎么样啦?"

"他没事。是颗大迫击炮弹。"

[①] 原文为意大利语:Porta feriti。

"帕西尼死了。"

"是的。他死了。"

一颗炮弹在附近落下,他们俩都扑倒在地,把我也摔在地上。"对不起,中尉,"马内拉说,"搂着我的脖子。"

"让你再摔倒我呀。"

"刚才因为我们受惊了。"

"你们俩没受伤吧?"

"都只受了一点伤。"

"戈尔迪尼还能开车吗?"

"恐怕不行了。"

到达救护站之前,他们又摔了我一次。

"狗娘养的。"我说。

"对不起,中尉,"马内拉说,"不会再摔着你了。"

在救护站外面,很多我们这样的人躺在黑暗中的地上。他们把伤员抬进来又抬出去。包扎所的门帘打开,把伤员抬进抬出时,我看得见里边的灯光。死了的就搁在一边。军医们把袖子卷到了肩部,一个个浑身是血,跟屠夫一般。担架不够用。有些伤员吵得厉害,大多数人都很安静。包扎所门上用来遮荫的树叶给风刮得沙沙响,夜越来越冷了。时不时有担架员走进来,放下担架,卸下伤员,随即又走出去。我一到包扎所,马内拉就找来一名中士军医,给我两条腿都扎上绷带。他说伤口里的灰尘太多,所以没流多少血。他们会尽快给我治疗。他回到里边去了。马内拉说,戈尔迪尼不能开车了。他的肩膀骨折了,头部也受了伤。他没觉得怎么疼,但现在肩膀不听使唤了。他坐在一垛砖墙边。马内拉和加沃齐各自送走了一批伤员。他们倒还能开车。英军派来三辆救护车,每部车上配备两个人。其中有一名司机由戈尔迪尼领着向我走过来,戈尔迪尼看上去面色煞白,一副病容。

英国人弯下腰来。

"你伤得严重吗?"他问。他是个高个子,戴着副钢边眼镜。

"腿上受了伤。"

"希望不太严重。抽支烟吧?"

"谢谢。"

"他们告诉我说,你损失了两名司机。"

"是的。一个死了,还有就是领你来的这位。"

"真不幸。你愿意让我们来开车吗?"

"我正想请你们来开呢。"

"我们会好好照料车子,用完还到别墅去。你们是二〇六,对吧?"

"是的。"

"那是个迷人的地方。我以前见过你。他们说你是美国人。"

"是的。"

"我是英国人。"

"不会吧!"

"是的,英国人。你以为我是意大利人吗?我们有支部队里有些意大利人。"

"你们肯替我们开车,那太好了。"我说。

"我们会十分当心的,"他挺直了身子,"你们的这个伙计急巴巴地就想让我来见你。"说着拍拍戈尔迪尼的肩膀。戈尔迪尼身子一缩,笑了笑。英国人突然操起流利纯正的意大利语来。"现在一切安排好了。我见过了你们的中尉。我们来接管这两部车子。你们现在不用操心了。"他顿了顿又说:"我得设法把你送出去。我要去找医务人员。我们把你一道送回去。"

他朝包扎所走去,小心翼翼地移动着脚步,唯恐踩着地上的伤员。我看见毛毯帘子被掀开,里面的灯光透出来,他走了进去。

"他会关照你的,中尉。"戈尔迪尼说。

"你怎么样,弗兰哥?"

"我没事。"他在我身边坐下。不一会儿,包扎所门前的毛毯掀开了,走出两个担架员,后面跟着那高个子英国人。他把他们领到我跟前。

"这位就是美国中尉。"他用意大利语说。

"我还是等等吧,"我说,"还有比我伤得更重的人。我没事儿。"

"得了,得了,"他说,"别充该死的英雄啦。"然后又用意大利语说:"抬他的时候要当心他的双腿。他的腿痛得厉害。他是威尔逊总统的嫡亲公子。"他们把我抬起,送进包扎室。里面所有的桌上都有人在动手术。小个子少校悻悻地瞪着我们。他认出了我,挥了挥镊子。

"你好吗?①"

"好。②"

"是我把他带来的,"高个子英国人用意大利语说,"他是美国大使的独生子。就让他待在这儿吧,等你们一腾出手就给他医治。然后我就把他随第一批伤员运回去。"他朝我弯下腰来。"我去找他们的副官给你办病历,这样事情会快得多。"他弯着身出了门,走掉了。少校这时取下镊子,把它们丢进盆子里。我的目光随着他的手移动。现在他在扎绷带。随后,担架员把人从桌上抬走了。

"我来负责美国中尉吧。"一个上尉军医说。他们把我抬上桌子。桌面又硬又滑。有许多刺鼻的气味,既有化学药品味,又有甜滋滋的人血味。他们脱下我的裤子,上尉军医一边检查,一边对中士副官口

---

① 原文为法语:Ca va bien?
② 原文为法语:Ca va。

述起来。"左右大腿、左右膝盖和右脚上多处负伤。右膝、右脚伤势较重。头皮有裂伤（他用探针探查了一下——痛吗？——基督啊，痛呀！），头盖可能有骨折。值勤时受的伤。这样一来，军事法庭就不会说你是自残了，"他说，"想喝点白兰地吗？你怎么搞成这个样子的？你打算干什么？自杀吗？请给他打一针防破伤风疫苗，在他两条腿上都画个十字记号。谢谢。我来清理一下，清洗干净，扎上绷带。你的凝血功能相当棒。"

写病历的副官抬起头来问："你是怎么受伤的？"

上尉军医："什么击中了你？"

我闭着眼睛说："一颗迫击炮弹。"

上尉做的手术很痛，割裂了肌肉组织，问我："你肯定吗？"

我尽量躺着不动，肌肉组织被切割的时候，感觉胃在颤抖，便说："我想是的。"

上尉军医找到了什么东西，很感兴趣地说："敌军迫击炮弹的碎片。你要是同意的话，我可以再查查看，不过没有必要。我把这些都涂上颜色——这痛不痛？好了，这比起以后的疼痛，算不了什么。真正的疼痛还没开始呢。给他来杯白兰地。一时的受惊可以减轻点疼痛；不过也没什么，只要不感染，就用不着担心，再说现在也很少感染。你的头怎么样？"

"仁慈的基督啊！"我说。

"那你还是别喝太多的白兰地。要是骨折了，还要防止发炎。现在感觉怎么样？"

我浑身是汗。

"仁慈的基督啊！"我说。

"我想你还是骨折了。我给你包起来，免得你的脑袋东碰西撞。"他给我包扎，他的手非常麻利，绷带扎得又紧又稳。"好了，祝你好运,法兰西万岁。①"

"他是美国人。"另一位上尉说。

"我以为你说他是法国人。他讲法语,"上尉说,"我早就认识他。我总以为他是法国人。"他喝下半大杯科涅克白兰地。"把重病号送上来。多拿些防破伤风疫苗来。"上尉冲我挥挥手。他们抬起我,出去的时候,门上的毛毯打在我脸上。到了外头,中士副官在我躺的地方跪下来。"姓氏?"他轻声问道。"中名?教名?军衔?出生地?级别?军团?"等等。"为你头上的伤感到难过,中尉。希望你感觉好些。我现在用英国救护车送你走。"

"我没事儿,"我说,"非常感谢。"少校先前所说的疼痛现在开始了,眼前发生的一切都激不起我的兴趣,也与我无关。过了一会儿,英国救护车来了,他们把我放在担架上,再把担架抬上救护车,推了进去。我旁边还有一副担架,上面躺着个男人,他的整个脸都扎了绷带,只看得见鼻子,像蜡一般。他的呼吸很沉重。又抬来几副担架,挂在上边的吊索上。高个子英国司机走过来,朝里面望望。"我要稳稳当当地开,"他说,"希望你们感觉舒坦。"我感觉到引擎发动了,感觉到他爬上前座,感觉到他松开刹车,踩下离合器,接着我们就启程了。我静静地躺着,任凭疼痛肆虐。

救护车沿着山路爬行,开得很慢,有时停下,有时倒车拐弯,后来终于跑起来了。我觉得有什么东西在往下滴。起初滴得很慢很有节奏,后来就滴滴答答流淌起来。我向司机嚷叫起来。他停下车,从车座后的窗洞望进来。

"什么事?"

"我上边担架上的那个人在流血。"

---

① 原文为法语: Vive la France。

"离山顶不远了。我一个人没法把担架弄出来。"他又开车了。血流个不停。在黑暗中,我看不清血是从头顶上方帆布的什么地方流下来的。我试图把身子往旁边挪挪,免得血流在我身上。有的血流进我衬衫里,觉得又暖又黏。我感到冷,腿又疼得厉害,难受得直想吐。过了一会儿,上边担架上血流得少了,又开始一滴一滴地落下来,我听到并感觉到上面的帆布在动,担架上的那个人比较舒服地安定下来了。

"他怎么样了?"英国人回头问,"我们快到山顶了。"

"我想他是死了。"我说。

血滴得很慢,就像太阳落山后,冰柱上滴下的水珠。山路往上爬,沉沉夜色中,车里寒气袭人。到了山顶救护站,他们把那副担架抬出去,把另外一副担架放进来,我们又继续赶路。

第十章

在野战医院的病房里,他们告诉我说:有人下午要来看我。那天天热,房间里有好多苍蝇。我的护理员把纸裁成纸条,绑在棍子上做成掸子,来驱赶苍蝇。我看着那些苍蝇叮在天花板上。护理员一停止挥赶,再一打瞌睡,苍蝇便飞下来,我就吹着气把它们赶走,最后用双手捂住脸,也睡着了。天太热了,我一觉醒来,腿上发痒。我叫醒护理员,他往绷带上倒了些矿泉水。这样一来,床给弄得又湿又凉。睡醒的人就在病房里聊天。医院的下午是比较安静的时候。每天早晨,三个男护士和一名医生,挨个巡视病床,把病人一个个抬下床,送到包扎室去换药,趁换药的机会,给病人整理床铺。去包扎室换药可不是好玩的,我后来才知道,床上有病人,也照样可以铺床。护理员泼完了水,床上又凉快又舒服,我正吩咐他给我脚底什么地方挠痒的时候,有一位医生带来了里纳尔迪。他脚步匆匆地来到床前,弯下腰来亲了亲我。我见他戴着手套。

"你好吗,宝贝?感觉如何?我给你带来了这个——"是一瓶科涅克白兰地。护理员搬来一把椅子,他坐下了,"还有个好消息。要给你授勋。他们想给你弄块银质奖章,但是也许只能搞到铜的。"

"为什么呀?"

"因为你受了重伤。他们说,只要你能证明你有什么英雄事迹,你就能得到银质奖章。否则就只能是铜的了。告诉我究竟发生了什么事。你有什么英雄事迹吗?"

"没有,"我说,"大家在吃干酪的时候,我被炸了。"

"别开玩笑。受伤前后,你肯定有过什么英雄事迹。仔细想想看。"

"我真没有。"

"你没背过什么人吗?戈尔迪尼说你背过好几个人,但急救站的少校军医说,这是不可能的。你要想得到奖励,得让他在提议书上签字。"

"我没背过什么人。我动都动不了。"

"那没关系。"里纳尔迪说。

他摘下手套。

"我想我们能替你弄到银质奖章。你不是拒绝比别人先接受治疗吗?"

"也不是很坚决。"

"那没关系。看看你伤得多么严重。看看你的勇敢行为,总是要求上一线。再说,这次行动又很成功。"

"他们顺利过河了吗?"

"顺利极啦。俘获了近千名俘虏。公报上写着呢。你没看公报吗?"

"没有。"

"等我带一份给你看看。这次奇袭非常成功。"

"各方面情况怎么样?"

"棒极了。大家都棒极了。人人都替你感到骄傲。跟我详细说说事情的经过吧。我敢肯定你能拿到银质奖章。跟我说说吧。把一切都告诉我。"他停了停,想了想。"说不定你还能弄枚英国勋章呢。那儿有个英国人。我去找找他,看他愿不愿意推荐你。他总会有点办法的。你遭了很多罪吧?喝一杯吧。护理员,去拿个瓶塞起子来。噢,你真该看看我是怎样给人切除三米小肠的,我的医术现在是今非昔比了。这可是给《柳叶刀》①杂志投稿的好素材。你替我翻译出来,我把它投到《柳叶刀》。我的医术日益精湛。可怜的好宝贝,你感觉怎么样啦?怎么还不见那个该死的瓶塞起子?你这么勇敢沉着,我都忘了你在受罪。"他拿手套拍拍床沿。

"瓶塞起子拿来了,中尉长官。"护理员说。

"打开酒瓶。拿个杯子来。喝了这个,宝贝。你那可怜的脑袋怎么样了?我看过你的病历。压根儿没有骨折。急救站的少校是个杀猪的。我要是给你动手术,决不会让你吃苦。我从不让任何人吃苦。我掌握了这里面的诀窍。我天天学习,手术越做越顺当,技术越来越精湛。原谅我话这么多,宝贝。看到你受这么重的伤,我真心痛。好了,喝了这个。不错的。花了十五里拉呢。一定不错。五星的。我一离开这儿,就去找那个英国人,让他给你弄一枚英国勋章。"

"他们的勋章可不是随便给的。"

"你太谦虚了。我打发联络官去,他能对付那个英国人。"

"你见过巴克利小姐没有?"

"我把她带来。我现在就去把她带来。"

---

① 英国著名临床医学杂志。

65

"别去,"我说,"给我讲讲戈里察的情况。姑娘们怎么样啦?"

"还有什么姑娘们。两个星期以来就没有调换过。我再也不去那儿了。太丢人了。她们哪儿是姑娘,简直就是老战友了。"

"你压根儿不去啦?"

"就是去,也只是看看有没有什么新来的。顺路去看看。大家都问起你。她们居然会待这么久,彼此都成朋友了,真是太丢人啦。"

"也许姑娘们不愿意再上前线来了。"

"她们当然愿意来。他们有的是姑娘。只是管理不善。他们把姑娘们都留在后方,供躲在防空洞里的人尽情享乐。"

"可怜的里纳尔迪,"我说,"一个人孤零零地作战,没有新来的姑娘。"

里纳尔迪又给自己倒了一杯科涅克白兰地。

"我想你喝点酒没害处,宝贝。你喝吧。"

我喝了那杯科涅克白兰地,觉得浑身热乎乎的。里纳尔迪又倒了一杯。他现在安静了。他端起酒杯:"为你英勇的伤口。为了银质奖章。告诉我,宝贝,这大热天里,你总是躺在这儿,不感到冲动吗?"

"有时会的。"

"我无法想象怎么能就这样躺着,我会发疯的。"

"你是发疯了。"

"我希望你回来。现在没人半夜三更带着浪漫故事回来了。没人可以开玩笑。没人可以借钞票。没有把兄弟和室友。你为什么要受伤呢?"

"你可以拿牧师开玩笑啊。"

"那个牧师。开他玩笑的不是我,而是上尉。我是喜欢他的。要是非得有个牧师,就用这个牧师也就行了。他要来看你,正大做准备呢。"

"我喜欢他。"

"噢,我早就知道啦。有时我觉得你和他有点那个劲儿。你知道的。"

"不,你不会吧。"

"是的。我有时是那样想的。你们俩就像安科纳旅第一团的番号,有点那个劲儿。"

"嗐,见鬼去吧。"

他站起身,戴上手套。

"哈,我喜欢逗你玩,宝贝。尽管你有牧师,有英国姑娘,你骨子里还真跟我一模一样。"

"不,我跟你不一样。"

"是的,我们是一样的。你其实是个意大利人。肚子里除了火和烟以外,什么也没有。你只是假装是个美国人。我们是兄弟,彼此相爱。"

"我不在的时候,你可要规矩点。"我说。

"我会叫巴克利小姐来的。没有我,你跟她在一起会更好。你会纯洁一点,甜蜜一点。"

"嗐,见鬼去吧。"

"我会找她来的。你那冷冰冰的美丽女神,英国女神。我的天哪,碰上这样的女人,男人除了崇拜还能做什么呢?英国女人还能有别的用处吗?"

"你这愚昧无知、嘴巴龌龊的意大利佬。"

"一个什么?"

"一个愚昧无知的意大利佬。"

"意大利佬。你才是个冷面的……意大利佬呢。"

"你愚昧无知。笨头笨脑。"我知道那个字眼刺伤了他,便乘胜追击。"没见识，没经验，因为没经验而变得笨头笨脑。"

"真的吗？让我跟你说说你们那些好女人的事吧。你们的女神。找个一向清白的姑娘和找个女人，只有一点不同。姑娘会痛。我只知道这一点，"他用手套拍打着床，"而你永远不知道姑娘是否真喜欢干那事。"

"别生气嘛。"

"我没有生气。我跟你讲这些话，宝贝，只是为你好。让你少些麻烦。"

"就这唯一的不同？"

"是的。但是许许多多像你这样的傻瓜却不明白。"

"谢谢你好心告诉我。"

"咱们别拌嘴啦，宝贝。我太爱你了。不过，可别当傻瓜。"

"不会。我要像你一样聪明。"

"别生气，宝贝。笑一笑。喝一杯。我真得走了。"

"你真是个贴心的哥儿们。"

"现在你看到了，我俩骨子里是一样的。我俩是战友。跟我吻别吧。"

"你还挺伤感的。"

"不。我只是比你感情更深一些。"

我感觉到他的气息在向我逼近。"再见。我很快会再来看你的。"他的气息远去了。"你不乐意，我就不吻你啦。我会把你的英国姑娘送来的。再见，宝贝。科涅克白兰地就放在床底下。早点康复。"

他走了。

第十一章

牧师来的时候,已是傍晚。在这之前,他们给我送来了饭,后来又收走了碗盘,我便躺在那里望着一排排的病床,望着窗外在晚风中微微摇晃的树梢。微风从窗口吹进来,到了夜晚,天凉快了一点。这时,苍蝇落在天花板上,落在电线吊着的电灯泡上。电灯只是夜间有人给送进来或者有什么事要做时才开。黄昏后病房里一片黑暗,而且要一直黑暗下去,这让我觉得自己很年轻。好像小时候早早吃了晚饭就给弄上床睡觉一样。护理员从病床间走来,到我跟前停住脚。有人跟着他来。原来是牧师。他站在那儿,小小的个子,棕色的脸,一副难为情的样子。

"你好吗?"他问。他把几包东西放在床旁边的地板上。

"挺好,神父。"

他在先前给里纳尔迪端来的那把椅子上坐下,局促不安地望着窗外。我注意到他的脸显得很疲惫。

"我只能待一会儿,"他说,"时候不早了。"

"还不晚。食堂怎么样?"

他微微一笑。"我还是人家的一大笑料,"他的声音听起来也很疲惫,"感谢上帝,大家都平安无事。"

"看你挺好,我很高兴,"他说,"希望你不感到疼痛。"他好像很疲惫,我很少见他这样疲惫。

"已经不疼了。"

"食堂里缺了你,挺让人想念的。"

"我也盼望回去。一起谈谈总是很有意思。"

"我给你带了些小东西。"他说。他从地上捡起包裹:"这是蚊帐。这是一瓶味美思。你喜欢味美思吗?这是些英文报纸。"

"请把报纸打开给我看看。"

他一听很高兴,马上打开了报纸。我双手捧着蚊帐。他端起味美思给我看了看,然后放回床边地板上。我拿起那捆英文报纸中的一张。我把报纸转了转,正好对着窗外射进来的微弱光线,这样就可以看清标题了。原来是《世界新闻报》。

"其他的报纸是有插图的。"他说。

"看这些报纸一定很有趣。你从哪儿搞来的?"

"我是托人到梅斯特雷① 买来的。以后还会有的。"

"你能来真是太好了,神父。喝一杯味美思吧?"

"谢谢。你留着自己喝吧。是特地带给你的。"

"别这样,喝一杯吧。"

"好吧。以后再给你带点来。"

护理员拿来杯子,打开酒瓶。他把瓶塞搞折了,只好把剩下的那截戳进瓶里去。我看出牧师有些失望,但他还是说:"没关系。不要紧。"

---

① 梅斯特雷是意大利东北部与威尼斯岛相望的一个海滨城市。

"祝你健康,神父。"

"祝你早日康复。"

随后他还端着酒杯,我们彼此对望着。有时我们谈得很投机,像好朋友一样,可是今晚却有些拘束。

"怎么啦,神父?你好像很疲倦。"

"我是疲倦,可我不应该是这个样子。"

"是天气太热吧。"

"不是。还只是春天呢。我觉得打不起精神。"

"你有战争厌倦症吧。"

"倒不是。不过我是讨厌战争。"

"我也不喜欢战争。"我说。他摇摇头,望望窗外。

"你不在乎战争。你不懂得什么是战争。你要原谅我。我知道你受了伤。"

"那不过是意外受的伤。"

"就算你受了伤,你还是不懂得什么是战争。我敢说。我自己也不太明白,不过我还是感觉到了一点。"

"我受伤的时候,大伙正在谈论这个话题。帕西尼说得正起劲。"

牧师放下杯子。他在想别的事。

"我了解他们,因为我就像他们一样。"他说。

"不过,你和他们不一样。"

"可我确实跟他们是一样的。"

"军官们什么也不明白。"

"有些军官还是明白的。他们非常敏感,比我们谁都难受。"

"他们大多数是不太相同的。"

"这不是教育或金钱的问题。是别的原因。像帕西尼这样的人,即使受过教育或者有钱,也不会愿意当军官。我就不愿意当军官。"

"可是你身为军官呀。我也是个军官。"

"我其实不算。你甚至都不是意大利人。你是个外国人。你与其说是接近士兵,不如说是接近军官。"

"那有什么区别呢?"

"我一下子也说不清楚。有人想要引起战争。这个国家有不少这样的人。还有人不愿意引起战争。"

"但是前一种人会逼着后一种人去打仗。"

"是的。"

"而我在帮助前一种人。"

"你是个外国人。还是个爱国人士。"

"那些不愿意引起战争的人呢?他们能阻止战争吗?"

"我不知道。"

他又望着窗外。我盯着他的脸。

"自古以来,人们可有办法阻止过战争的?"

"人们组织不起来,也就无法阻止战争,而一旦组织起来,却又给自己的头儿出卖了。"

"这么说,是没有希望了?"

"也不是绝对没有希望。可有时候我无法抱有希望。我总是竭力抱有希望,可有时候又做不到。"

"也许战争会结束的。"

"希望如此。"

"那你会做什么呢?"

"要是可能的话,我要回到阿布鲁齐。"

他那棕色的脸突然变得喜气洋洋。

"你喜欢阿布鲁齐?"

"是的,非常喜欢。"

"那你应该去那儿。"

"那我太幸福了。但愿我能住在那儿,爱上帝,并侍奉上帝。"

"同时受人尊重。"我说。

"是的,还受人尊重。怎么会不受人尊重呢?"

"没有理由不受尊重。你应该受到尊重。"

"那也没关系。但是在我们那地方,人们都知道人可以爱上帝。这可不是龌龊的玩笑。"

"我明白。"

他看看我,笑了笑。

"你明白,但你并不爱上帝。"

"是不爱。"

"压根儿不爱上帝?"他问。

"夜里我有时候还挺怕他。"

"你应该爱他。"

"我不是很爱。"

"不,"他说,"你是爱的。你跟我讲过夜里的事。那不是爱。那只是激情和欲望。你爱的时候,就想为对方做事。想为对方牺牲,想为对方服务。"

"我不爱。"

"你会的。我知道你会的。那时你就会快活了。"

"我是快活的。我一直是快活的。"

"那是另一回事。你没有经历,就不可能知道其中的奥秘。"

"好吧,"我说,"我一旦有了,一定告诉你。"

"我待得太久了,话说得太多了。"他担心真是这样。

"不。别走。爱女人是怎么回事?假如我真爱上某个女人,会不会也像那样?"

73

"这我可不知道。我从没爱过任何女人。"

"那你母亲呢？"

"是呀，我一定爱过我母亲。"

"你一向爱上帝吗？"

"从孩提时候起。"

"噢。"我说。我不知道说什么好了。"你是个好孩子。"我说。

"我是个孩子，"他说，"可你们叫我神父。"

"那是出于礼貌。"

他笑了笑。

"我真得走了。"他说。"你不要我给你带什么东西吗？"他怀着希望问道。

"不用。你来聊聊就行了。"

"我把你的问候转达给食堂里的朋友。"

"谢谢你带来这么多好东西。"

"那不算什么。"

"再来看我啊。"

"好的。再见。"他拍拍我的手。

"再见。"我用土语说。

"再见。"他重复了一声。

病房里黑洞洞的，一直坐在床脚边的护理员，站起身来送他出去。我很喜欢他，希望他有一天能回到阿布鲁齐。他在食堂里的日子不好过，虽然他不往心里去，但是我想他若是回到自己的家乡，生活会怎么样啊。他告诉过我，在卡普拉科塔，小镇下头的溪流里有鳟鱼。夜里不准吹笛子。青年人可以唱小夜曲，只是不准吹笛子。我问他为什么。因为少女们夜里听到笛声是不吉利的。那里的庄稼人都尊称你为"堂"①，你一见到他们，他们便会脱帽致意。他父亲天天去打猎，并且常在庄稼人家吃饭。他们总是很受尊重。不过外国人要打猎，必须出示证明书，证明自己从来没有被逮捕过。大萨索山②有熊，可惜路太远。阿奎拉③是个不错的小镇。夏天晚上很凉爽，而阿布鲁齐的春天是全意大利最美的。然而，最惬意的还是秋天在栗树林里打猎。那儿的鸟全都很棒，因为它们吃的是葡萄，你也从不用自带午饭，因为庄稼人总是以能请你到家里吃饭为荣。过了一会儿，我便睡着了。

---

① "堂"为西班牙人和葡萄牙人对男士的一种尊称。
② 大萨索山位于意大利中部，其主峰科诺为亚平宁山脉最高峰。
③ 阿奎拉（又译拉奎拉）是阿布鲁齐地区的一个著名城市。

第十二章

　　这间病房很长,右边是一排窗子,尽头有一道门,通往包扎室。我们的那一排床朝着窗子,窗子下面的另一排床朝着墙壁。你若是左侧着身子躺着,就能望见包扎室的门。病房尽头另有一道门,有时有人就打那道门进来。要是有人快死了,他们就用屏风把那张床围起来,这样你就看不见病人是怎么死的,只看得见屏风底下露出来的医生和男护士的鞋子和绑腿,有时候到末了,还听得见他们的窃窃私语。随后牧师就从屏风后走出来,接着男护士回到屏风后,出来时抬着死去的病人,身上盖着一条毯子,从两排床间的走道抬出去,随即有人将屏风折好拿走。

　　那天早晨,负责病房的少校问我第二天能不能出去一趟。我说能。他说那他们一大早就把我送出去。他说别等天太热再上路,这样我会好受些。

　　他们把你从床上抬下来,送往包扎室时,你可以从窗口望出去,看见花园里新添的几座坟。一个士兵坐在通花园的那扇门外,做着十字架,并把葬在花园里的人的姓名、军衔、部队番号,用油漆写在十字架上。他也替病房跑跑腿，还抽空拿奥军一只步枪子弹壳给我做了个打火机。医生们人都很好，看来也很能干。他们急于把我送到米兰去，那里有更好的 X 光设备，等我动了手术后，可以在那儿接受机器理疗。我也想去米兰。他们想把我们都送出去，尽可能送到后方，因为进攻一旦开始，所有的病床都得派上用场。

离开野战医院的头天晚上，里纳尔迪带着我们食堂的少校来看我。他们说我要去米兰一家新设立的美国医院。美国要派来几支救护车队，这所医院将照料他们和在意大利服役的其他美国人。红十字会里有很多美国人。美国已经对德宣战，但是没有对奥国宣战。①

意大利人相信美国也一定会对奥国宣战，他们对任何美国人来意大利，甚至红十字会人员来意大利，都感到很兴奋。他们问我是否认为威尔逊总统会向奥国宣战，我说这是指日可待的事情。我不知道美国跟奥国有什么势不两立的，不过既然已经对德国宣战了，那就理所当然地会对奥国宣战。他们问我美国是否会对土耳其宣战。我说这倒不一定。我说火鸡是美国的国鸟②，但是这个笑话翻译得太蹩脚，弄得人们既困惑又猜疑，我只好说会的，美国或许也会对土耳其宣战。那对保加利亚呢？我们已经喝了好几杯白兰地，我就说会的，向上帝发誓，也要对保加利亚宣战，还要对日本宣战。但是，他们说，日本是英国的盟国。你们可不能相信该死的英国人。日本人要抢夺夏威夷，我说。夏威夷在哪儿？在太平洋上。日本人干嘛想要夏威夷？他们不是真想要夏威夷，我说。只不过是流言罢了。日本是个奇妙的矮小民族，喜欢跳舞和喝低度酒。跟法国人一样，少校说。我们要从法国人手中收回尼斯和萨沃伊。我们要收回科西嘉岛和整个亚得里亚海

---

① 美国于 1917 年 4 月 6 日对德宣战，对奥匈帝国一直拖到同年 12 月才宣战。
② 在英语中，火鸡和土耳其是同一个词。

海岸线，里纳尔迪说。意大利要恢复古罗马的辉煌，少校说。我不喜欢罗马，我说。天气太热，跳蚤又多。你不喜欢罗马？不，我爱罗马。罗马是万国之母啊。我决不会忘记罗穆卢斯[①]喝的是泰伯河的水。什么？没什么。我们都去罗马吧。我们今晚就去罗马，再也不回来了。罗马是个美丽的城市，少校说。万国之母、之父，我说。罗马是阴性的，里纳尔迪说。它不可能当父亲。那谁是父亲呢，是圣灵吗？别亵渎。我没有亵渎，只是想长见识。你喝醉了，宝贝。谁把我灌醉的？是我把你灌醉的，少校说。我把你灌醉了，因为我爱你，因为美国参战了。彻底参战了，我说。你明儿早上就走了，宝贝，里纳尔迪说。去罗马，我说。不，去米兰。去米兰，少校说，去水晶宫，去科瓦，去康帕里，去碧菲，去大拱廊[②]。你这幸运儿。去意大利大饭店，我说，在那儿，我可以跟乔治借钱。去斯卡拉歌剧院[③]，里纳尔迪说。你要去斯卡拉。每晚都去，我说。你每晚都去可去不起，少校说。

票价很贵。我要从我祖父的户头上开一张即期汇票，我说。一张什么？一张即期汇票。他来付款，否则我得去坐牢。银行的坎宁安先生经办此事。我就靠即期汇票过活。做祖父的怎么忍心让一个爱国的孙子，一个为捍卫意大利的生存而献身的孙子去坐牢呢？美国的加里波第[④]万岁，里纳尔迪说。即期汇票万岁，我说。我们得安静点，少校说。人家叫我们安静，说了多少次了。你明天果真要走吗，弗雷德里克？我跟你说他要去美国医院，里纳尔迪说。到那些美丽的护士那儿

[①] 罗马神话中，罗穆卢斯是战神马耳斯的儿子，古罗马的建国者，古罗马人的守护神。
[②] 大拱廊是米兰著名的购物中心，上边是玻璃屋顶，两边是商店、咖啡馆、餐馆等。这里所提到的康帕里、碧菲都是著名餐馆。
[③] 斯卡拉歌剧院，世界最著名的歌剧院之一，西方人将之视为歌剧圣地。
[④] 加里波第（1807—1882），意大利将军和民族主义者，曾率领1000名志愿者占领西西里和那不勒斯（1860）。他的征服导致了意大利王国的成立（1861）。

去。不是野战医院留着胡须的护士。是的,是的,少校说,我知道他要到美国医院去。我不在乎他们的胡子,我说。谁想留胡子让他留好了。你为什么不留胡子呢,少校长官?防毒面具可塞不下胡子。不,塞得下。防毒面具里啥玩意都塞得下。我就往防毒面具里呕吐过。别这么大声,宝贝,里纳尔迪说。我们都知道你上过前线。噢,乖宝贝,你走了我可怎么办呀?我们得走了,少校说。我们搞得有点伤感了。听着,给你一个惊喜。你的那个英国人。知道吗?你每天晚上都上他们医院去找的那个英国姑娘?她也要去米兰。她和另外一个姑娘要到美国医院去。美国来的护士还没有到。我今天和他们部门的负责人谈过。前线的女人太多了。他们打算送一些回去。这消息你觉得怎么样,宝贝?好了。是吧?你要到大城市里去住了,还有你那位英国姑娘跟你亲热。我怎么不受伤呢?你也许会受伤的,我说。我们得走了,少校说。我们又是喝又是闹,打扰弗雷德里克了。别走。不行,我们得走了。再见。祝你好运。万事顺利。再见。再见。再见。早点回来,宝贝。里纳尔迪亲了亲我。你有来苏儿①的味道。再见,宝贝。再见。万事顺利。少校拍拍我的肩膀。他们踮着脚走出去了。我发现自己醉得不行,也睡觉去了。

第二天一早我们动身去米兰,四十八小时后才到达。一路上很不顺利。在梅斯特雷这一边,我们被晾在支线上等了好久,有些小孩跑来朝车里张望。我叫其中一个去买一瓶科涅克白兰地,但他回来说,只有格拉帕白兰地。我跟他说那就弄一瓶来,酒来后我把找钱赏给他,便和旁边的那个人喝了个酩酊大醉,一直睡到过了维琴察才醒来,在地板上大吐一通。这没什么大不了的,因为我旁边的那个人已

---

① 即杂酚皂液。

在地板上吐了好几回。后来我觉得渴得不行,在维罗纳城外的调车场,我向一个在火车旁走来走去的士兵求助,他搞了点水给我喝。我叫醒了那个与我同醉的家伙乔吉蒂,给他点水喝。他说把水泼在他肩膀上吧,随即又睡着了。那个士兵不肯接受我给他的小钱,给我买来一只柔软多汁的橘子。我吸吮着吃,把核吐出来,望着那士兵在外边一节货车边走来走去,过了一会儿,火车猛然一抖,启动了。

第二部

第十三章

我们大清早到达米兰,他们在货车场卸下了我们。一辆救护车送我去美国医院。我躺在救护车里的担架上,也搞不清车子经过的是城里哪个区,但是他们往外抬担架时,我看见一家市场和一家开着门的酒店,酒店里有个女雇员在往外扫垃圾。街上有人在洒水,空气中有股清晨的气息。他们放下担架,走进门去。门房跟着他们出来了。他留着灰色的小胡子,头戴一顶门房帽,上身只穿件衬衣。担架进不了电梯,他们便讨论是把我抬下担架,打电梯上楼呢,还是抬着担架爬楼梯。我听着他们讨论。他们还是决定乘电梯。他们把我从担架上抬下来。"慢点,"我说,"轻点。"

电梯里很挤,我的两腿弯着,痛得厉害。"让我把腿伸直。"我说。

"不行啊,中尉长官。没地方呀。"说这话的人用胳臂抱着我,而我的胳臂则攀着他的脖子。他的气息冲到我的脸上,发出一股大蒜和红酒的气味。

"轻点。"另一个人说。

"混蛋,谁没轻点呀!"

"我说要轻点。"抬着我脚的人又说了一遍。

我看着电梯门关上了,铁栅栏也拉上了,门房按了上四楼的电钮。门房看样子有些担心。电梯往上开得很慢。

"重吗?"我问那个一股大蒜味的家伙。

"不重。"他说。他脸上在冒汗,嘴里嘟嘟哝哝。电梯稳稳地上升,随即停住了。抬着我脚的人打开门,走了出去。我们到了阳台上。这儿有好几扇门,门上安着铜把手。抬着我脚的人按了按门铃按钮。我们听见门里边电铃在响。没人来开门。这时门房从楼梯走上来了。

"他们人呢?"抬担架的问。

"我不知道,"门房说,"人都睡在楼下。"

"找个人来。"

门房按按铃,再敲敲门,然后打开门,走了进去。他回来时,领来一个戴眼镜的老妇人。她头发蓬松,半垂下来,身上穿着一件护士服。

"我听不懂,"她说,"我可听不懂意大利语。"

"我会讲英语,"我说,"他们想找个地方安置我。"

"房间都没准备好。还没打算接收任何病人。"她用手掠一掠头发,瞪着近视眼望着我。

"随便找一个可以安置我的房间。"

"我不知道呀,"她说,"还没准备接收病人。我可不能随便找个房间安置你。"

"随便什么房间都行。"我说。然后用意大利语对门房说:"给找个空房间。"

"房间都空着,"门房说,"你可是头一个病人。"他手里拿着帽子,望着那个老护士。

"看在基督的分上,快给我找个房间。"我的腿因为老弯着,痛得越来越厉害,我感到痛入骨髓了。门房走进门去,那灰白头发的女人跟在后面,不一会儿,门房又急匆匆地出来了。"跟我走。"他说。他们抬着我,穿过一条长长的走廊,来到一间关上了百叶窗的房间。房间里一股新家具的气味。里面有一张床和一个带镜子的大衣橱。他们把我放在床上。

"我可没法铺上床单,"那女人说,"床单都给锁起来了。"

我没理睬她。"我口袋里有钱,"我对门房说,"在扣着的口袋里。"门房掏出钱来。两个抬担架的站在床边,手里拿着帽子。"给他们俩每人五里拉,你自己也拿五里拉。我的病历在另一个口袋里。你可以帮我交给护士。"

抬担架的行了个礼,说了声谢谢。"再见,"我说,"多谢啦。"他们又行了个礼,出去了。

"这些病历上,"我对护士说,"写着我的病情和已经做过的治疗。"

女人拿起病历,戴着眼镜翻看。一共三份病历,都对折着。"我不晓得怎么办,"她说,"我不认得意大利文。没有医生的吩咐,我什么也干不了。"她哭起来了,把病历放进围裙口袋里。"你是美国人吗?"她哭着问。

"是的。那么请你把病历放到床头柜上吧。"

房里又阴暗又凉爽。我躺在床上,看得见房间那头的大镜子,不过看不到镜子里反射的东西。门房还站在床边。他有一张中看的脸,人又很和善。

"你可以走了。"我对他说。"你也可以走了,"我对护士说,"怎么称呼你?"

"沃克太太。"

"你可以走了，沃克太太。我想我要睡了。"

我独自待在房里。房里很凉快，也没有医院的气味。床垫很结实，很舒服，我躺着一动不动，尽量不呼吸，感到腿痛减轻了，心里挺高兴。过了一会儿，我想喝水，发现床边有一条按电铃的电线，便按按铃，但是没有人来。我就睡了。

我醒来时四处张望。阳光从百叶窗透进来。我看见那只大衣橱、光秃秃的墙和两把椅子。我的双腿还裹着脏兮兮的绷带，直直地伸在床外头。我很小心，两条腿不敢动。我口渴了，就伸手去按铃。听见门开了，便抬头看了看，只见是一个护士。她看上去又年轻，又漂亮。

"早上好。"我说。

"早上好，"她说着走到床边来，"我们还没能跟医生联系上。他去科莫湖①了。谁也没料到会来病人。你到底怎么啦？"

"我受了伤。腿上、脚上，还有我的头也受了伤。"

"你叫什么？"

"亨利。弗雷德里克·亨利。"

"我帮你洗一洗。可是绷带不敢动，要等医生回来。"

"巴克利小姐在这儿吗？"

"没有。这儿没有这个姓氏的人。"

"我进来的时候，那个哭哭啼啼的女人是谁？"

护士大笑起来："是沃克太太。她值夜班，睡着了。没想到会有病人来。"

我们说话的时候，她帮我脱去衣服，除了绷带以外，衣服全都脱掉了，然后就给我擦洗身子，动作十分轻柔、娴熟。洗过之后，我觉

---

① 科莫湖位于意大利北部边境，是著名的风景区。

得非常舒服。我头上还扎着绷带,但她把边沿都洗了洗。

"你在哪儿受的伤?"

"普拉瓦北部的伊松佐河上。"

"那是哪儿?"

"戈里察北面。"

我看得出来,她对这些地名全都一无所知。

"你疼得厉害吗?"

"没什么。现在不怎么疼了。"

她往我嘴里放了一根体温计。

"意大利人是放在腋下的。"我说。

"别说话。"

她把体温计拿出来,看了看,然后甩了甩。

"多少度?"

"这你不该知道。"

"告诉我是多少度。"

"差不多正常。"

"我从来不发烧。何况我的两条腿里现在都是废铜烂铁。"

"你这话是什么意思?"

"里面尽是些迫击炮弹碎片、旧螺丝钉和床座弹簧之类的东西。"

她摇摇头,笑了笑。

"要是你腿里真有任何异物,那就会发炎,你也就会发烧。"

"好吧,"我说,"我们瞧瞧能取出什么东西来。"

她走出房去,回来时领来清早见过的那位老护士。她们俩一块铺好床,我人还躺在床上。这种铺床法对我来说很新奇,也很让人钦佩。

"这儿由谁主管?"

"范坎彭小姐。"

"共有多少护士?"

"就我们俩。"

"不会多来几个吗?"

"还有几位快到了。"

"什么时候到?"

"不知道。作为一个病人,你的问题问得太多了。"

"我没生病,"我说,"我是受伤。"

她们铺好了床,我躺在那儿,身下垫着一条干净光滑的床单,身上盖着另一条。沃克太太出去拿了件睡衣上装来。她们给我穿上,我觉得又干净又整齐。

"你们对我太好了。"我说。那个叫盖奇小姐的护士咯咯笑了。"我可以喝杯水吗?"我问。

"当然可以。然后你就可以吃早饭了。"

"我不想吃早饭。请你给我打开百叶窗好吗?"

房里光线本来很暗,百叶窗一打开,顿时阳光灿烂,我望望外面的阳台,再过去是房屋和烟囱的砖瓦顶。我朝砖瓦顶上空望去,瞧见了白云和碧蓝的天。

"难道你们不知道别的护士什么时候到吗?"

"怎么啦?难道我们对你照顾不周吗?"

"你们待我很好。"

"你想用便盆吗?"

"可以试试看。"

她们帮我坐起来,扶着我,可是没有用。后来我就躺着,从敞开的门望着外面的阳台。

"医生什么时候来?"

"他回来就知道了。我们设法打电话到科莫湖找过他。"

"难道没有别的医生吗？"

"他是本院的住院医生。"

盖奇小姐拿来一罐水和一只杯子。我连喝了三杯，然后她们就走了，我往窗外望了一会儿，又睡着了。我吃了点中饭，下午医院的主管范坎彭小姐来看我。她不喜欢我，我也不喜欢她。她个子小，做事麻利，疑心重，放在这个位置真委屈她了。她问了我许多问题，似乎觉得我参加意军是一桩丢脸的事。

"我吃饭的时候可以喝点酒吗？"我问她。

"除非有医生的吩咐。"

"他不回来，我就不能喝吗？"

"绝对不能喝。"

"你们到底打不打算把他叫回来？"

"我们打电话到科莫湖找过他。"

她出去了，盖奇小姐回来了。

"你对范坎彭小姐怎么这样没有礼貌？"她非常麻利地帮我做完事之后，问道。

"我不是有意的。可她也太势利眼了。"

"她倒说你趾高气扬，粗鲁无礼。"

"我才没有呢。不过，医院里连个医生都没有，还算什么医院呀？"

"他就来了。他们打电话到科莫湖找他了。"

"他在那儿干吗？游泳吗？"

"不。他在那儿开了个诊所。"

"他们干吗不另外请一个医生？"

"嘘。嘘。做个好孩子，他就会来的。"

我让人去叫门房，等他来了，我用意大利语跟他说，到酒店去给

89

我买一瓶辛扎诺味美思和一瓶红勤地酒，还有晚报。他去了，买好酒用报纸包着拿回来，先把报纸解开，然后照我的吩咐，拔掉瓶塞，把红勤地酒和味美思都放在床底下。他们都走了，我独自一人躺在床上，看了一会儿报纸，有来自前线的报道，阵亡军官的名单和他们所授的勋章。然后我伸手从床底下提起那瓶味美思，笔直地摆在肚子上，让凉快的玻璃瓶贴着肚皮，一小口一小口地呷着，酒瓶底一次次地贴在肚皮上，留下了一个个圆圈，与此同时，我望着外边屋顶上的天空，天色渐渐暗下来。燕子在四周盘旋，我望着它们和夜鹰在屋顶上飞，一边喝着味美思。盖奇小姐端来一只杯子，里面装着蛋奶酒。见她进来，我连忙把味美思藏到床的另一侧。

"范坎彭小姐在这里边掺了点雪利酒，"她说，"你不应该对她不客气。她年纪大了，这家医院对她来说责任重大。沃克太太年纪又大，帮不上她什么忙。"

"她是个了不起的女人，"我说，"非常感谢她。"

"我马上给你送晚饭来。"

"没关系，"我说，"我还不饿。"

她把托盘端来放在床边的桌上，我谢了她，吃了点晚饭。后来天黑了，我看见探照灯的光束在天空中晃动着。我望了一会儿，就睡着了。我睡得很沉，只有一次汗淋淋地惊醒过来，接着又睡了，竭力不再做噩梦。天还远远没有亮，我便醒了再也没睡着，听见公鸡叫，就一直清醒地待到天亮。我很疲倦，等天真亮了以后，我又睡着了。

第十四章

我醒来时,房里阳光灿烂。我以为又回到了前线,在床上伸了伸身子。不料两条腿又疼起来,低头一看,发现腿上依旧扎着脏兮兮的绷带,这才明白身在何处。我伸手去抓电线按下了电铃。只听走廊里铃声响起,有人穿着胶底鞋,沿着走廊走过来。来的是盖奇小姐,灿烂的阳光下,她看上去有点苍老,也不那么漂亮了。

"早上好,"她说,"夜里睡得好吗?"

"好。多谢,"我说,"能找个理发师来吗?"

"我来看过你,你拿着这玩意儿在床上睡着了。"

她打开衣橱门,举起那瓶味美思。差不多喝光了。"我把床底下的那一瓶也放在衣橱里了,"她说,"你怎么不跟我要只杯子呢?"

"我怕你不让我喝。"

"我会陪你喝一点的。"

"你是个好姑娘。"

"一个人喝闷酒可不好,"她说,"以后可别这么做。"

"好的。"

"你的朋友巴克利小姐来了。"她说。

"真的吗?"

"是的。我不喜欢她。"

"你会喜欢她的。她人好极啦。"

她摇摇头:"我知道她人好。你能不能往这边挪一挪?好了。我给你洗一洗,准备吃早饭。"她用布、肥皂和热水给我洗。"把肩膀挺起来,"她说,"好极了。"

"能叫理发师给我理个发再吃饭吗?"

"我打发门房去叫理发师。"她出去又回来了。"他去叫理发师了。"她说,一边把手里的那块布浸在水盆里。

理发师跟着门房来了。他大约五十来岁,留着上翘的小胡子。盖奇小姐给我洗完就出去了,理发师往我脸上涂上皂沫,开始刮脸。他一本正经,一声不吭。

"怎么啦?难道没有什么消息说说吗?"我问。

"什么消息?"

"随便什么消息。镇上有什么事儿吗?"

"现在是战争时期,"他说,"到处是敌人的耳目。"

我抬起头看看他。"你的脸请别动,"他说,一边继续刮脸,"我什么都不说。"

"你怎么啦?"我问。

"我是意大利人。我不会和敌人搭腔的。"

我只能就此罢休。假若他疯了,越早从他的剃刀下解脱出来,就越安全。有一次我想好好地看他一下。"当心,"他说,"剃刀利着呢。"

他理完了,我付了钱,还给他半个里拉做小费。他退回了小费。

"我不要。我没上前线。但我还是意大利人。"

"快给我滚出去。"

"承蒙你许可。"他说,用报纸包好剃刀。他走了出去,把那五个铜币留在床边的桌子上。我按按铃。盖奇小姐进来了。"你能不能把门房叫来?"

"好的。"

门房来了。他竭力忍住了笑。

"那个理发师是不是疯了?"

"没有,长官。他搞错了。他没大听懂,以为我说你是个奥地利军官。"

"噢。"我说。

"哈哈哈。"门房大笑起来,"他真有趣。他说只要你动一动,他就——"说着用食指划过喉咙。

"哈哈哈,"他想忍住不笑,"后来我告诉他你不是奥地利人。哈哈哈。"

"哈哈哈,"我悻然说道,"他要是真割断我的喉咙,那就太有趣了。哈哈哈。"

"不,长官。不会,不会的。他怕死了奥地利军官。哈哈哈。"

"哈哈哈,"我说,"滚出去。"

他出去了,我听见他在走廊里哈哈大笑。接着听见有人从走廊上过来。我朝门口望去。原来是凯瑟琳·巴克利小姐。

她走进房,来到床边。

"你好,亲爱的。"她说。她看上去既清新又青春,美丽绝伦。我想我从没见过这么美的人。

"你好。"我说。我一看见她,就爱上了她。我神魂颠倒。她朝门口望望,看见没有人,就在床沿上坐下,弯下身来吻我。我把她拉下来,亲她,感到她的心在怦怦直跳。

"你这小亲亲,"我说,"你能来这儿,岂不是太奇妙了吗?"

"要来并不困难。要待下去可就不容易了。"

"你得待下去,"我说,"噢,你真奇妙。"我爱她爱得发疯了。我不敢相信她真来了,便紧紧地抱住她。

"你不能这样,"她说,"你还没好呢。"

"不,全好了。来吧。"

"不。你体力还没恢复呢。"

"不。我恢复了。可以的,来吧。"

"你真爱我吗?"

"我真爱你。爱你爱得发疯了。快来吧。"

"我们的心在怦怦地跳呢。"

"我才不管我们的心跳呢。我就要你。我想得都快发疯了。"

"你当真爱我吗?"

"别老说这话。来吧。求你啦。求你啦,凯瑟琳。"

"那好吧,不过只能来一会儿。"

"好的,"我说,"把门关上。"

"你不能啊。你不该。"

"来吧。别说话。请来吧。"

凯瑟琳坐在床边的椅子上。门开着,外面就是走廊。疯狂劲儿过去了,我感到前所未有的痛快。

她问:"现在你相信我爱你了吧?"

"噢,你真可爱,"我说,"你非得待下去不可。他们不能把你打发走。我爱你爱得发疯了。"

"我们得非常小心。刚才真是疯狂。我们不能这么做。"

"我们可以晚上来。"

"我们得非常小心。在别人面前,你可要小心。"

"我会的。"

"你得小心。你真可爱。你真的爱我,是吗?"

"别再说这话了。你不知道那对我产生什么影响。"

"那我就小心点。我不想再扰乱你了。我现在得走了,亲爱的,真的。"

"快点回来啊。"

"能来的时候我就来。"

"再见。"

"再见,亲爱的。"

她出去了。上帝知道,我本来是不想爱上她的。我也不想爱上任何人。但是上帝知道我已经爱上了她,我躺在米兰医院的病床上,脑子里思绪万千,可我感觉很奇妙,最后盖奇小姐进来了。

"医生快来了,"她说,"他从科莫湖打来了电话。"

"他什么时候能到?"

"今天下午。"

第十五章

　　直到下午都没出什么事。医生是个瘦小沉静的人，似乎让战争搅得心神不宁。他带着审慎、文雅的厌恶感，从我两条大腿中取出了几小块钢弹片。他使用了当地一种叫什么"雪"①的局部麻醉剂，使肌肉组织麻木，感觉不到疼痛，直至探针、解剖刀或镊子穿透了麻醉的肌肉层。病人可以清楚地知道麻醉的范围。过了一阵，医生那审慎而脆弱的神经受不住了，于是他说，还是拍张X光片吧。用探针的方法不能令人满意，他说。

　　X光片是在马焦雷医院拍的，那个拍片的医生容易激动，人很能干，生性开朗。他拍片的方法，把病人的双肩架起来，这样病人就能通过X光机器屏幕，亲眼看到身体里一些比较大的异物。这些片子洗出来后就会送过来。医生让我在他的袖珍记录本上写下了我的姓名、部队番号和一些感受。他说那些异物丑恶、讨厌、残暴。奥地利人都是狗娘养的。我杀了多少敌

---

① 指可卡因。

人?我一个也没杀过,但是我一心就想讨好他——便说我杀了好多人。盖奇小姐也在场,医生便用胳臂搂着她,说她比克娄巴特拉还美丽。她能听懂吗?克娄巴特拉是古埃及的王后。是的,凭上帝起誓,她的确比克娄巴特拉还美丽。我们乘救护车回到小医院,过了一阵,给人抬来抬去,终于到了楼上,又躺到了床上。拍好的片子下午就送来了,医生曾凭上帝发誓说,他当天下午就要,他果然拿到了。凯瑟琳·巴克利把片子拿来给我看。片子装在红色封套里,她从里面取出来,对着光举起来,我们俩一起看。

"那是你的右腿,"她说罢仍把片子装进套子里,"这是你的左腿。"

"放到一边去,"我说,"到床上来。"

"不行,"她说,"我只是拿片子来给你看看的。"

她走出去了,我躺在那儿。那天下午很热,我躺在床上躺腻烦了,就打发门房去买报纸,把能买到的都买来。

他没回来之前,三名医生来到房里。我早就发现,凡是医术不怎么样的医生,都喜欢结伴搞搞会诊。一个动不了阑尾手术的医生,会向你推荐一个动不了扁桃腺手术的医生。这三位就是这一类的医生。

"就是这个年轻人。"有着一双纤手的住院医生介绍说。

"你好?"留着胡子的瘦高个医生说。第三位医生拿着装 X 光片的红封套,一声不响。

"是不是要解开绷带?"留胡子的医生问。

"当然。请解开绷带,护士。"住院医生对盖奇小姐说。盖奇小姐解开绷带。我低头看着腿。在野战医院的时候,我的两腿看上去像是不大新鲜的汉堡碎牛排。现在两腿已结了硬皮,膝盖发肿脱了色,小腿凹陷下去,但是没有积脓。

"很干净,"住院医生说,"很干净,很好。"

"嗯。"留胡子的医生说。第三位医生从住院医生的肩膀上看过来。

"请动一动膝盖。"胡子医生说。

"我动不了。"

"要不要检查一下关节?"胡子医生问。他袖管上除了三颗星以外,还有一条杠。这表明他是个上尉。

"当然。"住院医生说。他们中的两人小心翼翼地抓住我的右腿,把它扭弯。

"疼。"我说。

"对了。对了。再弯一点,医生。"

"够了。只能弯成这个样子。"我说。

"局部关节。"上尉说。他直起身来,"请让我再看看X光片吧,医生?"第三位医生递给他一张片子。"不。请给我左腿的。"

"这就是左腿的,医生。"

"你说得对。我刚才是从不同的角度看的。"他把片子递回去。又把另外一张片子端详了半天。"看见没有,医生?"他指着一块异物,在光线的衬托下,显得又圆又清晰。他们仔细查看了半天。

"只有一点我敢肯定,"留胡子的上尉说,"这是个时间问题。三个月,也许六个月。"

"肯定要等关节滑液重新形成。"

"当然。是时间问题。弹片没有结成包囊之前,我没法切开这样的膝盖。"

"我同意你的看法,医生。"

"干吗要等六个月?"我问。

"等六个月让弹片结成包囊,动膝盖手术才安全。"

"我不相信。"我说。

"你还想保住你的膝盖吧,年轻人?"

"不想。"我说。

"什么?"

"我想截掉算啦,"我说,"以便装个钩子上去。"

"你是什么意思?钩子?"

"他在开玩笑,"住院医生说,他轻轻拍拍我的肩膀,"他想保住膝盖。这是个很勇敢的年轻人。已经提名给他授予英勇银质勋章了。"

"恭喜恭喜,"上尉说,他握握我的手,"我只能说,为安全起见,像你这样的膝盖,至少得等六个月才能动手术。当然,你也可以听听别人的高见。"

"多谢,"我说,"我尊重你的高见。"

上尉看看他的表。

"我们得走了,"他说,"祝你万事顺利。"

"我也祝各位万事顺利,同时谢谢各位。"我说。我跟第三位医生握握手。"瓦里尼上尉——亨利中尉。"[①]他们三人都走出屋去。

"盖奇小姐,"我喊道,"请叫住院医生回来一下。"

他来了,手里拿着帽子,站在床边:"你找我吗?"

"是的。我不能等六个月再动手术。天哪,医生,你在床上待过六个月吗?"

"你不会总待在床上。你得先让伤口晒晒太阳。然后可以拄着拐杖四处走走。"

"等上六个月再动手术?"

"那样做才稳妥。必须让那些异物结成包囊,还得让关节滑液重新生成。那时动膝盖手术才安全。"

[①] 原文为意大利语:Capitano Varini——Tenente Enry。

"你个人真认为我必须等那么久吗?"

"那样做稳妥。"

"那上尉是什么人?"

"他是米兰一个非常杰出的外科医生。"

"他是个上尉,对吧?"

"是的,不过他是个杰出的外科医生。"

"我可不想让一个上尉来胡搞我的腿。他要是有能耐的话,早就当上少校了。我知道上尉是什么样的角色,医生。"

"他是位杰出的外科医生,比起我所认得的其他外科医生来,我更愿意接受他的诊断意见。"

"能不能再找个外科医生来看看?"

"你要的话,当然可以。不过我个人还是愿意采纳瓦雷拉医生的意见。"

"你可不可以另请一位外科医生来瞧瞧?"

"我请瓦伦蒂尼来吧。"

"他是谁?"

"他是马焦雷医院的一位外科医生。"

"好的。非常感谢。你知道,医生,我不能在床上待六个月。"

"你不用老待在床上。你得先接受日光治疗。然后做些轻微的活动。等到一结成包囊,我们再动手术。"

"可我等不了六个月。"

医生把纤细的手指展开,放在手里的帽子上,笑了笑。"你这么急着回前线吗?"

"为什么不呢?"

"这好极啦,"他说,"你是个高尚的年轻人。"他弯下身来,轻轻地吻吻我的前额。"我会打发人去请瓦伦蒂尼的。不要担忧,不要激动。做个好孩子。"

"你想喝一杯吗?"我问。

"不,谢谢。我从不喝酒。"

"就来一杯。"我按铃叫门房拿杯子来。

"不。不,谢谢。他们在等我。"

"再见。"我说。

"再见。"

两小时后,瓦伦蒂尼医生来到病房。他匆匆忙忙,胡子两端朝上翘起。他是名少校,面孔晒得黑黑的,一直笑个不停。

"你是怎么搞的,伤得这么重?"他问,"让我看看片子。是的。是的。就这么回事。你看上去像山羊一样健壮。这位漂亮姑娘是谁?你的女朋友吗?我看是的。这岂不是场该死的战争吗?这儿感觉怎么样?你是个好孩子。我会让你完好如初的。这样疼吗?肯定是疼的。这些医生,怎么这么喜欢让你疼痛啊。到目前为止,他们都为你做了什么啦?那姑娘不会讲意大利话吗?她该学学。多可爱的姑娘。我可以教她。我自己都想在这里当个病人。不行,不过等你们将来生孩子时,我可以给你们免费接生。她听得懂吗?她会为你生个漂亮的男孩。长着她那样的漂亮金发。这有多好。没有问题。多可爱的姑娘。问问她肯不肯陪我吃晚饭。不,我不会把她抢走的。谢谢。多谢啦,小姐。这就行了。"

"我了解这些情况足够了,"他拍拍我的肩膀,"绷带就别再扎啦。"

"喝一杯吧,瓦伦蒂尼医生?"

"喝一杯?当然可以。我要喝十杯。在哪儿?"

"在衣橱里。巴克利小姐去拿吧。"

101

"干杯啊。为你干杯啊，小姐。多可爱的姑娘。我给你带更好的科涅克白兰地来。"他捋捋小胡子。

"你觉得什么时候可以动手术？"

"明天早上。再早不行。你得空腹。你的肠胃得洗干净。我去找楼下那个老太太，吩咐她怎么做。再见。明天见。我给你带更好的科涅克白兰地来。你在这儿很舒服。再见。明儿见。好好睡一觉。我一早就来。"他在门口挥挥手，他的小胡子朝上直翘着，黑脸庞上笑容可掬。他的袖章上有一颗星，因为他是个少校。

第十六章

那天夜里,一只蝙蝠从阳台敞开的门飞进屋来,我们就是通过这道门,眺望米兰屋顶上的夜空的。屋里一片昏暗,只映着城市上空那一点微微的夜光,因此蝙蝠一点也不害怕,只管在屋里觅食,仿佛在屋外一样。我们躺在那里望着它,它大概没有看见我们,因为我们静静地躺着。蝙蝠飞出去后,我们看见一道探照灯光,光柱划过天空,然后消失了,接着又是一片黑暗。夜里吹来一阵微风,我们听见隔壁屋顶上的高射炮兵在聊天。天气较凉,他们都穿上了斗篷。夜里我怕有人会闯进来,但凯瑟琳说他们都在睡觉。有一次我们都睡着了,等我醒来时,她却不在屋里,但我听见她沿着走廊走来,门打开了,她回到床上,说没事儿,她到楼下看过了,他们都在睡觉。她到范坎彭小姐的房门外,听见她睡着了的喘气声。她拿来了饼干,我们一道吃着,还喝了点味美思。我们很饿,但是她说到了早晨,我肚子里的东西都得清洗干净。早上天亮时我又睡着了,等醒过来,发现她又不见了。她进来时神清气爽,好生可爱,往床上一坐。我口里正含着体温计,这时太阳出来了,闻得到屋顶露水的气息,还有隔壁屋顶高射炮兵喝的咖啡的香味。

"真想出去走一走,"凯瑟琳说,"要是有轮椅的话,我可以推着你出去。"

"就是有轮椅我又怎么坐得进去呢?"

"总有办法的。"

"我们可以到公园里去,在户外吃早饭。"我朝敞开的门外望去。

"我们现在要做的,"她说,"是替你做好准备,等你的朋友瓦伦蒂尼医生来。"

"我觉得他很了不起。"

"我倒不像你这么喜欢他。不过我想他挺不错。"

"回到床上来,凯瑟琳。来吧。"我说。

"不行。我们不是快快活活地过了一夜吗?"

"你今天夜里会值夜班吗?"

"可能会的。但是你不会想要我的。"

"不,我想要。"

"不,你不会的。你从来没有动过手术。你不晓得你会成什么样子。"

"我不会有事的。"

"你会恶心得直想吐,不会想要我的。"

"那现在就回到床上来吧。"

"不行,"她说,"我得填体温表,亲爱的,还得帮你做好准备。"

"你不是真心爱我,否则会回到床上来的。"

"你真是个傻孩子,"她吻吻我,"这对体温没妨碍。你的体温总是正常的。你有这么可爱的体温。"

"你是样样都可爱。"

"噢,不。你有可爱的体温。我为你的体温感到无比骄傲。"

"也许我们的孩子都会有很好的体温。"

"我们的孩子可能会有很糟糕的体温。"

"为了等瓦伦蒂尼来,你要替我做些什么准备啊?"

"不多。但是很不愉快。"

"要是不用你来做就好了。"

"是不用我来做。可我不想让别人碰你。我真傻。别人一碰你,我就光火。"

"连弗格森也不行吗?"

"尤其是弗格森、盖奇和那另外一个,她叫什么来着?"

"沃克?"

"就是她。眼下这儿的护士太多了。必须再来些病人,否则人家就要撵我们走了。现在已经有四名护士了。"

"可能还会来一些。还是需要这么多护士的。这是一座相当大的医院。"

"希望能再来些病人。要是人家要我走,我可怎么办?要是不再来病人,人家就会打发我走的。"

"那我也走。"

"别傻了。你还不能走。不过还是快点好起来,亲爱的,我们到别处去。"

"那以后呢?"

"也许战争会结束。不可能总打下去。"

"我会好起来的,"我说,"瓦伦蒂尼会治好我的。"

"他留着那样的小胡子,肯定行的。还有,亲爱的,你上麻醉药的时候,就想想别的事情——别想我们。因为人一上麻醉药,就会胡言乱语。"

105

"我该想什么呢?"

"随便想什么。只要别想我们就行。想想你的家人。甚至任何别的女人。"

"我不。"

"那你就祈祷吧。那样会给人家留下一个很好的印象。"

"也许我就不说话。"

"那倒是。有人常常不说话。"

"我就不说话。"

"别吹了,亲爱的。请别吹牛。你这么讨人喜欢,用不着吹牛。"

"我一句话都不说。"

"你这就在吹牛了,亲爱的。你知道你不用吹牛。人家一叫你深呼吸,你就开始念祈祷文,或者背诵诗歌,或者别的什么。你那样会很可爱的,我会为你骄傲的。无论如何,我都会为你骄傲的。你有个可爱的体温,睡起觉来像个小孩,胳膊抱着枕头,还以为是我。或者以为是别的姑娘吧?一个漂亮的意大利姑娘吧?"

"是你。"

"当然是我。噢,我真爱你呀,瓦伦蒂尼一定会给你一条好腿的。我很庆幸,不用去看你动手术。"

"你今晚上夜班吧。"

"是的。不过你就不会在乎了。"

"你等着瞧吧。"

"好了,亲爱的。现在你里里外外都弄干净了。告诉我。你爱过多少人?"

"没爱过谁。"

"连我也不爱?"

"对了,爱你。"

"到底还爱过多少人？"

"一个都没有。"

"你跟多少人——你们是怎么说的？——好过？"

"没有人。"

"你在跟我撒谎。"

"是的。"

"那没关系。尽管对我撒谎好了。我就要你这么做。她们长得漂亮吗？"

"我从来没跟人好过。"

"这就对了。她们很迷人吗？"

"我什么都不知道。"

"你只是我的。这是真的，你从没属于过任何人。就算你是别人的，我也不在乎。我不怕她们。不过，可别跟我说起她们。男人跟姑娘好的时候，姑娘什么时候讲起价钱来？"

"我不知道。"

"你当然不知道。她说她爱他吗？告诉我吧。这我想知道。"

"是的。要是他要她说的话。"

"那男人说不说爱她呢？请告诉我。这很重要。"

"他想说就说呗。"

"可你从来没说过吧？真的吗？"

"没说过。"

"真没说过啊。跟我说真话。"

"没说过。"我撒了个谎。

"你不会说的，"她说，"我知道你不会说的。噢，我爱你呀，亲爱的。"

外面太阳已经升到屋顶上，我看得见阳光照耀下教堂的尖顶。我

107

里里外外都洗得干干净净，等着医生来。

"是这样吗？"凯瑟琳问，"她只说他让她说的吗？"

"并非总是这样。"

"但是我会的。你要我说什么我就说什么，你要我做什么我就做什么，这样你就永远不会要别的姑娘了吧？"她很开心地望着我，"我要做你想做的事，说你想说的话，这样我就会大获成功，是吧？"

"是的。"

"现在你什么都准备好了，还想要我做什么呢？"

"再到床上来。"

"好吧。我来。"

"噢，亲爱的，亲爱的，亲爱的。"我说。

"你瞧，"她说，"你要我做什么我就做什么。"

"你真可爱。"

"我还怕我做得不够好。"

"你好可爱。"

"我要你想要的。我已经不再有自己了。只是你所需要的。"

"你这小亲亲。"

"我还行。我还行吧？你不想要别的姑娘了吧？"

"不想。"

"你瞧？我行的。你要我做什么我就做什么。"

第十七章

手术后我醒来了,原来我并没有昏迷。你不会昏迷的。他们只是阻塞了你的呼吸。这跟死不一样,不过是一种药物窒息,让你失去感觉,事后就好像喝醉了酒,只是吐的时候,除了胆汁没有别的,而且吐过后也不觉得好过些。我看见床头有沙袋。沙袋压在石膏绷带上露出的管子上。过了一会儿,我看见了盖奇小姐,她说:"现在怎么样啦?"

"好点了。"我说。

"你的膝盖手术,他做得漂亮极了。"

"用了多长时间?"

"两个半小时。"

"我说什么蠢话了吗?"

"没说。别讲话了。要安静。"

我觉得难受,让凯瑟琳说中了。谁值夜班对我都是一样。

现在医院里又来了三个病号:一个是红十字会的瘦瘦的青年,佐治亚州人,得的是疟疾;另一个可爱

109

的青年，也挺瘦，纽约人，得的是疟疾和黄疸；还有一个好青年，试图扭开一枚榴散弹丸和烈性炸药混合弹的导火线雷管，好留作纪念。这是山里的奥军使用的一种榴散炮弹，弹头上装有雷管，爆炸后还不能碰，一碰就会再爆炸。

凯瑟琳深受护士们的喜爱，因为她愿意无休止地值夜班。她为那两个疟疾病人可没少忙活，那个拧开弹头雷管的青年成了我们的朋友，夜里除非万不得已，一般从不按铃。然而凯瑟琳不值班的时候，我们总是待在一起。我非常爱她，她也爱我。我白天睡觉，醒来后就互相通通信，弗格森替我们传递。弗格森是个好姑娘。她的情况我不大了解，只知道她有个兄弟在第五十二师，还有个兄弟在美索不达米亚[①]。她待凯瑟琳·巴克利非常好。

"你会来参加我们的婚礼吗，弗吉？"我有一次问她。

"你们不会结婚的。"

"我们会的。"

"不，你们不会的。"

"为什么不会？"

"你们还没结婚就会吵翻。"

"我们从不吵架。"

"你们会有吵的时候。"

"我们不吵架。"

"那你会死的。不是吵架就是死掉。人总是这样的。索性别结婚。"

我伸手去抓她的手。"别抓我的手，"她说，"我可没哭。也许你们俩没有问题。可是你得当心，别给她惹出麻烦来。你要是给她惹出

---

① 美索不达米亚是中东一地区名，系古巴比伦的所在，现在伊拉克境内。

麻烦,我可要你的命。"

"我不会给她惹麻烦的。"

"那就当心点。我希望你俩好好的。你们过得快快活活的。"

"我们是过得挺快活。"

"那就别吵架,也别给她惹麻烦。"

"我不会的。"

"记住要当心。我可不想让她在战乱中生出什么私生儿。"

"你是个好姑娘,弗吉。"

"我不是。不要奉承我。你的腿觉得怎么样?"

"挺好。"

"头呢?"她用手指摸摸我的头顶。这头就像睡着了的脚一样没感觉。"我的头从来没让我难受过。"

"这样一个肿块可能让你发疯。从来没让你难受吗?"

"没有。"

"你是个幸运的年轻人。你的信写好了吗?我要下楼去了。"

"给你。"我说。

"你得让她歇一阵,别老上夜班了。她太累了。"

"好的。我跟她说。"

"我想值夜班,可她就是不让。别人都巴不得让她天天值。你该让她稍微休息一下。"

"好的。"

"范坎彭小姐说你天天上午睡觉。"

"她就好嚼舌。"

"你还是劝她休息几天,暂时别上夜班。"

"我是想让她休息来着。"

"你才不想呢,不过你要是能让她休息,我才看得起你。"

111

"我会让她休息的。"

"我不信。"她拿了信出去了。我按了按铃,过一会儿,盖奇小姐进来了。

"什么事儿?"

"我只想跟你谈谈。你不觉得巴克利小姐应该暂时停止上夜班,稍微歇一歇吗?她看上去非常疲惫。为什么老是她上夜班?"

盖奇小姐望着我。

"我是你们的朋友,"她说,"用不着跟我这样说话。"

"你这是什么意思?"

"别装傻啦。你叫我来就是为这件事吗?"

"要来杯味美思吗?"

"好的。待会我就得走了。"她从衣橱里拿出酒瓶,又拿来一只杯子。

"你用杯子喝,"我说,"我就拿瓶子喝。"

"为你干杯。"盖奇小姐说。

"范坎彭小姐对我上午睡懒觉说什么来着?"

"她只是唠叨几句。她称你是我们的特权病人。"

"让她见鬼去吧。"

"她没有恶意,"盖奇小姐说,"她就是老了,有点怪僻。她不喜欢你。"

"是的。"

"可我喜欢你。我是你的朋友。别忘了这一点。"

"你真是太好了。"

"不见得。我知道你认为谁好。但我是你的朋友。你的腿觉得怎么样?"

"挺好。"

"我去拿点凉矿泉水洒在上面。打在石膏里一定好痒吧。外边天气很热。"

"你真是太好了。"

"很痒吧?"

"不痒。还好。"

"我把沙袋摆摆好,"她弯下身来,"我是你的朋友。"

"这我知道。"

"不,你才不知道呢。但是有一天你会知道的。"

凯瑟琳·巴克利休了三个夜班,接着又回来上了。我们再见面时,就好像各自作了长期旅行后的久别重逢。

第十八章

那年夏天我们过得很快活。等我可以出门了,我们就在公园里坐马车玩。我还记得那辆马车,那匹慢悠悠的马,前面高高的车座上那马车夫的背影,他头上戴着一顶亮光光的高帽子,还有凯瑟琳·巴克利就坐在我身边。要是我们的手碰到一起,哪怕只是我手的边缘碰到了她的手,我们都会激动。后来我可以挂着拐杖四下走动了,我们就一起去碧菲或意大利大饭店吃饭,在大拱廊外面的餐桌上就餐。侍者进进出出,行人来来往往,台布上摆着带罩的蜡烛,后来我们认定还是最喜欢意大利大饭店,那个侍者领班乔治就给我们留了一张桌子。他是个好侍者,我们就由他去点菜,自己坐着观看来往的人们,瞧瞧黄昏里的拱廊,或者彼此观望。我们喝冰在桶里的不加甜味的卡普里白葡萄酒;不过我们还试过许多别的酒,如草莓酒①、巴勃拉②和甜白葡萄酒。因为打仗的缘故,饭店里没有

---

① 草莓酒(Fresa),产自西班牙。
② 巴勃拉是意大利西北部皮德蒙州出产的红葡萄酒。

斟酒的侍者，我一问起草莓酒之类的酒，乔治就会不好意思地笑笑。

"你们想想看，一个国家因为喝起来有草莓味，就酿起一种酒来。"他说。

"为什么不能?"凯瑟琳·巴克利问，"这酒的名字听起来很美的。"

"您尝尝看，小姐，"乔治说，"要是你想尝的话。不过，让我给中尉拿一瓶玛尔戈红葡萄酒来[1]。"

"我也要尝尝，乔治。"

"先生，我可不能推荐你喝这酒。它可是连草莓味都没有啊。"

"那不见得，"凯瑟琳说，"要是有草莓味，岂不是好极了嘛。"

"我去拿来，"乔治说，"等小姐喝够了，我再拿走。"

这酒还真不怎么地。正如他所说的，连草莓味都没有。我们还是喝卡普里。有天晚上，我的钱不够了，乔治就借给我一百里拉。"没关系，中尉，"他说，"我知道是怎么回事。我知道人有时难免缺钱。你或小姐要是需要，钱我总是有的。"

吃完饭，我们就在拱廊里散步，经过别的几家饭店和上了钢窗板的商店，在一家三明治小摊前停下来；买了火腿生菜三明治和鳀鱼三明治，后者用很小的涂了油的褐色面包卷制成，只有人的手指那么长。这些点心是我们预备夜间肚子饿时吃的。后来我们走出了拱廊，在大教堂前乘上一辆敞篷马车回医院。到了医院门口，门房出来帮我拄起拐杖。我付了车钱，然后一起乘电梯上楼。凯瑟琳到了护士住的那一层就出了楼梯，我则继续上楼，拄着拐杖穿过走廊回房去；有时我脱了衣服就上床了，有时我坐在外边阳台上，把腿搭在另一把椅子上，一边看着屋顶上空的燕子，一边等候凯瑟琳。等她终于上楼来

---

[1] 产于法国波尔多市附近的玛尔戈村一带。

时，我觉得她好像出门做了一次长途旅行似的，我拄着拐杖陪她在走廊里走，帮她端盆子，或是在病房门外等，或是跟她一起进去；进不进去主要看病人是不是我们的朋友，等她把该忙的活都忙完了，我们就到我病房外面的阳台上坐坐。然后我就上床去，等病人都睡着了，她确信不会有人再喊她了，她才进来。我喜欢解开她的头发，她就坐在床上一动不动，偶尔会趁我给她解的时候，突然低下头来吻我；我把她的发夹一个个取下来，放在被单上，她的头发就散开来，我定睛望着她，她一动不动地坐着，等我把最后两根发夹取下来，头发就全都垂下来，这时她会低下头，我们俩都给埋在头发里，那感觉仿佛进到一顶帐篷里，或者躲到一道瀑布后面。

她有一头极美的秀发，有时我会躺着，看她借着敞开的门外透进来的亮光，把头发盘起来。她的头发在夜里也闪闪发亮，宛如天快亮时水面的光亮。她有一张妩媚的面孔，一副袅娜的身材，皮肤又娇嫩又光滑。我们一块躺着，我会用指尖抚摸她的脸、前额、眼睛下面、下巴和喉咙，一边说："光滑得像钢琴琴键。"她也用手指摸摸我的下巴说："光滑得像砂纸，摩擦琴键可受不了啊。"

"很粗糙吧？"

"不，亲爱的。我只是跟你开个玩笑。"

夜晚很美，我们只要能互相抚摸一番，都是快活的。除了尽情地欢乐之外，我们还玩起许多谈情说爱的小花招，如两人不在同一房间时，就试图把自己的意念传到对方脑子里。看来有时还挺灵验的，不过这大概是因为我们在转着同样的念头。

我们彼此都这么说：她到医院的头一天，我们就算是结婚了，从那个日子算起来，我们已经结婚好几个月了。我想跟她正式结婚，但是凯瑟琳说假如我们结婚，他们就会把她调走，即使我们只是开始办手续，他们也会注意她，硬把我们拆散。我们得根据意大利的法律结婚,手续办起来可麻烦得要命。我想正式结婚,因为我想起来就有些担心,怕怀上孩子,不过我们还是装作已经结了婚,并不十分担忧,而且我本人还真想图个不结婚的快乐。我记得有一天夜里我们谈起这件事,凯瑟琳说:"可是,亲爱的,他们会把我调走的。"

"也许不会吧。"

"会的。他们会把我遣送回家,那我们就得等到战后才能见面了。"

"我用休假时间去找你。"

"你休一次假,很难往苏格兰跑个来回。再说,我不愿意离开你。现在结婚有什么好处呢?其实我们已经结了婚。我还能怎么进一步结婚。"

"我要结婚只是替你着想啊。"

"我再也不存在啦。我就是你。别再分出一个独立的我来。"

"我以为姑娘们总是想结婚的。"

"她们是这样的。但是,亲爱的,我已经结过婚了。我嫁给了你。难道我不是个好妻子吗?"

"你是个可爱的妻子。"

"你知道,亲爱的,我已经有过一次等待结婚的经历了。"

"这我可不想听。"

"你知道我不爱任何人,只爱你。你不应该在乎有人曾经爱过我。"

"我在乎。"

"你什么都有了,犯不着去嫉妒一个死去的人。"

"我不嫉妒,可我就是不想听。"

"可怜的宝贝。我也知道你跟什么样的女孩都接触过,可我不在乎。"

117

"难道我们不能想个法子私下结婚吗？这样，万一我有什么不测，或者你有了孩子，也就无妨了。"

"除了教堂和政府，没有别的法子结婚。其实我们已经私下结婚了。你看，亲爱的，假如我信什么教，结婚就是最重要的事。可我偏偏不信任何教。"

"你给过我圣安东尼像。"

"那是个吉祥物。也是人家送我的。"

"那你一点也不担心吗？"

"只是担心被调走，离开你。你是我的宗教。你是我的一切。"

"好吧。但是哪天你开口，我就会娶你。"

"别这么说，亲爱的，好像你非要保全我的贞洁似的。我是个非常贞洁的女人。随便什么事，只要让你感到幸福，并引以为豪，你就不会感到羞耻。难道你不感到幸福吗？"

"可你不会离开我去跟别人吧。"

"不会，亲爱的。我不会离开你去跟别人的。我料想，我们可能遭遇各种各样可怕的事情。不过对于这一点，你不必担心。"

"我不担心。但是我太爱你了，而你过去确实爱过别人。"

"他怎么样了？"

"他死了。"

"是呀，他要是没有死，我就不会遇见你。我并不是不忠实，亲爱的。我有很多缺点，但是我很忠实。就怕我会忠实得让你感到腻味。"

"我很快就得回前线去了。"

"不到你走的时候，我们就别想这事儿啦。你看，我很快乐，亲爱的，我们过得很快乐。我很久没有快乐过了，我遇见你的时候，几乎快发疯了。也许我已经发疯了。但是现在我们很快乐，我们彼此相爱。就让我们快快乐乐吧。你是快乐的吧？我做过你不喜欢的事情吗？我能做什么事讨你喜欢吗？你想让我把头发放下来吗？你想玩玩吗？"

"是的，到床上来吧。"

"好的。不过我得先去看看病号。"

第十九章

夏天就这么过去了。那些日子我已经记不大清楚了,只记得天气很热,报纸上捷报频传。我身体康复了,双腿愈合得很快,拐杖拄了不久,就扔掉改用手杖走路了。后来我到马焦雷医院接受弯曲膝部的机械治疗,在一个到处是镜子的小屋里进行紫外线照射、按摩和沐浴。我下午去那儿治疗,然后到咖啡馆喝一杯,看看报纸。我没有去城里闲逛;到了咖啡馆就想回医院。我一心只想见凯瑟琳。其余的时间就随便打发了。上午多半是在睡觉,下午有时先去看赛马,然后才去接受机械治疗。有时我会去英美俱乐部待一会儿,坐在窗前一张很深的皮垫椅子上,翻阅杂志。我扔掉拐杖后,他们就不让我们俩一道出去了,因为像我这样一个看起来不需要照应的病人,让一个护士单独陪着,着实有些不成体统,所以下午我们就不大能在一起了。尽管如此,有时要是有弗格森陪同,我们还可以一道出去吃饭。范坎彭小姐接受了我们是特要好的朋友这层关系,因为凯瑟琳给她做了好多事。她以为凯瑟琳出身于上等人家,所以终于对她偏爱起来。

范坎彭小姐很看重家庭出身,她自己就出身于一个很优越的家庭。况且眼下医院事务繁忙,她正忙得不可开交。正值酷夏,我在米兰也认识不少人,但是下午事情一完,我总是急于赶回医院。前线,部队在向卡索挺进,已经占领了普拉瓦河对面的库克,正在攻打班西扎高原。西线的消息可不怎么妙。看来战争还要持续很长时间。美国已经参战,但是要把大批部队运过来,训练得能够作战,我想非得花上一年时间。来年可能是个凶年,也可能是个吉年。意军已经消耗了数目惊人的兵力。我不知道他们如何撑得下去。即使他们把班西扎和圣加布里埃尔全都攻占下来,远处还有许多高山峻岭可供奥军盘踞。我见过那些高山峻岭。最高的山岭都在远处。意军在向卡索进军,那下面的海边尽是湿地和沼泽地。若是换了拿破仑,他准会在平原上击溃奥军。他决不会在山地作战。他会把奥军引下山来,在维罗纳附近痛击他们。然而,在西线谁也没有痛击谁。也许战争不再有输赢了。也许战争要永远打下去。也许又是一场百年战争。我把报纸放回架子上,离开了俱乐部。我小心翼翼地走下台阶,沿曼佐尼大街走去。在大饭店前面,我碰见迈耶斯老两口正从马车上下来。他们刚刚看完赛马回来。迈耶斯太太是个胸部宽大的女人,身穿黑缎衫裙。迈耶斯先生又矮又老,胡子花白,拄着根拐杖,走起路来拖着脚步。

"你好啊?你好啊?"迈耶斯太太和我握握手。"嗨。"迈耶斯说。

"赛马怎么样?"

"不错。挺好玩的。我赢了三次。"

"你怎么样?"我问迈耶斯。

"还行。我赢了一次。"

"我从不晓得他怎么样,"迈耶斯太太说,"他从不告诉我。"

"我还行。"迈耶斯说。他显得很亲切。"你应该出来玩玩。"他说话的时候,你总觉得他不在看你,或者他把你错当成了别人。

121

"我会的。"我说。

"我正想去医院看你们呢,"迈耶斯太太说,"我有些东西要给我的孩子们。你们都是我的孩子。你们真是我的好孩子。"

"大家见到你会很高兴的。"

"那些好孩子。你也是。你是我的一个好孩子。"

"我得回去了。"我说。

"代我问候所有的孩子们。我有许多东西要带去。我有一些上好的马尔萨拉酒① 和蛋糕。"

"再见,"我说,"他们见到你一定非常高兴。"

"再见,"迈耶斯说,"有空到大拱廊来玩吧。你知道我的桌子在什么位置。我们每天下午都在那儿。"我沿街继续走去。我想去科瓦买点东西送给凯瑟琳。进了科瓦,我买了一盒巧克力,趁女店员打包的时候,我走到酒吧间去。那儿有两个英国人和几位飞行员。我独自喝了一杯马丁尼,付了账,到外面柜台前取了那盒巧克力,便回医院去。在斯卡拉歌剧院旁边那条街上的小酒吧外,我碰见几个熟人:一个副领事,两个学唱歌的家伙,还有埃托雷·莫雷蒂,一个来自旧金山的意大利人,在意大利军队里服役。我和他们喝了一杯。其中有一个歌手叫拉尔夫·西蒙,艺名是恩利科·戴尔克利多。我从不知道他唱得怎么样,但是一有盛大场面,他总会抛头露面。他是个胖子,鼻子、嘴巴周围皱巴巴的,好像得过花粉病一样。他刚从皮亚琴察演唱回来。他唱的是《托斯卡》②,说是唱得很棒。

"当然你从没听我唱过。"他说。

"你什么时候在这儿唱?"

---

① 马尔萨拉是西西里岛西部一海滨城市,这里指该地区生产的白葡萄酒。
②《托斯卡》是意大利作曲家普契尼(1858—1924)的经典歌剧之一。

"秋天在斯卡拉歌剧院。"

"我敢打赌，他们会朝你扔板凳的，"埃托雷说，"你听说过在莫德纳①人家怎么朝他扔板凳吗？"

"该死的谎言。"

"人家是朝他扔板凳啦，"埃托雷说，"我当时在场。我还扔了六张板凳呢。"

"你不过是旧金山来的意大利佬。"

"他意大利语发音不准，"埃托雷说，"他走到哪儿，人家都朝他扔板凳。"

"皮亚琴察是意大利北部最难对付的歌剧院，"那另一位男高音歌手说，"说真的，那是个很难对付的小歌剧院。"这位男高音歌手名叫埃德加·桑德斯，艺名是爱德华多·焦万尼。

"我倒想去看看人家是怎么朝你扔板凳的，"埃托雷说，"你压根儿唱不了意大利歌。"

"他是个傻子，"埃德加·桑德斯说，"他只会说扔板凳的事。"

"你们两个一开唱，人家就只知道扔板凳了，"埃托雷说，"等你到了美国，你就吹嘘自己在斯卡拉歌剧院如何大获成功。其实在斯卡拉歌剧院，人家根本不会让你唱完第一句。"

"我会在斯卡拉歌剧院唱的，"西蒙斯说，"十月份我要唱《托斯卡》。"

"我们也去吧，迈克？"埃托雷对副领事说，"他们需要有人保护。"

"也许美军会去那儿保护他们，"副领事说，"你还想来一杯吗，西蒙斯？你想来一杯吗，桑德斯？"

---

① 莫德纳是意大利北部城市。

"好啊。"桑德斯说。

"听说你要得银质勋章了,"埃托雷对我说,"你会得到哪一种嘉奖啊?"

"不知道。我不知道我会得勋章。"

"你会得到的。噢,好家伙,到时候科瓦的姑娘们会觉得你很了不起。她们都会以为你消灭了两百名奥军,或者孤身占领了一条战壕。说真的,我得为勋章而奋斗啦。"

"你获得过多少枚,埃托雷?"副领事问。

"他什么都有啦,"西蒙斯说,"这场战争就是为他这样的人打的。"

"我给申报过铜质勋章两次,银质勋章三次,"埃托雷说,"但是只有一次的申报给批下来了。"

"其他几次怎么啦?"西蒙斯问。

"仗没打赢,"埃托雷说,"只要仗没打赢,上面就把所有的勋章都压下来。"

"你受过几次伤,埃托雷?"

"三次重伤。我有三道受伤的条徽。看见吗?"他把袖管转了转。那条徽是黑底上衬着三条平行的银线,缝在袖管上,在肩膀下方大约八英寸[①]处。

"你也有一道,"埃托雷对我说,"说真的,佩戴这玩意才好呢。我宁愿要这玩意,而不要勋章。说真的,老弟,等你有了三道,你可就了不得啦。你受了一次伤住了三个月医院,才得到一道杠啊。"

"你哪儿受伤啦,埃托雷?"副领事问。

埃托雷拉起袖子来。"这儿,"他给我们看那又深又光滑的红疤,"还有这腿上。我没法给你们看,因为我打了绑腿。还有脚上。我脚

---

① 1英寸约为2.54厘米。

上有根坏死的骨头,现在还发着臭味。我每天早晨都拣些小骨头出来,脚总是在发臭。"

"什么击中了你?"西蒙斯问。

"手榴弹。那种马铃薯捣碎器①。把我一只脚的一边全炸掉了。你知道那种马铃薯捣碎器吗?"他转向我。

"当然。"

"我看见那个狗杂种扔来的,"埃托雷说,"一下子把我炸倒了,我以为这次死定了,没想到那该死的马铃薯捣碎器里啥玩意也没有。我用步枪打死了那个狗杂种。我总是带着一支步枪,让敌人看不出我是个军官。"

"他的神情怎么样?"西蒙斯问。

"他只有那么一颗手榴弹,"埃托雷说,"不知道他为什么扔了出去。我猜想他只是一直想扔罢了。大概他从没参加过真正的战斗。我一枪就把这狗杂种结果了。"

"你开枪的时候,他是什么神情?"

"见鬼,我怎么会知道?"埃托雷说:"我打在他肚子上。打头怕打不中。"

"你当军官有多久了,埃托雷?"我问。

"两年了。我快升上尉了。你当中尉多久了?"

"快三年了。"

"你成不了上尉,因为你的意大利语不大好,"埃托雷说,"你只会说,可是读和写不大行。你要有文化才能当上尉。你为什么不参加美国军队?"

"也许我会的。"

---

① "马铃薯捣碎器"系德国一种9英寸长的木柄手榴弹的绰号。

"但愿上帝能让我去。噢，好家伙，一个上尉的薪饷是多少啊，迈克？"

"准数说不上来。我想大概二百五十美元吧。"

"天哪，我可怎么花二百五十美元啊。你还是快点加入美军去吧，弗雷德。看看能不能把我也弄进去。"

"好啊。"

"我能用意大利语指挥一个连。改用英语来指挥，我学起来很容易。"

"你会当上将军的。"西蒙斯说。

"不行，我没有足够的知识当将军。将军得懂好多好多的事情。你们这些家伙以为战争是闹着玩的呀。就你们那脑瓜子，连个二等下士都不配当。"

"感谢上帝，我用不着非当兵不可。"西蒙斯说。

"要是他们把你们这些逃避兵役的人都抓起来，你兴许就要当兵了。噢，好家伙，我倒想把你们俩弄到我的排里。迈克也收。我就派你当我的勤务兵，迈克。"

"你是个了不起的人，埃托雷，"迈克说，"不过你恐怕是个军国主义者。"

"不等战争结束，我就是上校了。"埃托雷说。

"要是人家没打死你的话。"

"人家打不死我的，"他用拇指和食指摸摸领章上的星，"看见我这动作了吗？谁一提起被人打死，我们就摸摸我们的星。"

"我们走吧，西姆。"桑德斯说着站起来。

"好吧。"

"再见，"我说，"我也得走了。"根据酒吧里的钟，已是六点差一刻了。"再见，埃托雷。"

"再见，弗雷德，"埃托雷说，"你要得到银质勋章，真是太好啦。"

"不晓得拿不拿得到。"

"你一定拿得到，弗雷德。我听说你一定拿得到。"

"好了，再见，"我说，"别惹麻烦，埃托雷。"

"不用为我担心。我一不喝酒，二不东奔西跑。既不是酒鬼，又不是嫖客。我知道什么对我有益处。"

"再见，"我说，"听说你快要被提升为上尉了，我很高兴。"

"我不用等待人家来提升。我是凭借战功要当上尉的。你知道吧。三颗星，上面有两把交叉的刀和一只皇冠，那就是我呀。"

"祝你好运。"

"祝你好运。你什么时候回前线？"

"快啦。"

"好，到时候去看你。"

"再见。"

"再见。多加小心。"

我沿着后街走去，那是通往医院的一条近路。埃托雷二十三岁。他由旧金山的叔叔抚养成人，宣战时他恰好回都灵探望父母。他有个妹妹，跟他一起去的美国，寄住在叔叔家，今年要从师范学院毕业。他是个正儿八经的英雄，谁见了他都感到厌烦。凯瑟琳就受不了他。

"我们也有英雄，"她说，"可是，亲爱的，人家一般都安静多了。"

"我倒不在乎。"

"我也可以不在乎他，只要他别那么自负，别让我厌烦来厌烦去的。"

"他也让我厌烦。"

"你能这么说太好了,亲爱的。不过你用不着附和我。想象得到他在前线的表现,也知道他挺能干,可他就是我所不喜欢的那种人。"

"我知道。"

"你知道就太好了,我也想要喜欢他,但他真是个令人讨厌又讨厌的家伙。"

"他今天下午说他快要升上尉了。"

"这也好,"凯瑟琳说,"这该使他开心的。"

"难道你不想让我也弄个更高的级别?"

"不,亲爱的。我只希望你的级别够让我们进好一点的餐馆就行了。"

"我现在的级别恰好就够呀。"

"你的级别已经很好了。我不希望你有更高的级别。那样你也许会忘乎所以。噢,亲爱的,我很高兴你不自负。你就是自负,我也会嫁给你,但是嫁个不自负的丈夫,那就踏实多了。"

我们在阳台上轻声细语地说着话。月亮本来应该升起来了,但城市上空罩着一层雾,月亮没有露出来,过了一会儿,下起了蒙蒙细雨,我们便回到房里。外头的雾转成了雨,不一会儿雨大起来了,只听咚咚地打在屋顶上。我起身站在门口,看看雨有没有飘进来,还好没有,于是我让门仍然开着。

"你还见到了谁?"凯瑟琳问。

"迈耶斯夫妇。"

"他们是一对怪人。"

"他本该关在美国的监狱里,因为快死了,他们就让他出来了。"

"后来他一直快活地生活在米兰。"

"我不知道能有多快活。"

"我想对于坐过牢的人,还是够快活的了。"

"她要送些东西来。"

"她送的东西好极了。你是她的好孩子吧?"

"其中之一吧。"

"你们都是她的好孩子,"凯瑟琳说,"她喜欢好孩子。听外面在下雨。"

"雨下得很大。"

"你会永远爱我的吧?"

"是的。"

"下雨也没有关系吧?"

"没关系。"

"那就好。因为我害怕下雨。"

"为什么?"我昏昏欲睡。外头雨下个不停。

"我不知道,亲爱的。我总是害怕下雨。"

"我喜欢下雨。"

"我喜欢在雨中散步。但是下雨很不利于谈恋爱。"

"我会永远爱你的。"

"下雨我爱你,下雪我爱你,下冰雹我也爱你——还有什么可下的?"

"我不知道。我想我困了。"

"睡觉去吧,亲爱的,不管怎么样,我都爱你。"

"你不是真的怕雨吧?"

"和你一起就不怕了。"

"你为什么怕雨呢?"

"我不知道。"

"告诉我。"

"别逼我。"

"告诉我。"

"不。"

"告诉我。"

"好吧。我怕雨,因为我有时看见自己在雨中死去。"

"不可能。"

"我有时还看见你在雨中死去。"

"那倒有可能。"

"不,不可能,亲爱的。因为我能保你平安。我知道我能。但是没人能保护自己。"

"请别说了。今晚我可不想让你苏格兰劲儿十足,疯疯癫癫的。我们在一起的日子不多了。"

"是不多了。不过我是苏格兰人,已经疯疯癫癫了。但我要克制住。完全是胡言乱语。"

"是的,完全是胡言乱语。"

"完全是胡言乱语。不过是些胡言乱语。我不怕雨。我不怕雨。噢,噢,上帝啊,但愿我不怕。"她哭了起来。我安慰她,她不哭了。但外面的雨还是下个不停。

第二十章

一天下午，我们去看赛马。弗格森也去了，还有克罗韦尔·罗杰斯，就是那个被炮弹雷管炸伤眼睛的小伙子。午饭后，姑娘们穿着打扮好走了，克罗韦尔和我则坐在他病房的床上，翻阅赛马报纸，研究各匹马过去的成绩和今天的预测。克罗韦尔头上还扎着绷带，他对赛马其实并无多大兴趣，不过闲着没事，便经常读赛马报，了解各匹马的情况。他说这批马都很糟糕，可是我们也只有这些马可赌了。老迈耶斯喜欢他，经常给他透露点内部消息。迈耶斯几乎场场比赛都能赌赢，但他不喜欢透露内部消息，因为这样会把价钱压下来。这里的赛马很腐败。在别国遭禁赛的骑师，都跑到意大利来参赛。迈耶斯的消息是灵，但是我不喜欢问他，因为有时他根本不回答，你总能看出他向你透露消息时，实在很勉强，但是由于某种原因，他觉得又有义务告诉我们，尤其是不大介意告诉克罗韦尔。克罗韦尔的眼睛受了伤，有一只伤得还挺重。迈耶斯眼睛也有毛病，因此便喜欢克罗韦尔。迈耶斯从不告诉妻子他赌什么马，妻子有赢有输，多半是输，总是唠叨个没完。

我们四人乘敞篷马车去圣西洛。那天天气很好,我们的车穿过公园,沿着电车轨道出城,到了城外,路上全是尘土。沿路有围着铁栅的别墅,花木蔓生的大花园,流着水的沟渠,枝叶上积着尘埃的绿色菜园。我们往平原上望去,可以看见农民的房舍,带有灌溉渠的丰腴青翠的农场,以及北边的高山峻岭。许多马车等着进赛马场,守门人见我们穿着军装,也不验票就放我们进去了。我们下了车,买了赛程单,穿过内场,再穿过铺着又平又厚草皮的跑道,来到围场。大看台是用木头搭成的,已经很陈旧了,赌券销售处就设在看台底下,在马厩旁边排成一溜。有一群士兵靠在内场的围栏边。围场里人也很多,在大看台后面的树底下兜着圈子遛马。我们见到几个熟人,给弗格森和凯瑟琳找了两把椅子,就观察起那些赛马来。

马由马夫牵着,一匹跟着一匹,脑袋耷拉着。有一匹紫黑色的马,克罗韦尔一口咬定是染出来的颜色。我们仔细瞧了瞧,觉得确有可能。这匹马在上鞍铃声响了之后,才给拉出来。我们根据骑师胳臂上的编号,在赛程单上查到了这匹马,才知道这匹黑色的阉过的雄马,名叫加帕拉克。参加这场比赛的赛马,以前都没赢过一千里拉以上的比赛。凯瑟琳断定这匹马给换了颜色。弗格森说她可看不出来。我觉得那马看起来可疑。我们都同意赌这匹马,便合伙凑了一百里拉。从赌注表上看,这匹马是三十五比一的赔率。克罗韦尔走过去买马票,我们看着骑师骑着马又遛了一圈,然后从树底下走上跑道,再慢慢跑到拐弯处,比赛将从那儿开始。

我们登上看台去看比赛。圣西洛当时还没安装弹性起跑屏障。起跑发令员将所有的马一字儿排开,远远地往跑道上看去,那些马显得特别小。然后发令员把长鞭啪的一挥,马就冲出去了。等跑过我们跟前时,那匹黑马就冲到前面了,到了拐弯的地方,更是脱颖而出,遥遥领先了。我用望远镜遥遥地望去，看到骑师拼命想拽住它，可就是拽不住，当转过弯上了最后冲刺的直道后，这黑马还领先其他马十五个马身。到了终点后，那马又往前跑了好远，还绕着弯儿奔了一程。

"这不是太棒了吗，"凯瑟琳说，"我们要赢三千多里拉啦。准是一匹很棒的马。"

"希望他们付钱以前，"克罗韦尔说，"这马可不要掉颜色。"

"这的确是一匹很棒的马，"凯瑟琳说，"不知道迈耶斯先生是不是在它身上下赌注了。"

"你赌的是不是这匹获胜的马？"我朝迈耶斯嚷道。他点点头。

"我可没有，"迈耶斯太太说，"孩子们，你们赌的是哪匹马？"

"加帕拉克。"

"真的吗？它可是三十五比一呀！"

"我们喜欢它的颜色。"

"我不喜欢。我看它有点萎靡不振。他们叫我不要赌它。"

"赌它赚不了什么。"迈耶斯先生说。

"报价上说，它可是三十五比一的。"

"赌它赚不了多少钱。在最后时刻，"迈耶斯先生说，"有人在它身上押了好多钱。"

"谁呀？"

"肯普顿和那些孩子们。你们等着瞧吧。这匹马的赔率到不了二比一。"

"这么说来，我们拿不到三千里拉了，"凯瑟琳说，"我不喜欢这种弄虚作假的赛马！"

"我们会得到两百里拉。"

"那算什么。这点钱对我们没什么用。我还以为我们能拿到三千里拉呢。"

"这是作弊,令人恶心。"弗格森说。

"当然,"凯瑟琳说,"假若没有作弊的话,我们是决不会赌它的。不过,我倒真想得到三千里拉。"

"我们下去喝一杯,看他们给多少钱。"克罗韦尔说。我们走到张贴号码和摇铃付款的地方,凡是赌加帕拉克获胜的,每十里拉可得到十八点五里拉。这就是说,还不到二比一。

我们来到大看台下面的酒吧,每人喝了一杯苏打威士忌。我们碰到两个意大利熟人,还有副领事麦克亚当斯,我们去找女士们时,他们跟我们一起上来了。意大利人彬彬有礼,麦克亚当斯和凯瑟琳寒暄着,我们则下去再下注。迈耶斯先生正站在分彩处附近。

"问问他赌哪匹马。"我对克罗韦尔说。

"你赌哪匹马,迈耶斯先生?"克罗韦尔问。迈耶斯拿出赛程表,用铅笔指了指五号。

"我们也买它行吗?"克罗韦尔问。

"买吧。买吧。不过,可别告诉我妻子是我给你们提供的信息。"

"来一杯吧?"我问。

"不了,谢谢。我从不喝酒。"

我们押一百里拉赌五号马跑第一,又押一百里拉赌它跑第二,然后每人又喝了一杯苏打威士忌。我觉得好高兴,又碰上了两个意大利人,他们每人陪我们喝了一杯后,我们就回去找女士们。这两个意大利人也很有礼貌,跟先前那两个一样彬彬有礼。过了一会儿,谁也坐不下来了。我把马票递给凯瑟琳。

"买了哪匹马?"

"我不知道。是迈耶斯先生选的。"

"你连名字都不知道吗?"

"不知道。在赛程表上可以找到。我想是五号。"

"你的信心令人感动。"凯瑟琳说。五号马是赢了,但是没付多少钱。迈耶斯先生好不恼火。

"你得花两百里拉才能赢二十里拉,"他说,"用十里拉赚到十二里拉。不值得。我妻子就输了二十里拉。"

"我跟你下去吧。"凯瑟琳对我说。意大利人都站了起来。我们走下大看台,往围场走去。

"你喜欢赛马吗?"凯瑟琳问。

"是的。我想我是喜欢的。"

"我看还挺不错,"她说,"不过,亲爱的,眼见这么多人我可受不了。"

"没见多少人啊。"

"人是不多。可是迈耶斯夫妇,还有带着妻子和女儿们的那个银行职员——"

"他帮我兑现即期汇票。"我说。

"是呀,不过就是他不帮你兑,别人也会帮你兑的。最后那四个家伙差劲透了。"

"我们就待在这外边,从围栏这儿看赛马吧。"

"那太好了。亲爱的,我们赌一匹从没听说过的马,一匹迈耶斯先生不会赌的马。"

"好的。"

我们赌了一匹名叫"给我光明"的赛马,结果在五匹马的比赛中,它跑了第四名。我们倚在栅栏上看着马跑过,只听马蹄哒哒作响,还望见远处的群山,以及树林和田野后边的米兰。

"我觉得干净多了。"凯瑟琳说。赛马回来了,进了大门,浑身湿漉漉、汗淋淋的,骑师们让它们安静下来,骑到树底下再下来。

"你不喝一杯吗?我们可以在这外边喝一杯,接着看比赛。"

"我去拿。"我说。

"酒童会送来的。"凯瑟琳说。她举手一挥，马厩旁边的宝塔酒吧里就有个酒童跑出来。我们在一张圆铁桌边坐下了。

"你不觉得我们单独在一起更好些吗？"

"是的。"我说。

"跟他们在一起的时候，我觉得好孤单。"

"这儿真好。"我说。

"是的。这是个好棒的赛马场。"

"是很好。"

"别让我扫了你的兴，亲爱的。你什么时候想回去，我就回去。"

"不，"我说，"我们就待在这儿喝酒吧。然后我们就下去，站在水沟障碍边，看障碍赛马。"

"你待我太好了。"她说。

我们单独待了一阵之后，又高高兴兴地去见其他人了。我们玩得非常痛快。

第二十一章

九月,先是夜里凉爽了,接着白天也凉爽起来,公园里的树叶开始变色,我们知道夏天过去了。前线的战况十分不妙,他们总是攻不下圣加布里埃尔。班西扎高原的仗打完了,到了月中,圣加布里埃尔的战事也快结束了。意军就是攻不下这地方。埃托雷回前线去了。马匹都运到了罗马,米兰不再有赛马了。克罗韦尔也上罗马去了,他将在那儿给遣送回国。米兰城里发生了两次反战暴乱,都灵也出现了激烈的骚乱。有位英国少校在俱乐部里告诉我,意军在班西扎高原和圣加布里埃尔损失了十五万人。他说意军在卡索还损失了四万人。我们喝了一杯,他便扯开了。先说今年这儿的仗打完了,意军是贪多嚼不烂,已经力不从心了。又说弗兰德斯[①]的攻势不会有好结果;盟军若是还像今年秋天这样让士兵去卖命,再有一年就完蛋了。还说我们全完蛋了,但是只要我们自己不知道就

[①] 弗兰德斯是西欧的一个历史地名,包括法国的加来海峡省和北方省,比利时的东、西弗兰德斯省,以及荷兰的泽兰省。这里讲的攻势指1916年英法联军与德国军队沿索漠河的争夺战。联军虽然动用了新武器坦克,但战局依然不顺。

没关系。我们全完蛋了，重要的是别承认这一点。哪个国家拒不承认自己完蛋了，便会打赢这场战争。我们又喝了一杯。我是不是什么人的参谋？不是。他倒是的。完全是胡闹。俱乐部里只有我们两人，靠着大皮沙发坐着。他那双暗色的皮靴擦得油光锃亮。好漂亮的靴子。他说完全是胡闹。上面想的只是师团和兵力。大家都为师团争吵，一旦分派到手，便驱使他们去送命。他们都完蛋了。德国人打了胜仗。天哪，他们才是真正的战士。德国佬是真正的战士。不过他们也完蛋了。我们都完蛋了。我问他俄军怎么样。他说他们已经完蛋了。我很快就会看到他们完蛋了。奥军也完蛋了。他们假若得到德国佬的几个师，还可以打下去。他认为今年秋天他们会不会来进攻？当然会来。意军完蛋了。谁都知道意军完蛋了。德国佬会从特伦蒂诺打过来，切断维琴察的铁路线，到那时哪里还有意军的立足之地？我说他们在1916年就尝试过了。那次不是和德军打的。我说是的。不过，他说他们大概不会那样做。那太简单了，他们准备把仗打得复杂一点，来个冠冕堂皇的完蛋。我说我得走了。我得回医院去。"再见。"他说。接着愉快地说："万事顺利！"他对世界的悲观和对个人的乐观，形成了鲜明的对照。

我来到一家理发店，刮了个脸，然后回医院。我的腿经过长期治疗，恢复得还算不错。三天前检查过一次。我在马焦雷医院的机械治疗，还得再去几趟才能结束，于是我沿小巷走着，练习不要一瘸一拐地走路。有个老头在拱廊下给人家剪影。我停下来看他剪。两个姑娘摆好姿势，他给她们俩剪一张合影。他剪得很快，一边侧着头端详她们。两个姑娘咯咯笑个不停。他把剪影先拿给我看，然后贴在白纸上递给两位姑娘。

"她们长得很美，"他说，"你要不要来一张，中尉？"

两个姑娘走了，一边看着自己的剪影，一边哈哈地笑。她们俩都长得很好看。其中一个就在医院对面的酒店里上班。

"好的。"我说。

"摘掉帽子吧。"

"不。还是戴着吧。"

"戴着帽子可不那么帅了,"老人说,"不过,"他高兴起来,"这样更有军人气派。"

他在黑纸上剪来剪去,然后把两层纸分开,将侧面像贴在硬纸片上,递给了我。

"多少钱?"

"不用啦,"他摆摆手,"我只是为你剪着玩的。"

"请收下,"我掏出几个铜币,"一点小意思。"

"不用。我是剪着玩的。拿去送给你的女朋友吧。"

"多谢,再见。"

"再见。"

我回医院里去。我有几封信,一封是公函,还有些别的信。我有三个星期的恢复休假,然后就得回前线。我仔细地读了一遍。也好,就这么定了。我的机械治疗10月4日结束,恢复休假就从这天算起。三周是二十一天。也就是到10月25日。我跟他们说我要出去一趟,便到医院斜对面那家饭馆去吃晚饭,在饭桌上看起信和《晚邮报》来。有一封信是祖父写来的,讲了一些家里的事,勉励我精忠报国,附了一张二百元的汇票,还有些剪报。我们食堂的牧师写来一封乏味的信;一位在法军服役的飞行员朋友也写来一封信,他跟一帮野小子纠缠上了,信里谈的尽是这件事;里纳尔迪也写来一封短信,问我在米兰还要逍遥多久,有些什么消息?他要我带些唱片给他,还附了一个单子。我吃饭时喝了一小瓶红勤地酒,饭后又要了一杯咖啡,一杯科涅克白兰地,看完了报纸,把信揣进兜里,把报纸和小费搁在桌上，便离开了。回到医院病房，我脱了衣服，换上睡衣裤和罩袍，拉下阳台门的门帘，坐在床上看波士顿的报纸，原来迈耶斯太太给她医院里的孩子们留了一大摞报纸。芝加哥的白短袜队在美国联赛中获得冠军，纽约巨人队在全国联赛中处于领先地位。贝比鲁斯[①]当时正在波士顿队里当投手。报纸很无聊，尽是些过了时的本地消息，战事报道也都是过时的东西。美国新闻讲的全是训练营的情况。我庆幸自己没进训练营。可以看的只有棒球消息，而我对棒球又毫无兴趣。一大堆的报纸，让人无法读得上劲。都是些不大及时的报道，但我还是硬着头皮看了一阵。我想知道美国是不是真的参战了，他们会不会把两大联赛停下来。也许不会。米兰还在照常赛马，而仗打得不能再糟糕了。法国的赛马倒是给停了。我们押的那匹加帕拉克就是从法国运来的。凯瑟琳要到九点钟才上夜班。她来接班的时候，我听见她打楼上走过的声响，有一次还看见她打走廊里走过。她去了几间病房，最后才来到我房里。

"我来晚了，亲爱的，"她说，"好多事要做。你好吗？"

我把收到的信和休假的事告诉了她。

"那太好了，"她说，"你打算去哪儿？"

"哪儿也不去。就想待在这儿。"

"那太傻了。你选个地方，我也去。"

"你怎么办得到呢？"

"我也不知道。不过会有办法的。"

"你真了不起。"

"不，谈不上。不过，你若是不计较得失的话，人生就没有什么不好办的。"

[①] 贝比鲁斯（Babe Ruth, 1895—1948），美国职业棒球的传奇巨星。

"你这话是什么意思？"

"没什么。我只是在想，以前看起来多么大的障碍，现在却显得如何微不足道。"

"我觉得应付起来还是挺困难的。"

"不，不会的，亲爱的。假如必要的话，我就一走了之。但是不会走到这一步的。"

"我们上哪儿去呢？"

"我不在乎。你要去哪儿都行。只要没有熟人，哪儿都行。"

"你不在意我们上哪儿去吗？"

"不在意。哪儿都行。"

她看起来又焦虑又紧张。

"怎么啦，凯瑟琳？"

"没事。没有什么。"

"不，你心里有事。"

"不，没事。真的没事。"

"我知道有事。告诉我，亲爱的。你可以告诉我。"

"没什么。"

"告诉我。"

"我不想说。怕惹你不高兴，或者惹你发愁。"

"不会的。"

"你当真不会吗？我倒不愁，可我怕你发愁。"

"只要你不愁，我也不会愁的。"

"我还是不想说。"

"说吧。"

"非说不可吗？"

"是的。"

"我有小宝宝了,亲爱的。快三个月了。你不发愁吧?请别发愁。你不准发愁。"

"好的。"

"真没事吗?"

"当然没事。"

"我想尽了办法。什么药都吃了,但是没用。"

"我没有发愁。"

"我真没有办法,亲爱的,不过我没有发愁。你也不准发愁或是难受。"

"我只是为你发愁。"

"问题就在这儿。我就是不准你为我发愁。大家都在生孩子。人人都有孩子。这是自然而然的事。"

"你真了不起。"

"不,谈不上。但你千万别担心,亲爱的。我会尽力不给你添麻烦的。我知道我现在惹出了麻烦。可是在这之前,我难道不是个好姑娘吗?这事你一直不知道吧?"

"不知道。"

"以后就这样好了。你就是不准发愁。我看得出你在发愁。别发愁了。立刻停止发愁。你不想喝一杯吗,亲爱的?我知道你一喝酒就会快活起来。"

"不。我已经很快活了。你真了不起。"

"不,谈不上。不过你要是拣个好地方,我一定想方设法跟你一起去。十月的天气一定很好。我们会过得很开心的,亲爱的,等你到了前线,我会天天给你写信的。"

"那你会上哪儿去呢?"

"现在还不知道。但是总会有个不错的地方吧。这一切由我来想法子。"

我们安静了一阵,都没做声。凯瑟琳坐在床边,我望着她,但是我们谁也没碰谁。我们中间有了距离,就像有人闯进了房里,彼此有点不自在。她伸出手来抓住我的手。

"你没有生气吧,亲爱的?"

"没有。"

"你不会觉得中了圈套吧?"

"也许有一点。但不是中了你的圈套。"

"我没说中了我的圈套。你别犯傻。我是说有没有中了圈套的感觉。"

"从生物学的角度看,人总是觉得中了圈套。"

她的思想开小差早就跑得远远的了,人却一动没动,手也没有挪开。

"'总是'这个字眼不大好听。"

"对不起。"

"没关系。但是你瞧,我从没怀过孩子,甚至从没爱过什么人。我一直努力成为你想要的那种人,而你却说起'总是'来。"

"我把舌头割下来吧。"我说。

"噢,亲爱的!"她回过神来,"千万别介意我说的话。"我们俩又来到一起了,不自在的感觉消失了。"我们其实是同一个人,可不能故意相互误解。"

"不会的。"

"可人就是这样的。他们相爱,故意误解,再吵架,然后突然间就不是一个人了。"

"我们不吵架。"

"我们不能吵。因为我们只有两个人,而跟我们作对的,是天下所有的人。如果我们之间发生隔阂，那我们就完蛋了，他们就能战胜我们。"

"他们战胜不了我们，"我说，"因为你太勇敢了。勇敢的人是决不会有事的。"

"当然是要死的。"

"但是只死一次。"

"我不知道。这是谁说的？"

"懦夫可有千死，勇者只有一死？"①

"当然。是谁讲的？"

"我不知道。"

"说这话的人大概是个懦夫，"她说，"他很了解懦夫，但对勇者却一无所知。勇者要是聪明的话，也许会死上两千次。他对此却闭口不提。"

"我不知道。勇者心里怎么想，是很难猜透的。"

"是的。勇者就是这样的。"

"你是个权威呀。"

"你说对了，亲爱的。我也称得上是权威。"

"你很勇敢。"

"不，"她说，"不过我倒很想做个勇敢的人。"

"我不是个勇者，"我说，"我知道自己属于什么人。我出来了这么久，也了解自己了。我就像个球员，知道自己击球只能达到二百三十，再好的成绩就达不到了。"

"击球达到二百三十是什么样的球员啊？那可是棒极啦。"

---

① 参见莎士比亚悲剧《居里厄斯·恺撒》第二幕第二场中恺撒讲的话："懦夫在死亡之前已经死过多次，勇士一生却只尝到一次死的滋味。"（河北教育出版社版）

144

"才不呢。在棒球场上,只是个平庸的击球手。"

"但依然是击球手。"她还是激励我。

"我想我们俩都挺自负的,"我说,"不过你很勇敢。"

"不。不过我希望做个勇者。"

"我们都很勇敢,"我说,"我喝上一杯就会很勇敢。"

"我们俩都是很好的人。"凯瑟琳说。她走到衣橱前,给我拿来一瓶科涅克白兰地和一只杯子。"喝一杯吧,亲爱的,"她说,"你真是太好了。"

"我并非真想喝酒。"

"喝一杯吧。"

"好吧。"我往玻璃杯里倒了三分之一的科涅克白兰地,一饮而尽。

"真厉害,"她说,"我知道白兰地是给英雄喝的。但你也不该这么夸张。"

"战后我们上哪儿去住?"

"大概在一家养老院吧,"她说,"三年来我总是孩子气地盼望战争能在圣诞节结束。但现在我却盼望等我们的儿子先当上海军少校再说。"

"也许他能当上将军呢。"

"如果是场百年战争,他就有机会在海军、陆军里都试试。"

"你不想喝一杯吗?"

"不想。酒总能使你快乐,亲爱的,却只会让我头晕。"

"你从没喝过白兰地吗?"

"没有,亲爱的。我是个很守旧的老婆。"

我伸手到地上拿酒瓶,又倒了一杯。

"我还是去看看你的同胞吧,"凯瑟琳说,"也许你可以看看报纸,

145

等我回来。"

"你非去不可吗?"

"现在不去,待一会儿还得去。"

"好吧。那就现在去吧。"

"我待一会儿就来。"

"那时我就看完报纸了。"我说。

第二十二章

那天夜里天气转冷,第二天下起雨来。我从马焦雷医院回来时,正碰上滂沱大雨,进门时浑身都淋湿了。回到楼上房里,外边阳台上雨流如注,风挟着雨,敲打着玻璃门。我换了衣服,喝了点白兰地,可白兰地喝起来不对味。当天夜里就觉得不舒服,第二天早晨,吃完早饭就吐了。

"毫无疑问,"住院医生说,"看看他的眼白,小姐。"

盖奇小姐看了看。他们拿面镜子让我自己照照。我的眼白发黄,原来是黄疸病。这病一拖就是两个星期。因为这个缘故,我们没有一起去度康复假。我们本来计划到马焦雷湖上的帕兰扎去。在树叶转黄的秋天,那儿一定很美。那儿有散步的幽径,还可以在湖上拖钩钓鳟鱼。帕兰扎要比斯特雷萨来得好些,因为没有那么多人。从米兰到斯特雷萨交通比较方便,因此你总会遇见熟人。帕兰扎那边有个不错的村庄,你可以划船到渔民居住的小岛上去玩,最大的岛上还有一家饭馆。然而我们没有去成。

有一天，我因为黄疸病躺在床上，范坎彭小姐来到房里，打开衣橱的门，看见了里面的空酒瓶。我曾叫门房拿下去好些空瓶，想必一定是给她看见了，便跑上来再搜查一番。那多半是些味美思酒瓶、马尔萨拉酒瓶、卡普里酒瓶、勤地酒瓶，还有几只科涅克白兰地酒瓶。门房先拿走的是些大瓶子，那些装味美思的酒瓶，还有用麦秆框住的勤地酒瓶，留下白兰地瓶子准备最后拿走。范坎彭小姐发现的是白兰地酒瓶和一个狗熊形状的瓶子，那是用来装莳萝利口酒的。狗熊形状的瓶子特别让她光火。她拿起瓶子来，那狗熊是蹲着的，前爪向上，玻璃脑袋上有一个瓶塞，底部粘着一些玻璃珠。我笑了起来。

"这是莳萝利口酒，"我说，"最好的莳萝利口酒才装在这种狗熊形状的瓶子里。是俄国出产的。"

"这都是白兰地瓶子吗？"范坎彭小姐问。

"我看不见所有的瓶子，"我说，"不过大概都是吧。"

"你这样做有多久了？"

"是我自己买了带进来的，"我说，"常有意大利军官来看我，我得准备点白兰地招待他们。"

"难道你自己就没喝吗？"

"我自己也喝。"

"白兰地，"她说，"十一只白兰地空瓶子，还有那瓶狗熊酒。"

"莳萝利口酒。"

"我会打发人来拿走的。你就这么多空瓶子吗？"

"眼下就这么多。"

"我本来还在可怜你得了黄疸病呢。对你怜悯简直是白搭。"

"谢谢你。"

"我想不能怪你不愿回前线。不过我认为你应该想点聪明的法子，别靠酗酒来染上黄疸病。"

"你说靠什么?"

"靠酗酒。你明明听见我这话了。"我没有做声。"除非你找到什么别的借口,否则等你这黄疸病一好,你恐怕就得回前线。我不相信你自己招惹的黄疸病,居然使你有资格享受康复假。"

"你不相信?"

"我不相信。"

"你得过黄疸病没有,范坎彭小姐?"

"没有,不过黄疸病人我见得多啦。"

"你发觉这种病人很好过吗?"

"我想总比上前线好吧。"

"范坎彭小姐,"我说,"你有没有听说哪个男人用踢自己阴囊的办法来自残的?"

范坎彭小姐没有理睬这个实在的问题。她只能不予理睬,否则就得走出房去。她还不打算走,因为她讨厌我很久了,现在正好可以发泄一通。

"我知道许多人通过自伤逃避上前线。"

"问题不在这儿。我也见过自伤的例子。我问你有没有听说哪个男人用踢自己阴囊的办法来自残的。因为这种感受与得黄疸病最为接近,我想女人很少有这种体验。所以我才问你得过黄疸病没有,范坎彭小姐,因为——"范坎彭小姐走出房去了。后来,盖奇小姐进来了。

"你跟范坎彭小姐说什么了?她气坏了。"

"我们在比较感受。我刚要说她从没有过生孩子的体验——"

"你是个笨蛋,"盖奇说,"她会要你的命。"

"她已经要我的命了,"我说,"她取消了我的休假,兴许还想把我送上军事法庭呢。她真够卑鄙的。"

"她一向不喜欢你,"盖奇说,"这是怎么回事?"

"她说我喝酒喝出了黄疸,是为了不回前线。"

"呸,"盖奇说,"我要发誓说你从没喝过酒。人人都会发誓说你从没喝过酒。"

"她发现了酒瓶子。"

"我跟你说过一百遍了,把酒瓶子清出去。瓶子现在在哪儿?"

"在衣橱里。"

"你有手提箱吗?"

"没有。把瓶子装在帆布背包里吧。"

盖奇小姐把瓶子装进背包里。"我拿给门房去。"她说。随即朝门口走去。

"等一等,"范坎彭小姐说,"把那些瓶子交给我。"她带来了门房。"请你拎着,"她说,"我打报告的时候,要把这些玩意拿给医生看看。"

她沿着走廊走去。门房拎着背包。他知道里边是什么。

我除了失掉休假之外,倒没出什么别的事。

第二十三章

我回前线的那天晚上,打发门房上车站,等火车从都灵开来,给我占一个座位。火车定于午夜开出。它是在都灵组编的车,大约夜里十点半抵达米兰,就停在车站,等到午夜再开。要座位的话,你得赶火车一到站,就上车去占。门房带了一个朋友,那是一个正在休假的机枪手,以前在一家裁缝店干活,两人齐心协力,总会抢到一个座位。我给了他们买站台票的钱,还把行李交给他们带去。我的行李是一只大帆布背包和两只野战背包。

大约五点钟,我跟医院里的人道了别,就出来了。门房把我的行李拎到他屋里,我告诉他说,我将近午夜时赶到车站。他妻子叫我一声"长官",就哭了起来。她擦擦眼睛,握握我的手,接着又哭了。我拍拍她的背,她又哭起来。她一直帮我缝缝补补,是个又矮又胖的女人,长着一头白发和一张笑嘻嘻的脸。她一哭起来,整个脸就像碎了似的。我来到街拐角的一家酒店,坐在里面等候,眼睛望着窗外。外面又黑又冷还有雾。我付了咖啡和格拉帕酒钱,借着窗口的灯光,望着外面的行人。我看见了凯瑟琳,便敲敲窗户。她望了望,看见是我,便笑了笑,我走出去迎接她。她身披一件深蓝色的斗篷,头戴一顶软毡帽。我们一起走着,沿着人行道走过一家家酒店,然后穿过集市广场,沿街往前走,穿过拱门,就到了大教堂广场。那儿有电车轨道,再过去便是大教堂。在雾中,教堂又白又湿。我们穿过电车轨道。我们左边是窗口灯火通明的店铺和拱廊的入口。广场上雾蒙蒙的,等我们走近大教堂前面时,大教堂显得非常雄伟,石墙上湿漉漉的。

"你想进去吗?"

"不。"凯瑟琳说。我们往前走。前头一座石扶壁的阴影里,站着一个士兵和他的女朋友,我们打他们身边走过。他们紧贴着石壁站着,士兵拿自己的斗篷裹住了她。

"他们很像我们。"我说。

"谁也不像我们。"凯瑟琳说。她说这话可没有沾沾自喜的意思。

"但愿他们有个可去的地方。"

"那对他们也不见得有好处。"

"我不知道。人人都该有个可去的地方。"

"他们可以进大教堂。"凯瑟琳说。我们已经过了大教堂了。我们走到了广场的尽头,回头望望大教堂。教堂在雾中看上去很美。我们站在一家皮货店前面。橱窗里摆着马靴、帆布背包和滑雪靴。每一样物品都单独陈列着;中间是帆布背包,一边是马靴,另一边是滑雪靴。皮具呈暗色,给油打得像旧马鞍一样光滑。电灯光把上了油的暗色皮具照得亮光光的。

"我们什么时候滑雪去。"

"再过两个月,缪伦[①]就可以滑雪了。"凯瑟琳说。

[①] 缪伦是瑞士中部小镇,附近有景色绝佳的山峰。

"我们去那儿吧。"

"好的。"她说。我们继续往前走,又过了几家橱窗,拐进一条小街。

"这条街我从来没走过。"

"我上医院就走这条路。"我说。那是条很窄的小街,我们靠着右边走。雾中有很多行人。沿街尽是店铺,所有的窗口都亮着灯。有一家橱窗里放着一堆干酪,我们往里望了望。我在一家兵器店前停下来。

"进去看看。我得买支枪。"

"什么枪?"

"手枪。"我们走进去,我解开身上的皮带,把它连同空手枪套一起搁在柜台上。柜台后边有两个女人。她们拿出几把手枪来。

"得配得上这枪套。"我说,一边把手枪套打开。这是个灰色皮枪套,是我从旧货店买来的,在城里佩戴。

"她们有好手枪吗?"凯瑟琳问。

"都差不多。我能试试这一支吗?"我问那女人。

"现在可没有地方试枪,"她说,"不过枪是很好的。包你买了没错。"

我啪地扳了一下扳机,然后再拉回去。弹簧相当紧,但却很顺当。我瞄准了,又啪地扳了一下。

"二手货,"女人说,"原是一位军官的,那可是个神枪手。"

"是你卖给他的吗?"

"是的。"

"你怎么又弄回来啦?"

"从他的勤务兵手里。"

"也许你还有我的呢,"我说,"这多少钱?"

153

"五十里拉。很便宜的。"

"好的。我还要两个弹夹和一盒子弹。"

她从柜台底下取出这些东西来。

"要不要军刀?"她问,"我有几把二手军刀,很便宜。"

"我要上前线了。"我说。

"噢,是吗?那你用不着军刀了。"她说。

我付了子弹和手枪钱,把弹匣装满子弹,推进弹膛,再把手枪插进枪套里,将另外两个弹夹也装上了子弹,然后插在手枪套上的皮槽里,最后再把皮带扣紧。手枪挂在皮带上感觉挺沉的。不过,我看还是佩带制式手枪为好。那样你总能搞到子弹。

"现在我们可是全副武装了,"我说,"这是我必须记住要办的一件事。我那支枪在我来医院时让人给拿走了。"

"希望这是把好枪。"凯瑟琳说。

"还要别的吗?"那女人问。

"不要了。"

"手枪上有根扣带。"她说。

"我注意到了。"那女人还想兜售点别的东西。

"你不要个哨子吗?"

"不要了。"

女人说了声再见,我们来到外边人行道上。凯瑟琳朝窗子里望去。那女人朝外望望,向我们鞠了个躬。

"那些镶在木头里的小镜子是做什么用的?"

"是用来吸引鸟的。人们拿这种小镜子在田里转来转去,云雀看见便飞出来,意大利人就开枪打。"

"真是个别出心裁民族,"凯瑟琳说,"你们在美国不打云雀吧,亲爱的?"

"没有专门打的。"

我们穿过街道,开始沿着另一边走。

"我现在感觉好些了,"凯瑟琳说,"刚出发的时候,我觉得很难受。"

"我们俩在一起,总是感觉挺好的。"

"我们要永远在一起。"

"是的,可我半夜就得走了。"

"别想了,亲爱的。"

我们沿着街道继续走。雾气弥漫中,街灯也发黄了。

"你不累吧?"凯瑟琳问。

"你呢?"

"我没事。走路挺有意思。"

"不过可别走得太久了。"

"好的。"

我们拐进一条没有灯光的小街,在街上走着。我站住了吻凯瑟琳。我吻她的时候,感觉到她的手搭在我肩膀上。她拉着我的斗篷罩在她身上,这样就把我们俩都裹住了。我们站在街上,身子靠着一面高墙。

"我们找个地方去吧。"我说。

"好。"凯瑟琳说。我们沿街走去,来到运河边一条比较宽阔的街道。街的另一边是一面砖墙和一些建筑物。街的前头,我看到一辆电车正在过桥。

"我们可以在桥上叫辆马车。"我说。我们在雾中站在桥上等马车。几辆电车开过去了,满载着回家的人们。随后来了一辆马车,可是里边有个人。雾气渐渐变成了雨。

"我们可以步行或乘电车。"凯瑟琳说。

155

"总会有车来的,"我说,"马车都要打这儿过的。"

"来了一辆。"她说。

车夫将马停下,把计程表上的金属招牌放了下来。马车的车篷撑起来了,车夫的外衣上滴着雨水。他那顶有光泽的帽子虽然打湿了,还在闪闪发光。我们一起坐在后座上,因为罩着车篷,里边光线很暗。

"你叫他上哪儿?"

"车站。车站对面有一家旅馆,我们可以去那儿。"

"我们这样去行吗?不带行李去?"

"行。"我说。

马车冒雨穿过一条条小街,上车站可有一段很远的路。

"我们不吃饭吧?"凯瑟琳问,"我担心我会饿。"

"我们就在房间里吃。"

"我没衣服穿。连件睡衣都没有。"

"买一件吧。"我说罢就喊车夫。

"到曼佐尼大街去一下。"他点点头,到了下一个街角便往左拐去。来到大街上,凯瑟琳就留心找商店。

"这儿有一家。"她说。我叫车夫停车,凯瑟琳下去了,穿过人行道,进了商店。我靠在马车上等她。外面下着雨,我能闻到雨中潮湿的街道和马冒着热气的气味。她拎着一包东西回来了,上了车,马车又走了。

"我很奢侈,亲爱的,"她说,"不过,这件睡衣真不错。"

到了旅馆,我叫凯瑟琳在马车里等着,我进去找经理。房间有的是。于是我回到马车那里,付了车钱,跟凯瑟琳一起走进旅馆。穿着带有许多纽扣的制服的小伙计帮着拿那包东西。经理恭恭敬敬地领着我们朝电梯走。旅馆里有许多红色长毛绒帷幕和黄铜装饰品。经理陪着我们乘电梯上楼。

"先生和夫人想在房间里用餐吧?"

"是的。请把菜单送上来好吗?"

"晚饭想来点什么特别的吧。是吃点野味还是来份蛋奶酥?"

电梯上了三层楼,每过一层都咔哒响一声,后来又响了一声,便停住了。

"你们有些什么野味?"

"有野鸡和山鹬。"

"来只山鹬吧。"我说。我们在走廊里走着。地毯旧了。走廊里有很多门。经理停下来,拿钥匙开了一道门,再把门推开。

"就这间,很不错的。"

制服上有许多纽扣的小伙计把包裹放在房中央的桌子上。经理拉开窗帘。

"外面有雾。"他说。房里装饰着红色长毛绒帷幕。还有好多镜子,两把椅子和一张大床,床上铺着缎子床罩。有一道门通向浴室。

"我叫人把菜单送上来。"经理说。他鞠个躬出去了。

我走到窗前,往外望去,然后拉了拉窗帘绳,那长毛绒厚窗幔便闭拢了。凯瑟琳坐在床上,望着那盏刻花玻璃枝形吊灯。她已经脱下了帽子,头发在灯光下闪闪发亮。她从一面镜子里看到了自己,便伸手理起头发来。我从另外三面镜子里看到她。她看样子不大高兴。斗篷掉在床上也不在意。

"怎么啦,亲爱的?"

"我以前从不觉得自己像个妓女。"她说。我走到窗前,把窗帘拉到一边,朝外面张望。我没想到会是这样子。

"你不是妓女。"

"我知道,亲爱的。但是感觉自己像个妓女,滋味不好受。"她的声音听上去又冷漠又沉闷。

"这是我们能住的最好的旅馆了。"我说。我望着窗外。隔着广场，看得见车站的灯光。街上有马车驶过，我还看见了公园里的树木。旅馆的灯光映照在湿漉漉的人行道上。唉，见鬼，我心想，难道我们现在还要争吵吗？

"请到这儿来。"凯瑟琳说。她沉闷的音调消失殆尽。"请你过来呀。我又是个好姑娘了。"我朝床上看过去。她笑盈盈的。

我走过去，挨着她身边坐下，吻她。

"你是我的好姑娘。"

"我当然是你的。"她说。

吃过饭以后，我们心情好起来，随后，就感觉非常快活，又过了不久，这房间就像是我们的家了。在医院里，我那间病房曾是我们的家，现在这个房间同样是我们的家了。

吃饭的时候，凯瑟琳披着我的军上衣。我们都很饿，饭菜味道不错，我们俩还喝了一瓶卡普里和一瓶圣伊斯特菲。酒主要是我喝的，不过凯瑟琳也喝了一点，喝过后觉得很带劲。我们晚饭吃了一只山鹬，配上蛋奶酥土豆、栗子泥、色拉，甜点吃的是意式酒蒸蛋糕。

"这房间不错，"凯瑟琳说，"很舒适。我们在米兰期间，本该一直住在这儿。"

"这房间布置得挺滑稽的。不过还是不错。"

"淫乱活动是一桩奇异的事，"凯瑟琳说，"经营这种行业的人似乎挺有品位。红色长毛绒的确不错。正是需要这样的东西。镜子也很诱惑人。"

"你是个可爱的姑娘。"

"不知道早晨在这样的房间里醒来时，会有什么样的感觉。不过这房间真是很棒。"我又倒了一杯圣伊斯特菲。

"我倒希望我们能干点真正的坏事,"凯瑟琳说,"我们所做的每一件事似乎太天真太单纯了。我很难相信我们做了什么错事。"

"你是个了不起的姑娘。"

"我只是觉得饿。饿极了。"

"你是个单纯的好姑娘。"我说。

"我是个单纯的姑娘。除了你以外,从来没有人发觉过。"

"我最初遇见你的时候,有一次花了一下午想象我们将如何一起去加富尔大酒店①,情况会怎么样。"

"你真不害臊。这可不是加富尔大酒店吧?"

"不是。他们那儿是不会接纳我们的。"

"总有一天,他们会接纳我们的。这就是你我不同的地方,亲爱的。我从来什么都不想。"

"你压根儿什么都不想吗?"

"想一点。"她说。

"噢,你是个可爱的姑娘。"

我又倒了一杯酒。

"我是个很单纯的姑娘。"凯瑟琳说。

"起初我不这么想。我以为你是个疯姑娘。"

"我是有点疯。可我不是复杂意义上的疯。我没把你搞糊涂吧,亲爱的?"

"酒真了不起,"我说,"酒让你忘掉一切坏事。"

"酒是好,"凯瑟琳说,"但它让我父亲患上了严重的痛风病。"

"你父亲还在吗?"

"还在,"凯瑟琳说,"他有痛风病。你不必见他。你父亲还

---

① 加富尔是米兰最高贵的旅馆之一,不招待普通尉级军官。

在吗?"

"不在了,"我说,"我有个继父。"

"我会喜欢他吗?"

"你不必见他。"

"我们多幸福啊,"凯瑟琳说,"我不会再对任何人感兴趣了。我嫁给了你,真是很幸福。"

侍者进来收走了餐具。过了一会儿,我们都静下来,可以听见外面的雨声。楼下街上传来汽车的喇叭声。我便说:

> 但我随时都听见在我背后,
>
> 时间的战车张着翅膀匆匆逼近。

"我了解那首诗,"凯瑟琳说,"是马韦尔[①]写的。但那讲的是一个姑娘不愿和一个男人生活在一起。"

我觉得头脑很清醒,很冷静,便想谈点实在的事情。

"你准备到什么地方生孩子?"

"还不知道。尽量找个好地方吧。"

"你准备怎么安排?"

"尽量安排好。别发愁,亲爱的。战争结束前,我们也许要生好几个孩子呢。"

"快到该走的时间了。"

"我知道。你想它时间到,那时间就到。"

"不想。"

[①] 安德鲁·马韦尔(1621—1678)系英国诗人,上面两行诗引自他的爱情诗《致我腼腆的情人》。

"那就别发愁了,亲爱的。你先前还好好的,现在又发愁了。"

"我不愁。你多久给我写一封信?"

"每天写。他们会看你的信吗?"

"他们的英语不行,让他们看也不碍事。"

"我要把信写得混乱不堪。"凯瑟琳说。

"可别太混乱了。"

"稍微混乱一点吧。"

"恐怕我们得出发了。"

"好的,亲爱的。"

"真不想离开这好好的家。"

"我也是。"

"但我们还是得走了。"

"好吧。不过我们的家总是待不久。"

"将来会待得久的。"

"你回来的时候,我会给你准备一个好好的家。"

"也许我马上就回来了。"

"也许你会脚上受点轻伤。"

"也许是耳垂。"

"不,我希望你的耳朵保持原样。"

"那我的脚呢?"

"你的脚已经受伤了。"

"我们得走了,亲爱的。真的。"

"好吧。你先走。"

第二十四章

我们走着下楼,没乘电梯。楼梯上的地毯旧了。晚饭送上来时我就付了饭钱,而那送饭来的侍者还坐在门旁的椅子上。他忽地站起来,向我鞠个躬,我跟他走到旁边的小屋,付了房钱。经理还记得拿我当朋友,连预付款都不让我交,不过他走的时候,还没忘了叫侍者守在门口,以防我不付账就溜走。我想以前有过这种事;甚至连朋友都靠不住。战争期间朋友实在太多了。

我让侍者去叫一辆马车来,他从我手里接过凯瑟琳的包裹,打着一把伞出去了。我们从窗口看见他在雨中穿过马路。我们站在那间小屋里,望着窗外。

"你感觉怎么样,凯特?"

"好困。"

"我觉得肚子空空的,好饿。"

"你带吃的了吗?"

"带了,在野站背包里。"

我看见马车来了。车停下来,马在雨中垂着头,侍者下了车,打开伞,朝旅馆走来。我们在门口迎上他，在雨伞下顺着湿漉漉的人行道，朝停在路石边的马车走去。排水沟里哗哗地流着水。

"包裹放在座位上了。"侍者说。他撑着伞立在那儿，直至我们俩都上了车，我给了他小费。

"多谢，旅途愉快。"他说。车夫拉拉缰绳，马就走了。侍者打着伞转过身，朝旅馆走去。马车沿着街道行驶，向左转弯，然后再朝右拐，来到车站前面。灯光下站着两名宪兵，刚好待在雨淋不到的地方。灯光映照着他们的帽子。在车站灯光的辉映下，雨水显得清晰透亮。一个行李搬运工从车站的拱廊下走出来，耸着肩膀迎着雨。

"不用，"我说，"谢谢。用不着你。"

他又回到拱廊下面去躲雨。我转向凯瑟琳。她的脸藏在马车车篷的阴影里。

"我们不如这就告别吧。"

"我不能进去吗？"

"不能。"

"再见，凯特。"

"你把医院的地址告诉他吧？"

"好的。"

我把要去的地址告诉了车夫。他点点头。

"再见，"我说，"照顾好自己和小凯瑟琳。"

"再见，亲爱的。"

"再见。"我说。我下了车来到雨里，马车走了。凯瑟琳探出头来，我看见她在灯光下的脸。她笑一笑，挥挥手。马车顺着街道驶去，凯瑟琳朝拱廊里指了指。我顺着她的手望去，只看见两个宪兵和那拱廊。我才明白她是叫我进去躲雨。我进去了，站在那里望着马车转过街角。然后我就穿过车站，沿着通道去找火车。

医院的门房正在站台上找我。我跟着他上了车，挤过人群，顺着走廊，穿过一道门，来到一个坐满了人的包间，机枪手坐在包间的一角。我的帆布背包和野战背包都放在他头顶上的行李架上。走廊里站着好多人，我们进去的时候，包间里的人都望着我们。车里的座位不够，人人都充满敌意。机枪手站起来让我坐。有人拍拍我的肩。我扭头一看。原来是个高高个头、瘦骨伶仃的炮兵上尉，下巴上有一条红色的伤疤。他从走廊的玻璃窗外朝里看了看，然后进来了。

"你怎么说？"我问。我转过身，面对着他。他个子比我高，他的脸在帽舌的遮掩下显得格外瘦削，伤疤又新又亮。包间里的人个个都望着我。

"你不能这么做，"他说，"你不能让个士兵替你占座位。"

"我已经这么做了。"

他忍了忍，喉结上下动了动。机枪手站在座位前。走廊里的其他人从玻璃窗外望进来。包间里没人吭声。

"你没有权利这么做。我比你早来了两个小时。"

"你想要什么？"

"座位。"

"我也要。"

我盯着他的脸，感觉到包间里的人都在跟我作对。我不怪他们。他是有理的。不过我要座位。还是没人做声。

哼，见鬼，我想。

"坐吧，上尉先生。"我说。机枪手让出了位置，高个子上尉坐下了。他望着我。他的脸仿佛受了伤似的，但他得到了座位。"拿好我的东西。"我对机枪手说。我们走到走廊里。列车都坐满了，我知道不可能找到座位了。我给了门房和机枪手每人十里拉。他们沿着走廊走去，到了外边站台上，还在往车窗里张望，可是没有座位了。

"也许到了布雷西亚会有人下车。"门房说。

"到了布雷西亚会有更多的人上车。"机枪手说。我跟他们道别,握了握手,他们便走了。他们都觉得有些愧疚。再看车里边,我们大家都站在走廊里,车子就开了。列车开出站去,我望着车站的灯光和货场。外边还在下雨,玻璃窗很快被打湿了,外面什么也看不见了。后来我就睡在走廊的地板上;睡前先把装钱和证件的皮夹子塞在衬衫和裤子里,这样就把它搁在马裤的裤腿里。我睡了一整夜,车到布雷西亚和维罗纳时醒来了,都有更多的人上车,不过又马上睡着了。我头枕一个野战背包,双手抱着另一个,同时还能摸得着我的帆布背包,别人尽可以打我身上跨过去,只要别踩着我。整个走廊的地板上,到处都有人在睡觉。有些人倒是站着,不是抓着窗上的铁杆,就是靠在门上。这班车总是挤得够呛。

第三部

第二十五章

眼下到了秋天，树上光秃秃的，道路泥泞。我乘着军用卡车，从乌迪内开往戈里察。沿途遇到了别的军用卡车，我也观赏了乡间景色。桑树光秃秃的，田野一片褐色。路边一排排光秃秃的树，路上满是湿漉漉的枯叶，有人在修路，从路边树木间的碎石堆里，搬石头来填补车辙。我们看到戈里察城罩着雾，那雾把群山也遮断了。我们过了河，我发现河水在上涨。山里一直在下雨。我们进了城，经过几家工厂，接着是住房和别墅，我发现又有许多房屋中了炮弹。在一条小街上，我们的车驶过一辆英国红十字会救护车。司机戴着帽子，面孔瘦削，晒得黑黑的。我不认识他。我在镇长住宅前的大广场下了车，司机把背包递给我，我背在身上，再加上两只野战背包，就朝我们的别墅走去。一点没有回家的感觉。

我沿着潮湿的沙砾车道走，从树木缝隙间望着别墅。窗子都关着，但门却开着。我走进去，发现少校坐在桌子边，屋里空荡荡的，墙上挂着地图和打字机打出来的字条。

"嗨,"他说,"你好吗?"他看上去老了些,干瘪了些。

"我挺好,"我说,"情况怎么样?"

"都结束了,"他说,"放下行李,坐下来。"我把背包和两只野战包放在地上,把帽子放在背包上。再从墙边拉过另一把椅子,在桌边坐下。

"这是个糟糕的夏天,"少校说,"你现在强壮些了吧?"

"是的。"

"拿到勋章了吗?"

"拿到了。顺顺当当地拿到了。非常感谢你。"

"咱们瞧瞧。"

我解开斗篷,让他看那两条勋带。

"你收到盒装的勋章了吗?"

"没有。只收到了证书。"

"勋章盒以后会到的。那要多费点时间。"

"你有什么指示吗?"

"车子都开走了。六辆去了北边的卡波雷托①。你熟悉卡波雷托吧?"

"熟悉。"我说。我记得那是山谷里的一个白色小镇,镇上有一座钟楼。一座干干净净的小镇,广场上有一个漂亮的喷水池。

"他们以那里为基地。现在有很多病号。仗打完了。"

"其余的车子呢?"

"有两辆在山里,四辆还在班西扎。其余两个救护车队在卡索,跟着第三军团。"

---

① 1917年10月,伊松佐河沿岸进行了意大利战线最为著名的一场战役——卡波雷托战役,几乎导致意军的覆灭。

"你想让我做什么?"

"你要是愿意的话,可以去接管班西扎的那四辆车。吉诺在那儿干了很久了。你没去过那儿吧?"

"没有。"

"情况很糟糕。我们损失了三辆车子。"

"我听说了。"

"对了,里纳尔迪给你写过信。"

"里纳尔迪在哪儿?"

"他在这儿的医院里。他忙了整个夏天和秋天。"

"我相信。"

"情况很糟糕,"少校说,"你根本想象不到有多糟。我常想你那次中弹算你幸运。"

"我知道我是幸运的。"

"明年会更糟,"少校说,"也许他们现在会进攻。他们扬言要进攻,但是我不相信。太晚了。你看见那条河了吗?"

"看见啦。涨水了。"

"雨季已经开始了,我不相信他们还会进攻。很快就要下雪了。你的同胞们怎么样?除了你以外,还会有别的美国人要来吗?"

"他们正在训练一支一千万的大军。"

"希望我们能分到一些。但是法国人会把他们独吞了。我们这儿一个也分不到。好了。你今天夜里就住这儿,明天开辆小车去,把吉诺换回来。我派一个熟悉路的人陪你去。吉诺会把一切告诉你的。他们还时不时地要轰炸一阵,不过都过去了。你会想要看看班西扎的。"

"我很乐意去看看。我很高兴又回来跟你在一起,少校长官。"

他笑了笑。"你这样说是一片好意。我很厌倦这场战争。假如我离开了,我想我是不会回来的。"

"这么糟糕吗?"

"是的。就这么糟糕,甚至还要糟糕。你去洗一洗,找你的朋友里纳尔迪去吧。"

我走出来,把行李提上楼。里纳尔迪不在房间里,但他的东西都在,我便在床上坐下,解开了绑腿,脱掉了右脚的鞋子。然后便躺倒在床上。我累了,右脚又痛。只脱一只鞋子就躺在床上,似乎有些可笑,于是我便坐起来,解开另一只鞋子的鞋带,把鞋子扔到地板上,然后又躺倒在毯子上。窗子关着,屋里有些闷,可我太疲倦了,不愿再起来开窗。我看见我的东西全堆在屋子的一角。外面天渐渐黑下来。我躺在床上,一边想凯瑟琳,一边等着里纳尔迪。我本想除了夜里睡觉之前,要尽量不去想凯瑟琳。可现在我很累,无事可做,只好躺着想她。想着想着,里纳尔迪进来了。他还是老样子。也许稍微瘦了一点。

"啊,宝贝。"他说。我从床上坐起来。他过来了,坐下来,用一只胳臂搂住我。"好宝贝。"他用力拍拍我的背,我抓住他的双臂。

"好宝贝,"他说,"让我看看你的膝盖。"

"那我得脱下裤子。"

"那就脱下好了,宝贝。这儿都是朋友。我想看看他们的能耐怎么样。"我站起身,脱下裤子,拉开护膝绷带。里纳尔迪坐在地板上,轻轻地来回弯动我的膝盖。他用手指沿着伤疤抚摸着;把双手的大拇指一起按在膝盖骨上,用其余的手指轻轻地摇摇膝盖。

"你的关节只联接到这个地步吗?"

"是的。"

"这样就把你送回来,简直是犯罪。应该完全接好才行。"

"比以前好多了。本来像板子一样僵硬。"

里纳尔迪又往下弯了弯。我瞧瞧他的手。他有一双外科医生的纤巧的手。我再瞧瞧他的头顶,头发油光发亮,分得条路清晰。他把膝盖弯过头了。

"哎哟!"我嚷道。

"你应该多做几次机械治疗。"里纳尔迪说。

"比以前好多了。"

"这我看得出来,宝贝。这种事我比你懂得多。"他站起身,坐到床上。"膝盖手术做得还不错,"他看好了膝盖,"把整个情况都跟我说说。"

"没有什么可说的,"我说,"我过着平平静静的生活。"

"你表现得像个已婚的男人,"他说,"你怎么啦?"

"没什么,"我说,"你怎么啦?"

"这场战争快要我的命了,"里纳尔迪说,"我给搞得十分沮丧。"他叉着手捂着膝盖。

"噢。"我说。

"你怎么啦?难道我连人的冲动都不能有吗?"

"不能有。我看得出你日子过得不错。说实话吧。"

"整个夏天和秋天我都在动手术。我始终都在工作。谁的活我都干。他们把难做的手术全都留给我了。凭上帝发誓,宝贝,我成了最讨人喜爱的外科医生了。"

"这才像话。"

"我从不动脑筋。不,凭上帝发誓,我不动脑筋;光动手术。"

"这就对啦。"

"可是现在,宝贝,一切都结束了。我现在不动手术了,感觉糟透了。这是一场可怕的战争,宝贝。你相信我,我说的是真话。现在你让我振作起来。你带来了唱片没有?"

"带了。"

唱片用纸包着,放在我背包里一只纸板盒里。我太累了,懒得去拿。

"难道你自己不觉得挺好吗,宝贝?"

"我感觉糟透了。"

"这场战争太可怕了,"里纳尔迪说,"来吧。今天我们俩都来喝个醉,痛快一下。然后再来它个烂醉如泥,那就觉得好受了。"

"我得了黄疸,"我说,"可不能喝醉了。"

"嗐,宝贝,你怎么这样回到我身边了。你一回来就一本正经,还得了肝病。我跟你说,这场战争很糟糕。我们究竟为什么要打仗。"

"我们喝一杯吧。我不想喝醉,不过我们还是要喝一杯。"

里纳尔迪走到房间那头的脸盆架前,拿来两只杯子和一瓶科涅克白兰地。

"奥地利白兰地,"他说,"七星白兰地。他们攻打圣加布里埃尔时仅仅缴获了这些酒。"

"你也去了吗?"

"没去。我哪儿也没去。我一直在这儿动手术。瞧,宝贝,这是你以前刷牙用的杯子。我一直保留着,好让我想起你。"

"好让你别忘了刷牙吧。"

"不。我也有自己的杯子。我保留你这杯子,是为了提醒我你早晨怎样想从牙齿上刷掉罗萨别墅的气味,一边赌咒发誓,吃阿司匹林,咒骂妓女。我每次看到那只杯子,就想起你怎样用牙刷来刷净你的良心。"他走到床边来。"亲我一下,告诉我你不是真的一本正经。"

"我从不亲你的。你是个类人猿。"

"我知道,你是个规规矩矩的盎格鲁—撒克逊好小伙。我知道,你是个悔过的小伙子。我要等着看你这盎格鲁—撒克逊人怎样用牙刷刷掉妓女的气味。"

"往杯子里倒点科涅克白兰地。"

我们碰杯喝酒。里纳尔迪冲我大笑起来。

"我要把你灌醉,取出你的肝,换上一个意大利人的好肝,使你重新成为一个男子汉。"

我端着杯子再要点白兰地。这时外边天黑了。我端着白兰地酒杯,走过去打开窗子。雨已经停了。外边冷点了,树木间雾气弥漫。

"别把白兰地倒到窗外去,"里纳尔迪说,"你要是不能喝,就倒给我吧。"

"你自己去倒吧。"我说。我很高兴,又见到了里纳尔迪。两年来他一直在逗弄我,我总是很喜欢他这样做。我们彼此很了解。

"你结婚了吗?"他坐在床上问。我靠着窗边的墙壁站着。

"还没有。"

"你恋爱了吧?"

"是的。"

"和那个英国姑娘?"

"是的。"

"可怜的宝贝。她对你挺不错吧?"

"当然。"

"我的意思是,就那方面而言,她对你来说挺不错吧?"

"闭嘴。"

"我会的。你看得出来我是个极其挑剔的男人。她是否——?"

"里宁,"我说,"请你闭嘴。你要是想做我的朋友,那就闭嘴。"

"我不是**想**做你的朋友,宝贝。我就**是**你的朋友。"

"那就闭嘴。"

"好吧。"

我走到床前,在里纳尔迪身边坐下。他端着杯子,望着地板。

"你明白是怎么回事吗,里宁?"

175

"噢,是的。我这一辈子碰到许多神圣的事。但是跟你很少谈论这样的事。我想你一定也有这样的事吧。"他望着地板。

"你没有吗?"

"没有。"

"一点也没有?"

"没有。"

"我能随便说你母亲这、道你姐妹那吗?"

"道你的姐妹①那。"里纳尔迪急忙说。我们俩都笑起来了。

"还是那个老超人呀。"我说。

"也许我有些嫉妒。"里纳尔迪说。

"不,你没有。"

"我不是那个意思。我另有所指。你有没有结过婚的朋友?"

"有的。"我说。

"我可没有,"里纳尔迪说,"除非是夫妇彼此不相爱的。"

"为什么不呢?"

"人家不喜欢我。"

"为什么?"

"我是那条蛇。我是那条理智的蛇。"

"你搞混了。苹果才是理智②。"

"不,是那条蛇。"他开心了一点。

"你的思想不那么深刻的时候,人就好一些。"

"我爱你,宝贝,"他说,"我一成为伟大的意大利思想家,你就戳穿我。不过我懂得很多说不出来的事情。我比你懂得多。"

---

① "姐妹"在这里是双关语,西方习俗称护士为"姐妹"。
② 关于亚当和夏娃受蛇(撒旦)的引诱偷吃禁果的故事,见《圣经·创世记》第三章。

"是的，你是比我懂得多。"

"不过你会过得更好些。你就是懊悔，也会过得更好些。"

"我看不见得。"

"噢，是的。的确是的。我只有在工作时才感到快乐。"他又瞅着地板。

"你会改变这种状况的。"

"不会的。除了工作，我只喜欢两件事；一件事对我的工作有妨碍，另一件在半小时或一刻钟内就做完，有时时间还要短。"

"有时时间还短得多。"

"也许我进步了，宝贝。你不了解。只有这两件事和我的工作。"

"你会有别的兴趣的。"

"不。我们绝不会有别的兴趣。我们生下来有什么就是什么，从来学不会别的。我们从来学不到什么新东西。我们一开始就是这个样子。你要庆幸自己不是拉丁人。"

"压根儿没有什么拉丁人。那是'拉丁式'思维。你对自己的缺点如此得意扬扬。"里纳尔迪抬起头来大笑。

"我们就此打住吧，宝贝。我想这么多，好累啊。"他进房时就显得很疲倦了。"快到吃饭时间了。很高兴你回来了。你是我最好的朋友，也是我的战友。"

"战友们什么时候吃饭？"我问。

"马上。为了你的肝，我们再喝一杯。"

"像圣保罗那样。"

"你说得不确切。那说的是酒和胃。为了你的胃，喝点酒吧。"①

---

① 参见《圣经·提摩太前书》第五章第二十三节："因你胃口不清，屡次患病，再不要照常喝水，可以稍微用点酒。"

"管你瓶子里是什么，"我说，"管你说的是为了什么。"

"为你的女朋友。"里纳尔迪说。他举起出杯子。

"好的。"

"我绝不再说她一句脏话。"

"不要勉强自己。"

他喝完了白兰地。"我是纯洁的，"他说，"我像你一样，宝贝。我也要找一个英国姑娘。其实，是我先认识你的女朋友的，但是对我来说，她个子有点高。高个子姑娘只能做个妹妹。"他引用了一个典故。①

"你有一颗美好而纯洁的心。"我说。

"可不是吗？所以他们都叫我最纯洁的里纳尔迪。"

"该叫最肮脏的里纳尔迪。"

"得了，宝贝，趁我的心灵还纯洁的时候，我们下去吃饭吧。"

我洗了洗，梳梳头，我们便下了楼。里纳尔迪有点醉了。到了我们吃饭的屋里，饭菜还没准备好。

"我去拿瓶酒。"里纳尔迪说。他上楼去了。我坐在桌前，他拿了酒瓶回来，给我们俩一人倒了半杯白兰地。

"太多了。"我说，随即端起杯子，对着桌上的灯打量着。

"空着肚子可不行。这玩意真奇妙。会把你的胃全烧坏。对你再有害不过了。"

"对呀。"

"一天天的自我毁灭，"里纳尔迪说，"它毁了你的胃，使你的手颤抖。外科医生就该喝这玩意。"

---

① 据《圣经·创世记》第十二章第十至二十节，亚伯拉罕因饥荒避难埃及，怕埃及人垂涎他的美貌妻子撒莱，便杀了她，并谎称她是他的妹妹。

178

"你推荐这方子?"

"真诚地推荐。我不用别的方子。喝下去,宝贝,等着生病吧。"

我喝了半杯。然后听见勤务兵在走廊里喊:"汤!汤好了。"

少校走进来,朝我们点点头,坐下了。他一坐上饭桌,人显得很小。

"就我们几个吗?"他问。勤务兵放下汤碗,他便舀了一盘子汤。

"我们就这么多人,"里纳尔迪说,"除非牧师也来。他要是知道费德里科来了,一定会来的。"

"他在哪儿?"我问。

"在三〇七。"少校说。他在忙着喝汤。他揩揩嘴,仔细地捋捋他那上翘的灰色小胡子。"我想他会来的。我打过电话,叫他们传话给他,说你回来了。"

"真可惜食堂不像以前那么热闹了。"我说。

"是的,如今很安静。"少校说。

"我来闹一闹吧。"里纳尔迪说。

"喝点酒,恩里科。"少校说。他给我的杯子倒满了酒。意大利实心面端上来了,大家都忙着吃了起来。就在快吃完面的时候,牧师进来了。他还是老样子,身材瘦小,皮肤黝黑,看上去很结实。我站起身来,我们握握手。他把手搭在我肩膀上。

"我一得到消息就赶来了。"他说。

"坐下吧,"少校说,"你来晚了。"

"晚上好,牧师。"里纳尔迪说,"牧师"是用英语说的。他们是从那个爱戏弄牧师的上尉那里学来的,上尉会说一点英语。"晚上好,里纳尔迪。"牧师说。勤务兵给他端来汤,但是他说他还是先吃点实心面。

"你怎么样?"他问我。

"挺好,"我说,"情况怎么样?"

"喝一点酒吧,牧师,"里纳尔迪说,"为了你的胃,喝点酒吧。那可是圣保罗的教导,你知道。"

"是的,我知道。"牧师客气地说。里纳尔迪给他倒了酒。

"圣保罗那家伙,"里纳尔迪说,"就是他制造了这一切麻烦。"牧师望望我,笑了笑。我看得出来,他对这样的戏弄已经无动于衷了。

"圣保罗那家伙,"里纳尔迪说,"他是个浪荡子,又是个追逐者,他欲望不再强烈的时候,就说那没有什么好的。①他欲望消失了以后,就给我们这些依然强烈的人定下了清规戒律。难道这不是事实吗,费德里科?"

少校笑了笑。这时我们在吃炖肉。

"我从不在天黑后谈论圣徒。"我说。牧师吃着炖肉抬起头来,朝我笑笑。

"你瞧他,又投靠到牧师那边了,"里纳尔迪说,"那些专门逗弄牧师的能人都上哪儿去啦?卡瓦尔坎蒂哪儿去啦?布伦迪哪儿去啦?切萨雷哪儿去啦?难道我得孤立无援地逗弄牧师吗?"

"他是个好牧师。"少校说。

"他是个好牧师,"里纳尔迪说,"但总归还是牧师。我竭力想使饭堂恢复以前的气氛。我想让费德里科高兴。见鬼去吧,牧师!"

我看见少校在盯着他,发觉他已经醉了。他瘦削的脸发白。衬着他那苍白的前额,他的头发显得黑黝黝的。

"没关系,里纳尔迪,"牧师说,"没关系。"

"你见鬼去吧,"里纳尔迪说,"让这该死的一切都见鬼去吧。"他靠坐在椅子上。

---

① 关于保罗皈依基督教的故事,详见《圣经·使徒行传》第九章第一至九节。

"他工作过于紧张，人太累了。"少校对我说。他吃完了肉，用一片面包蘸着肉汁吃。

"我才不在乎呢，"里纳尔迪对全桌的人说，"让这一切都见鬼去吧。"他恶狠狠地环顾着全桌上的人，眼神呆滞，脸色苍白。

"好的，"我说，"让这该死的一切都见鬼去吧。"

"不，不，"里纳尔迪说，"你不行。你不行。我说你不行。你又沉闷又空虚，没有别的反应。我告诉你，没有别的反应。绝对没有。我知道，我一停止工作就会这样。"

牧师摇摇头。勤务兵拿走了炖肉盘子。

"你为什么吃肉？"里纳尔迪转向牧师，"难道你不知道今天是星期五吗？"①

"今天是星期四。"牧师说。

"撒谎。今天是星期五。你在吃我们的主的身体。这是上帝的肉。我知道。那是奥地利死人的肉。你在吃的就是这东西。"

"白色的肉是军官们的肉。"我说，把那老笑话凑完整了。

里纳尔迪哈哈大笑。他倒了一杯酒。

"别在意我，"他说，"我只是有点发疯罢了。"

"你应该休假了。"牧师说。

少校对牧师摇头。里纳尔迪盯着牧师。

"你认为我该休假了？"

少校又对牧师摇头。里纳尔迪还在盯着牧师。

"随你的便，"牧师说，"你不想休，就别休了。"

"你见鬼去吧，"里纳尔迪说，"他们就想把我打发走。他们每天夜晚都想把我打发走。我把他们击退了。我就是得了那玩意又算什

---

① 星期五是天主教徒戒斋日。

么。人人都得的。全世界的人都得了。起初，"他摆出演说家的神态接着说，"是一个小脓包。然后我们注意到两个肩膀间发出皮疹。然后就什么症状也没发现。我们相信用水银来治疗。"

"或者用撒尔佛散①。"少校静静地插了一句。

"水银产品。"里纳尔迪说。这时他有些扬扬得意了。"我知道有一样东西，比那贵重一倍。好牧师啊，"他说，"你永远搞不到的。宝贝才搞得到。这是一种工业事故。只是一种工业事故罢了。"

勤务兵拿来了甜点和咖啡。甜点是一种黑面包布丁，上边浇了一层黄油甜酱。油灯在冒烟；黑烟在灯罩里浓浓地往上冒。

"拿两支蜡烛来，把灯拿走。"少校说。勤务兵取来两支点燃的蜡烛，放在两个碟子上端进来，然后把灯拿出去吹灭了。里纳尔迪现在安静了。他看上去没事了。我们接着聊，喝过咖啡后，大家都来到了大厅里。

"你想跟牧师谈话。我得进城去，"里纳尔迪说，"晚安，牧师。"

"晚安，里纳尔迪。"牧师说。

"我会来看你的，弗雷迪。"里纳尔迪说。

"好的，"我说，"早点回来。"他做个鬼脸，走出门去。少校和我们一块站着。"他很疲乏，过度劳累了，"他说，"他还以为自己得了梅毒。我不相信，但是他也许真得了。他在自己治疗。晚安。你天亮前就走吧，恩里科？"

"是的。"

"那就再见啦，"他说，"祝你好运。佩杜齐会来叫醒你，陪你一起去。"

"再见，少校长官。"

---

① 俗名六零六，为当时治疗梅毒的特效药。

182

"再见。他们说奥军要发动进攻,可我不信。我希望不要进攻。但不管怎么说,不会进攻到这儿。吉诺会告诉你一切的。现在电话联系也很方便。"

"我会经常打电话的。"

"请经常打来吧。晚安。别让里纳尔迪喝这么多白兰地。"

"我会设法不让他多喝的。"

"晚安,牧师。"

"晚安,少校长官。"

他到自己的办公室去了。

第二十六章

我走到门口,朝外望了望。雨停了,可还有雾。

"我们上楼吧?"我问牧师。

"我只能待一会儿。"

"还是上去吧。"

我们爬上楼梯,进了我的房间。我躺在里纳尔迪的床上。牧师坐在勤务兵给我架好的行军床上。屋里黑乎乎的。

"喂,"他说,"你到底怎么样了?"

"我挺好。只是今晚有点累。"

"我也挺累的,不知怎么搞的。"

"仗打得怎么样了?"

"我看很快就要结束了。我也说不出个道理来,只是有这个感觉。"

"你怎么感觉到的?"

"你了解你们的少校怎么样吗?变温和了吧?如今很多人都温和起来了。"

"我觉得自己也温和起来了。"我说。

"这是个极其糟糕的夏天,"牧师说,他现在比我离开时自信多了,"你很难相信有多糟糕。除非你身临其境,才能明白糟糕到什么地步了。今年夏天让许多人懂得了战争。有些军官我以为永远不会懂得战争,如今也懂得了。"

"会怎么样呢?"我用手抚摸着毯子。

"我不知道,但是我想不会持续很久了。"

"那会怎么样呢?"

"他们会停战。"

"谁?"

"双方。"

"但愿如此。"我说。

"你不信吗?"

"我不相信双方会马上都停战。"

"我想不会。期望过高了。但是我看到人们在改变,就觉得战争打不下去了。"

"今年夏天谁打赢了?"

"谁也没打赢。"

"奥军打赢了,"我说,"他们守住了圣加布里埃尔。他们打赢了。他们不会停战的。"

"他们要是跟我们的感觉一样的话,也会停战的。他们有着同样的经历。"

"打赢的人是不会停战的。"

"你让我灰心丧气。"

"我只是心里怎么想嘴里就怎么说。"

"那你认为战争会一直持续下去吗?不会有变吗?"

"我不知道。我只是认为奥军既然打了胜仗,就不会停战。人只有吃了败仗,才会变成基督徒。"

185

"奥地利人都是基督徒——除了波斯尼亚人[1]以外。"

"我不是说形式上的基督徒。我是说像我们的上帝那样。"

他没有作声。

"眼下我们都温和多了,因为我们吃了败仗。假若彼得在花园里救了我们的上帝,我们的上帝会怎么样呢?"

"他还会是老样子。"[2]

"我看不见得。"我说。

"你叫我灰心丧气,"他说,"我相信会有变化,也为此做了祈祷。我感到快有变化了。"

"可能会出点什么事,"我说,"但是只会出在我们身上。假如他们和我们有同样的感受,那就好了。但是他们打败了我们。他们就有另一种感受。"

"许多士兵一直有这种感受。并非因为他们吃了败仗。"

"士兵们从一开始就给打败了。他们从农场上给征来当兵,这时就给打败了。所以说农民有智慧,因为他们从一开始就吃了败仗。你让农民掌握政权,看看他有多聪明。"

他一言不发了。他在思考。

"现在我弄得自己都很沮丧,"我说,"所以我从不想这些事。我从不去想,可是一谈起来,就会把心里的感想不假思索地说出来。"

"我本来还抱有一点期望。"

"吃败仗?"

"不是。比这好一点的。"

"没有比这好一点的。除非是胜利。胜利可能会更糟。"

---

[1] 波斯尼亚人是斯拉夫民族,多信奉回教。
[2] 耶稣被捕的那天晚上,曾同门徒彼得等在客西马尼园祷告。被捕时彼得拔刀抵抗,为耶稣所斥责。详见《圣经·马太福音》第二十六章。

"我有好长时间都在期望胜利。"

"我也是。"

"现在可就难说了。"

"不是胜就是败。"

"我不再相信胜利了。"

"我也不相信。但是我也不相信失败。不过失败可能会好一些。"

"那你相信什么呢?"

"睡觉。"我说。他站起身来。

"很抱歉,在这儿待了这么久。不过我很喜欢跟你谈谈。"

"能再聚在一起谈谈,真是愉快。我刚才说的睡觉,没什么意思。"

我们站起来,在黑暗中握了握手。

"我现在睡在三〇七。"他说。

"我明天一早就去救护站。"

"等你回来再来看你。"

"到时候我们一起散步,聊天。"我送他到门口。

"别下去了,"他说,"你回来真是太好了。虽然对你本人不见得怎么好。"他把手搭在我的肩上。

"我无所谓的,"我说,"晚安。"

"晚安。再见!"

"再见!"我说。我困得要命。

第二十七章

里纳尔迪进来时我醒了,但他没有说话,我又睡着了。早晨天还没亮,我就穿戴好走了。我走时他还没醒。

我以前从没到过班西扎高原,这时来到河边我上次受伤的地点那边,走上奥军曾经盘踞过的山坡,心里有一种奇异的感觉。那边新铺了一条很陡的山路,路上有许多卡车。再过去,路平坦下来,我看见雾气弥漫的树林和峻岭。那些树林一下子就给占领了,因而没遭到破坏。再往前去,路没有了山丘的掩护,两边和顶上都有席子遮掩。路的尽头是一个被摧毁了的村庄。村子那边上方就是前线。周围有许多大炮。村里的房子给炸得破烂不堪,但一切都组织得井然有序,到处都是指示牌。我们找到了吉诺,他请我们喝了点咖啡,随后我跟他去见了几个人,看了看救护站。吉诺说英国救护车在班西扎那边的拉夫内忙活。他非常佩服英国人。他说炮火依然不断,不过没怎么伤着人。现在雨季已经开始,病号就会多起来。据说奥军要发动进攻,但他不相信。还说我们也要发动进攻,但是一直没有增派部队来,所以他觉得也不可能。这里食品供应不足,他很想到戈里察饱餐一顿。昨天晚饭我吃什么啦?我告诉了他,他说那太好啦。他特别赞赏那道甜食。我没有细加描述,只说是一道甜食,我想他一定以为是什么精美的食品,想不到只是面包布丁。

我知道他要给派到哪里去吗?我说不知道,只晓得剩下的救护车有几辆在卡波雷托。他希望到那儿去。那是个宜人的小镇,他喜欢镇后那耸入云霄的高山。他是个好小伙,看来人人都喜欢他。他说圣加布里埃尔那仗打得真叫惨,还有洛姆那头的进攻也真糟糕。他说在我们前边和上边的泰尔诺瓦山脉,奥军在树林里布置了好些大炮,夜里对着大路狂轰滥炸。最让他心惊胆战的是敌人海军的大炮。我认得出这种炮,因为它们的弹道是平直的。你听到轰的一声,随即就是一阵尖厉的嘶鸣。他们通常是双炮齐发,一门紧挨着一门,炸裂的弹片特别大。他让我看了一片,那是块较为平整的锯齿形的铁片,有一英尺多长。看上去就像巴比特合金[①]。

"我没觉得它们威力大,"吉诺说,"但却把我吓坏了。你听那响声,好像直冲着你来的。先是轰的一声,接着是尖厉的嘶鸣和爆炸声。要是让人一听就给吓得个半死,就算不受伤又有什么用?"

他说我们对面的敌军阵地上如今有克罗地亚人,还有些马扎尔人[②]。我们的部队仍然处于进攻位置。假若奥军发动进攻,我们既没有线路进行联络,又没有地方可以退守。高原上突出来的低矮山峦,本是防守的上佳阵地,但却没有采取措施做好防御部署。我对班西扎究竟有什么看法?

我原以为这地方比较平坦,更像高原。没想到这地方这样高低

[①] 巴比特合金,又称巴氏合金,是铅基或锡基轴承合金,以美国发明家巴比特的姓氏命名。
[②] 克罗地亚在中古时是一王国,后成为奥地利王室的领地。马扎尔人系匈牙利的主要民族。

不平。

"高地上的平原，"吉诺说，"但是没有平原。"

我们回到他住的那幢房子的地窖。我说我原以为顶部平坦又有一定深度的山脊，比一连串的小山防守起来更容易，更有把握。我争辩说，往山上进攻并不比在平地上进攻困难。"那要看是哪种山了，"他说，"看看圣加布里埃尔吧。"

"是呀，"我说，"可是麻烦就出在平坦的山顶。人家攻上山顶是很容易的。"

"不那么容易吧。"他说。

"还是容易，"我说，"但是这个情况比较特殊，因为无论如何，那与其说是座山，不如说是个要塞。奥军已在那儿设防多年了。"我的意思是，从战术上来讲，凡是带有某种机动性的战争，拿一连串的山作战线是很难守住的，因为那太容易被敌人包抄了。你应该有可能机动的余地，而山是不太能机动的。再说，从山上往下射击，总会射过头的。一旦侧翼被包抄了，那些精兵就给困在最高的山峰上。我不相信山地战。我说我反复考虑过这个问题。你抢占一座山，我夺取一座山，但是认真打起仗来，人人还得从山上下来。

假如山是边境线的话，那怎么办呢？他问。

我还没想出办法来，我说，我们俩都笑起来。"但是，"我说，"过去，奥军总在维罗纳附近的方形要塞被击败。他们把奥军引下平原来，在那里歼灭他们。"

"是的，"吉诺说，"可那都是法国人，你在别人的国土上打仗，总能干净利落地解决军事问题。"

"是的，"我赞成说，"你要是在自己的国土上，干起来就不会这么有板有眼了。"

"俄国人就干得有板有眼，让拿破仑跌入陷阱。"

"是的,可是人家国家的版图辽阔呀。你要是想在意大利以撤退来诱捕拿破仑,那就只好退到布林迪西去[①]。"

"一个糟糕的地方,"吉诺说,"你去过那儿吗?"

"去过,但没待过。"

"我是个爱国者,"吉诺说,"但是我对布林迪西和塔兰托[②]却爱不起来。"

"你喜爱班西扎吗?"我问。

"土地是神圣的,"他说,"但我希望它能多长些土豆。你知道我们才来的时候,发现了奥军种下的土豆地。"

"这里真缺乏食品吗?"

"我自己总是吃不饱,不过我饭量大,倒也没挨过饿。这里的伙食很一般。前线的部队吃得相当好,但是支援部队就没有那么多吃的。肯定是什么环节出了问题。食品应该是充足的。"

"是角鲨拿到别的地方去卖了。"

"是的,他们拿尽量多的食物供应前线的部队,但是后面的部队就供应不足了。他们把奥军的土豆和树林里的栗子都吃光了。应该给他们吃得好一些。我们都是很能吃的人。我想食品一定是够吃的。士兵食品不足,这是很糟糕的。肚子吃不饱,想法就不一样,这你注意到没有?"

"注意到了,"我说,"吃不饱就打不了胜仗,只会打败仗。"

"我们不谈打败仗吧。打败仗已经谈得够多的了。今年夏天的努力不可能是徒劳的。"

我一言不发。什么神圣、光荣、牺牲、徒劳之类的字眼,我一听

---

① 布林迪西是意大利东南端的海港城市。
② 塔兰托也是意大利东南端的海港城市,海军基地。

191

到就害臊。我们听到过这些字眼，有时还是站在雨中听的，站在几乎听不到的地方，只依稀听见几个大声吼出来的字眼；我们也读到过这些字眼，是从别人张贴在旧公告上的新公告上读到的，如今观察了这么久，我可没见到什么神圣的事，那些光荣的事也没有什么光荣，至于牺牲，那就像芝加哥的屠宰场，只不过那肉不再加工，而是埋掉罢了。有许多字眼你根本听不进去，到头来就只有地名还有点尊严。有些数字也一样，还有某些日期，只有这些和地名你能说出来，也才有点意义。诸如光荣、荣誉、勇敢、神圣之类的抽象名词，若跟村名、路号、河名、部队番号和日期放在一起，那简直令人作呕。吉诺是个爱国者，所以他讲的话有时让我们产生隔阂，但他也是个不错的青年，我了解他是个爱国者。他天生就是一个爱国者。他和佩杜齐一道，开着车回戈里察去了。

那天整天都有暴风雨。风狂雨骤，到处是积水和泥泞。那些破房子的灰泥又灰又湿。临近傍晚时，雨停了，我从二号救护站外边，看到秋天光秃而潮湿的原野，山顶上云团缭绕，路上的席屏湿淋淋地滴着水。太阳落山前露了一下脸，映照着山脊那边光秃秃的树林。在那山脊上的树林里，奥军有许多大炮，不过开炮的只有几门。我看见前线附近一幢毁坏的农舍上空，突然出现一个个榴霰弹的烟团，那轻柔的烟团，中间发出黄白色的闪光。你看到这闪光，然后听到轰鸣声，然后看到那个烟球在风中变形、变稀薄。一幢幢农舍的瓦砾堆中，以及救护站那幢破房子旁边的路上，有许多榴霰弹的铁丸，但是那天下午敌人并没向救护站附近开炮。我们装了两车伤员，沿着被湿席子遮掩的路上开去，夕阳的余晖从条条席子的空隙中射进来。我们还没开到山后那段没遮掩的路上，太阳就下去了。我们在这没遮掩的路上朝前驶，后来车子拐了个弯来到旷野里，驶进搭有席子的方形拱道时，天又下雨了。

夜里起了风。凌晨三点，雨大如席，炮轰开始了，克罗地亚人穿过山上牧场，穿过一片片树林，冲到前线来。他们冒雨在黑暗中发起战斗，二线被吓坏了的士兵进行反击，将他们赶了回去。雨中炮轰无数，火箭频发，全线都响起了机关枪和步枪。他们没有再来进攻，前线安静了些，在阵阵狂风骤雨的间隙，我们听得见远在北边有猛烈的炮轰声。

伤员陆续进入救护站，有的是用担架抬来的，有的是自己走来的，还有的是由人背着越过田野送来的。他们浑身都湿透了，个个都吓得要命。我们把伤员从救护站地下室抬上来，放在担架上装满了两部救护车，我关上第二辆车的车门时，感觉打在脸上的雨变成了雪。雪花在雨中又沉又快地落下来。

天亮后还在刮狂风，但是雪却停了。那雪一落在湿地上，就已经化掉了，现在又下起雨来。天刚亮敌人又来了一次进攻，但是没有得逞。我们一整天都在等待敌人进攻，一直到太阳落山。在南边那道长满树木的长山脊下，聚集了奥军的许多大炮，他们就在那儿开始炮轰了。我们也等待对方炮轰，但是没有等到。天渐渐黑下来了。村子后边田野上的大炮开火了，炮弹从我们这边往外飞，听起来很畅快。

我们听说敌人南边的进攻失败了。那天夜里他们没再进攻，但是我们听说，他们在北边取得了突破。夜里传来消息，我们准备撤退。这消息是救护站那个上尉告诉我的。他是从旅部听来的。过了一会儿，他接完电话说，那消息是谣传。旅部接到命令，无论如何要守住班西扎这条战线。我问起敌军突破的消息，他说他在旅部听说，奥军突破了第二十七军团阵地，直逼卡波雷托。北边整天有激战。

"假如这些龟孙子让他们突破的话，我们就完蛋了。"他说。

"是德军在进攻。"一位医务军官说，"德军"这个字眼很让人害怕。我们可不想和德军有什么瓜葛。

193

"有十五个师的德军,"医务军官说,"他们已经突破了,我们就要给切断了。"

"在旅部,他们说这条线一定要守住。他们说敌人突破得还不太厉害,我们要守住从马焦雷山一直横穿山区的防线。"

"他们从哪儿听说的?"

"从师部。"

"我们要撤退的命令也是从师部来的。"

"我们直属于军部,"我说,"不过在这儿,我受你指挥。自然你让我走,我就走。不过命令总得弄准确些。"

"命令是我们要留守在这儿。你把伤员从这儿运到后送站。"

"有时我们还把伤员从后送站运到野战医院,"我说,"告诉我,我从没看到过撤退——如果要撤退,伤员可怎么撤退呢?"

"伤员不撤退。能带多少就带多少,其余的只好撂下。"

"我们车里装什么呢?"

"医院设备。"

"好的。"我说。

第二天夜里,撤退开始了。我们听说德军和奥军突破了北面防线,正沿山谷朝奇维达莱和乌迪内挺进。撤退倒挺有秩序,部队浑身淋湿,情绪沮丧。夜间,我们开着车子在拥挤的路上慢慢行驶,越过了冒雨行进的部队,大炮、马车、骡子和卡车,都在从前线撤离。情况并不比进攻时混乱。

那天夜里,我们帮助那些设在高原上没怎么毁坏的村庄里的野战医院撤退,把伤员运到河床边的普拉瓦,第二天又冒雨奔波了一整天,协助撤退普拉瓦的医院和后送站。那天雨下个不停,班西扎的部队冒着十月的秋雨,撤下了高原,渡过了河,那年春天就在这儿开始取得了重大胜利。第二天中午,我们进入戈里察。雨停了,城里几乎全空了。我们的车子开上街时,他们正在把那个招待士兵的窑子的姐儿们往卡车上装。共有七个姐儿,都戴着帽子,披着外衣,提着小提包。其中有两个在哭。另有一个对我们笑笑,还伸出舌头上下搔弄。她长着厚嘴唇和黑眼睛。

我停下车,跑过去找那姐儿主管说话。军官窑子的姐儿们当天一早就走了,她说。上哪儿去了?去科内利亚诺了,她说。卡车开动了。厚嘴唇的姐儿又朝我们吐吐舌头。姐儿主管挥挥手。那两个姐儿还在哭。其他人则饶有兴致地看着车外的小镇。我回到车上。

"我们应该跟她们一起走,"博内洛说,"那将是一次愉快的旅行。"

"我们的旅行会愉快的。"

"将是一次活受罪的旅行吧。"

"我就是这个意思。"我说。我们顺着车道开到别墅前。

"要是有些粗汉爬上车去想要硬搞她们,我倒愿意看看热闹。"

"你觉得会有人这么做吗?"

"当然会。第二军团里谁都认识那个主管。"

我们到了别墅门外。

"她们管她叫女修道院院长,"博内洛说,"姐儿们是新来的,但是人人都认得她。他们一定是在刚要撤退前,才把姐儿们运到的。"

"她们会乐一阵子的。"

"我也说她们会乐一阵子的。我倒想免费干她们一通。不管怎么说,那妓院的收费太高了。政府敲我们的竹杠。"

"把车开出去,让机械师检查一下,"我说,"换换油,检查一下差速器。加满油,然后睡一觉。"

"好的,中尉先生。"

别墅里空无一人。里纳尔迪跟着医院撤退了。少校则率领医院人员乘指挥车走了。他给我在窗子上留下一张字条,叫我把堆积在门廊里的物资装上车,送到波代诺内。机械师早已走了。我回车库去。到了那儿,其余两辆车开来了,司机下了车。天又下起雨来。

"我太——困了,从普拉瓦到这儿来睡着了三次,"皮亚尼说,"我们该怎么办,中尉?"

"我们换换油,涂些机油,加满汽油,然后把车子开到前面,把他们留下的破烂装上。"

"然后就出发吗?"

"不,我们得睡三个小时。"

"基督啊,我好想睡觉呀,"博内洛说,"我都没法睁开眼睛开车了。"

"你的车怎么样,艾莫?"我问。

"还行。"

"给我一套工作服,我帮你加油。"

"这你就别干啦,中尉,"艾莫说,"那不费什么事。你去打点你的东西吧。"

"我的东西都打点好了,"我说,"我去把他们留给我们的东西搬出来。车子一准备好,就尽快开过来。"

他们把车开到别墅前面,我们把堆积在门廊里的医院设备装上车。装完以后,三辆车子排成一排,停在车道的树底下躲雨。我们进到别墅里。

"到厨房生个火,把衣服烤干。"我说。

"我不在乎衣服干不干,"皮亚尼说,"我只想睡觉。"

"我要睡在少校的床上,"博内洛说,"我要在老头子睡的地方睡个觉。"

"我不在乎在哪儿睡。"皮亚尼说。

"这儿有两张床。"我打开了门。

"我从不知道那屋里有什么。"博内洛说。

"那是老甲鱼的房间。"皮亚尼说。

"你们俩就睡这儿吧,"我说,"我会叫醒你们的。"

"你要是睡过头了,中尉,奥军会叫醒我们的。"博内洛说。

"我不会睡过头的,"我说,"艾莫上哪儿去了?"

"他上厨房了。"

"睡觉去吧。"我说。

"我就睡,"皮亚尼说,"我迷迷瞪瞪地熬了一整天了。连眼睛都睁不开啦。"

"脱掉靴子,"博内洛说,"那可是老甲鱼的床啊。"

"我管它什么老甲鱼的。"皮亚尼躺在床上,一双泥靴子直伸着,头枕在胳膊上。我走到厨房。艾莫点着了炉子,上面放了一壶水。

"我想我还是做一点实心面,"他说,"大家醒来时肚子肯定会饿的。"

"你难道不困吗,巴尔托洛梅奥?"

"不太困。水一开我就走。火会自己熄灭。"

"你还是睡一会儿吧,"我说,"我们可以吃干酪和罐头牛肉。"

"这个要好一点,"他说,"吃点热的东西对那两个无政府主义者有好处。你去睡吧,中尉。"

"少校房里有张床。"

"你睡那儿吧。"

"不,我到楼上的老房间去。你想喝一杯吗,巴尔托洛梅奥?"

"走的时候再喝吧,中尉。现在喝对我没什么好处。"

"你要是三小时后醒来,而我又没来叫你,你就叫醒我,好吗?"

"我没有表,中尉。"

197

"少校房间的墙上有个挂钟。"

"那好。"

这时我走出去,穿过餐厅和门廊,走上大理石楼梯,来到我以前和里纳尔迪合住的房间。外边在下雨。我走到窗前,往外望去。天渐渐黑下来,我看到那三辆车子成一排停在树底下。树在雨中滴着水。天冷了,树枝上挂着水滴。我回到里纳尔迪的床上,躺下去睡着了。

我们出发前在厨房里吃东西。艾莫煮了一大盆面条,里面拌了洋葱和切碎的罐头肉。我们围桌而坐,喝了两瓶人家留在别墅地窖里的葡萄酒。外头天黑了,雨还在下。皮亚尼昏昏欲睡地坐在桌旁。

"我觉得撤退比推进好,"博内洛说,"撤退时有巴勃拉酒喝。"

"我们现在有酒喝,明天也许只能喝雨水了。"艾莫说。

"明天我们就到乌迪内了。大家可以喝香槟了。那可是那些逃避兵役的家伙的地盘呀。醒醒,皮亚尼!我们明天就在乌迪内喝香槟了!"

"我醒着呢。"皮亚尼说。他往盘子里盛了些实心面和肉。"你就不能弄些番茄酱吗,巴尔托?"

"一点没有啊。"艾莫说。

"我们要在乌迪内喝香槟。"博内洛说。他往杯子里斟满了清澈的巴勃拉红酒。

"到乌迪内之前,我们可能喝——"皮亚尼说。

"你吃饱了没有,中尉?"艾莫问。

"吃饱了。把酒瓶给我,巴尔托洛梅奥。"

"我给每部车子预备一瓶酒。"艾莫说。

"你到底睡了没有?"

"我不需要多睡。睡了一会儿。"

"明天我们就要睡国王的床了。"博内洛说。他感觉十分惬意。

"明天也许我们要睡在——"皮亚尼说。

"我要和女王一起睡觉。"博内洛说。他望望我,看我对这个笑话作何反应。

"你要和……一起睡觉。"皮亚尼昏昏欲睡地说。

"这是叛逆罪呀,中尉,"博内洛说,"难道不是叛逆罪吗?"

"闭嘴,"我说,"喝了一点酒就发神经啦。"外边雨下得很大。我看了看表。九点半。

"该走了。"我说着站起身来。

"你跟谁乘一辆车,中尉?"博内洛问。

"跟艾莫。后一辆是你,再后一辆是皮亚尼。我们走大路去科尔蒙斯。"

"我就怕我会睡着。"皮亚尼说。

"好吧。我跟你坐一辆。然后是博内洛,然后是艾莫。"

"这样最好,"皮亚尼说,"因为我太困了。"

"我开车,你睡一会儿。"

"不。只要我知道我一睡着,旁边有人叫醒我,我就能开。"

"我会叫醒你的。把灯灭了吧,巴尔托。"

"你还是让灯亮着吧,"博内洛说,"这地方我们已经不再用得着了。"

"我房里还有只上了锁的小箱子,"我说,"你帮我拿下来好不好,皮亚尼?"

"我们去拿,"皮亚尼说,"来吧,阿尔多。"他和博内洛一道走进了门廊。我听见他们上楼的声音。

"这倒是个好地方,"巴尔托洛梅奥·艾莫说,他把两瓶酒和半块干酪装进帆布背包里,"以后不会再有这样的地方了。他们打算往哪儿撤,中尉?"

"塔利亚门托那边,他们说的。医院和防区设在波代诺内。"
"这个小镇比波代诺内好。"
"我不了解波代诺内,"我说,"我只是打那儿路过。"
"那地方不怎么样。"艾莫说。

第二十八章

我们出城的时候,天下着雨,一片黑暗,只见城里空荡荡的,只有几列部队和大炮在大街上行进。别的街上也有许多卡车和一些马车驶过,纷纷向大街集合。我们经过制革厂开上大街时,部队、卡车、马车和大炮已经会合成一支宽阔的、缓慢移动的纵队。我们在雨中缓慢而平稳地往前行,车子的散热器盖几乎碰到了前面一部卡车的尾板,那卡车满载着物资,堆得高高的,上边盖着湿淋淋的帆布。后来卡车停住了。整个队伍都停下来了。卡车又开动了,我们往前挪了一点,随即又停住了。我跳下车,往前走去,在卡车和马车间穿行,从湿淋淋的马脖子下钻过去。阻塞的地方还在前头。我拐下大路,踩着踏板跨过水沟,沿水沟那边的田野走。我在田野上朝前走时,看得见大路上树木间的那个纵队,在雨中停滞不前。我走了大约一英里。那个纵队没有动,不过我看得出来,受阻车辆那边的部队却在行进。我回去找救护车。这一堵怕是要堵到乌迪内。皮亚尼伏在驾驶盘上睡着了。我爬上去坐在他旁边,也睡起觉来。几小时后,我听见前面那辆卡车嘎拉一声挂上挡。我叫醒了皮亚尼,我们的车子开动了,走了几码又停下来,接着又走起来。雨还在下。

夜里那队伍又停住了,没再动弹。我跳下车,回去看看艾莫和博内洛。博内洛的车上坐着工兵队的两个中士。我一上车,他们就拘板起来。

"他们是奉命留下来修桥的,"博内洛说,"他们找不着队伍了,我让他们搭个便车。"

"请中尉先生允许。"

"我允许。"我说。

"中尉是美国人,"博内洛说,"他会允许任何人搭车的。"

其中一位中士笑了笑。另一位问博洛内,我是不是来自北美或南美的意大利人。

"他不是意大利人。他是北美的英格兰人。"

两位中士很有礼貌,不过不相信。我离开他们回去找艾莫。艾莫的车上坐着两个姑娘,他自己坐在一个角落里抽烟。

"巴尔托,巴尔托。"我说。他大笑起来。

"你跟她们谈谈,中尉,"他说,"我听不懂她们的话。喂!"他伸手去摸姑娘的大腿,友好地拧了一下。姑娘连忙裹紧了披巾,推开他的手。"喂!"艾莫说,"告诉中尉你叫什么名字,你在这儿干什么?"

姑娘恶狠狠地盯着我。另一个姑娘则垂下眼睛。瞪着我的姑娘用土语说了句什么话,我一个字也听不懂。她长得很丰满,黑黑的皮肤,看上去大约十六岁左右。

"姐妹[①]?"我问,指着另一位姑娘。

她点点头,笑了笑。

[①] 原文为意大利语:Sorella。

"好的。"我说，拍了拍她的膝盖。我一碰到她，就感到她紧张地一缩。那个妹妹始终不肯抬头。她看上去也许小一岁。艾莫把手放在姐姐的大腿上，她一把推开了。艾莫朝她直笑。

"好人，"他指着自己，"好人，"他指着我，"别担心。"姑娘狠狠地瞪着他。这姐妹俩真像两只野鸟。

"她既然不喜欢我，干嘛要搭我的车？"艾莫问。"我朝她们一招手，她们立刻就上车了。"他转向那个姑娘。"别担心，"他说。"没有××的危险，"他用了个下流的字眼。"没有地方××。"我看得出她听懂了那个字眼，而且只听懂了那个字眼。姑娘惊恐地望着他。她拉紧了披肩。"车子全满了，"艾莫说，"没有××的危险。没有地方××。"他每说一次那个字眼，姑娘就缩一下。后来她僵直地坐着，眼睛盯着他，哭起来了。我看见她的嘴唇在翕动，接着眼泪顺着她那胖乎乎的脸颊滚下来。她妹妹头也不抬，抓住她的手，两人偎依在一起。姐姐本来一直很凶，现在开始啜泣了。

"我想我吓着她了，"艾莫说，"我不是有意吓她的。"

巴尔托洛梅奥拿出背包，切下两片干酪。"拿着，"他说，"别哭了。"

那姐姐摇摇头，仍然在哭，而妹妹却接过干酪吃起来。过了一会儿，妹妹把另一片干酪递给姐姐，两人都吃起来。姐姐还有点抽泣。

"她过一会儿就好了。"艾莫说。

他突然生出一个念头。"处女？"他问身边的那个姑娘。姑娘用劲点点头。"也是处女？"他指指她的妹妹。两个姑娘都点点头，姐姐用土语说了句什么话。

"那没关系，"巴尔托洛梅奥说，"那没关系。"

姐妹俩好像高兴些了。

我走了，让她们坐在一起，艾莫靠在角落里。我回到皮亚尼的车子上。车队没有动,但是部队却在不停地打旁边开过。雨还是下得很大,我想车队有时停滞不前,可能是有的车子的接线给打湿了。更可能的是马或人睡着了。不过,即使人人都醒着,城里的交通还是会阻塞。马和机动车辆混杂在一起。彼此之间一点忙也帮不了。农民的马车也帮不了什么忙。巴尔托的车上有两个好姑娘。撤军的途中,可不是两个处女的庇身之所。真正的处女啊。大概还是很虔诚的信徒。假如没有战争的话,我们很可能都躺在床上。我会倒头躺在床上。床和床板。像床板一样僵直地躺在床上。凯瑟琳现在正睡在床上,身上盖着一条被单,下面垫着一条床单。她靠在哪一侧睡呢?也许她没有睡着。也许她正躺着想我。吹吧,吹吧,西风。噢,风吹起来了,下的不是小雨,而是大雨。整夜都在下。你知道那下的就是雨。看看吧。基督啊,但愿我的爱人躺在我的怀里,我又躺在我的床上。我的爱人凯瑟琳。我甜蜜的爱人凯瑟琳像雨一样落下来吧。把她刮到我身边吧。噢,我们都置身其中。人人都陷入其中,小雨无法让其平息下来。"晚安,凯瑟琳。"我大声说道。"希望你睡个好觉。要是不大舒服,亲爱的,就翻个身靠在另一侧睡吧,"我说,"我给你弄点冷水来。再过一会儿就是早晨了,就不会太难受了。很抱歉,小东西搞得你这么不舒服。设法睡吧,亲爱的。"

我始终在睡觉,她说:"你一直在说梦话。你没事儿吧?"

你真在那儿吗?

我当然在。我不会走开的。这在你我之间不算一回事。

你这么可爱这么甜蜜。你夜里也不会走开吧?

我当然不会走开。我总是在这儿。你什么时候要我来,我就来。

"××,"皮亚尼说,"他们又动起来了。"

"我刚才晕晕乎乎的。"我说。我看看手表。凌晨三点钟。我伸手到座位后面去拿一瓶巴勃拉酒。

"你刚才在大声说话。"皮亚尼说。

"我做了个梦,在讲英语。"我说。

雨小了,我们又动起来了。天不亮又停住了,天亮后来到一个小山冈上,望见前面撤退的道路伸得老远,除了步兵在慢慢移动外,一切都是静止的。我们又开始移动了,眼见着白天这样的行进速度,我就知道,我们要是想开到乌内迪的话,那就得离开大路,改抄小路,穿过乡间往前赶。

夜里,许多农民从乡间小路上加入了撤退的队伍,于是队列中出现了装载着家具杂物的马车;一面面镜子从床垫间突出来,车上还拴着鸡和鸭。我们前边的车上装着一台缝纫机,在雨中走着。他们把最值钱的东西带上了。有的女人坐在车上,缩着身子躲雨,有的则跟在车旁走着,尽量挨近车子。队伍里现在还来了狗,躲在马车底下跟着跑。道路泥泞,路边水沟里的水涨得很高,路旁树木后边的田野看上去太潮湿,没法穿过去。我下了车,沿大路看了一程,想找个望得见前边的地方,以便找一条可以穿过乡间的小路。我知道那里有很多小路,但是不想找一条哪儿也不通的路。我记不清这些小路了,因为我们过去路过这里时,总是坐着车顺着公路疾驰而过,那些小道看上去都差不多。现在我知道,我们要是想过去,非得找一条小道不可。谁也不知道奥军在何处,也不知道战况如何,但是我敢肯定,只要雨一停,飞机就会来空袭这支队伍,那大家都要完蛋。到那时,只要几个司机丢下卡车跑了,或者几匹马被炸死了,路上的交通便会完全堵塞。

现在雨下得不那么大了,我想天或许会放晴。我沿着大路的边缘往前走,发现在两块农田之间有一条小路通向北面,路两边栽有树篱,我想不如就走这条小路,便赶紧跑回去。我叫皮亚尼离开大路走小路,然后又跑去通知博内洛和艾莫。

"要是这条路走不通,我们可以转回来,再插到队伍里。"我说。

"这两位怎么办?"博内洛问。他那两位中士还坐在他旁边。他们两人没有刮脸,但是大清早看起来还挺有军人气概。

"他们俩可以帮忙推推车。"我说。我回去找艾莫,告诉他我们准备抄小路穿过田野。

"我这两个处女家属怎么办?"艾莫问。两个姑娘睡着了。

"要她们没有用,"我说,"你该找个能推车的。"

"她们可以到车子后边去,"艾莫说,"车里有空地方。"

"你要是想留她们,那好吧,"我说,"找个宽背的汉子,好推车。"

"找意大利狙击兵吧,"艾莫笑笑说,"他们的背最宽。有人测量过。你感觉如何,中尉?"

"挺好。你怎么样?"

"挺好。就是挺饿的。"

"那条路上肯定有吃的,我们可以停下来吃一点。"

"你的腿怎么样,中尉?"

"挺好。"我说。我站在车子的踏板上,抬头朝前望去,看得见皮亚尼的车子正往小路上行驶,顺着小路开上去,车身在树篱的秃枝间显露出来。博内洛的车子拐了个弯,跟在皮亚尼的车子后面,接着皮亚尼沿小路往前开去,我们就跟着前边的两辆救护车,顺着小路在树篱间行驶。小路通到一家农舍。我们发现皮亚尼和博内洛把车停在农家院里。房子又矮又长,屋前有一个葡萄棚架,有一株葡萄藤垂在门上。院子里有口井,皮亚尼正在打水给水箱加水。低挡运行了这么久,水箱里的水都烧干了。农舍已被遗弃。我回头望望大路,农舍位于平原上一个稍微突起的高地上。我们可以瞭望整个乡间,看到大路、树篱、田野和大路边的那一排树,队伍就沿着这条大路撤退。两位中士在屋里东翻西找。两个姑娘醒来了,正望着庭院、井和停在农舍前的那两辆大救护车，三名司机待在井边。其中一位中士手里拿着个时钟出来了。

"放回去。"我说。他看看我，走进屋里，出来时手里没有了钟。

"你的同伴呢？"我问。

"上厕所了。"他上了一辆救护车坐着。他怕我们扔下他。

"早饭怎么办，中尉？"博内洛问，"我们可以吃点东西。花不了多长时间。"

"你觉得通向那边的那条路能走得通吗？"

"当然。"

"那好。我们吃饭。"皮亚尼和博内洛走进房去。

"来吧。"艾莫对姑娘们说。他伸手把她们扶下车。那姐姐摇摇头。她们不愿意随便进入被遗弃的空房子。她们望着我们走进去。

"她们俩真难对付。"艾莫说。我们一起走进农舍。房子又大又暗，给人一种被遗弃的感觉。博内洛和皮亚尼来到厨房。

"没有啥可吃的，"皮亚尼说，"人家把东西清理光了。"

博内洛在笨重的厨房桌上切了一大块干酪。

"干酪在哪儿找到的？"

"在地窖里。皮亚尼还找到了酒和苹果。"

"这可是一顿不赖的早餐。"

皮亚尼把一只用柳条筐包着的大酒罐的木塞子拔出来。他把酒罐侧起，倒满了一铜锅的酒。

"闻起来挺香的，"他说，"找几只大杯子来，巴尔托。"

两位中士进来了。

"吃点干酪吧，两位中士。"博内洛说。

"我们该走啦。"一位中士说，一边吃着他的干酪，一边喝酒。

"我们要走的。别担心。"博内洛说。

207

"部队要吃饱肚子才能行军。"我说。

"什么?"中士问。

"还是吃吧。"

"是的。不过时间宝贵。"

"我看这两个龟孙子已经吃过了。"皮亚尼说。两位中士瞅着他。他们恨我们这伙人。

"你认得路吗?"他们中的一个问我。

"不认得。"我说。他们俩面面相觑。

"我们最好还是动身吧。"第一个中士说。

"我们这就走。"我说。我又喝了一杯红葡萄酒。吃过干酪和苹果后,觉得这酒的味道真好。

"把干酪带上。"我说着走了出去。博内洛出来了,捧着那一大罐酒。

"太大了。"我说。他很惋惜地瞧着那罐酒。

"我想是大了点,"他说,"拿水壶来装吧。"他装满了水壶,有些酒溢出来,洒在院子的铺石上。然后他捧起酒罐,摆在门里面。

"奥国佬不用打破门就能找到酒了。"他说。

"我们走吧,"我说,"皮亚尼和我走前头。"那两位工兵早已坐在博内洛的身边。两个姑娘在吃干酪和苹果。艾莫在抽烟。我们沿着狭窄的小路出发了。我回头望望那两辆跟着来的救护车和那幢农舍。那是一幢上好的、低矮的、结实的石屋,井边的铁栏也很好。我们前头的路又窄又泥泞,两边是高高的树篱。后边,几辆车紧紧跟着我们。

第二十九章

中午我们的车子陷在一条泥泞的道路上,那地方据我们估算,离乌迪内大约有十公里。上午雨就停了,我们三次听见飞机飞来,眼看着从头顶上飞过去,往左边飞到远处,听见轰炸公路的声响。我们在纵横交错的小路上探索行进,走了不少冤枉路,不过走不下去就掉个头,总能找到另外一条路,这样离乌迪内也就越来越近了。这当儿,艾莫的车在退出一条绝路时,陷进了路边的软泥里,车轮越是打转,车子往泥土里陷得越深,最后车子的差动齿轮给卡住了。眼下唯一的补救办法,就是把车轮前边的泥土挖开,弄些树枝塞进去,好让车轮上的铁链不打滑,再把车子推到路上。我们都下了车,围在车子周围。两位中士望望车子,检查了一下车轮。随即一声不吭,拔腿就走。

"来,"我说,"去砍些树枝。"

"我们得走了。"一个中士说。

"马上动手,"我说,"砍树枝去。"

"我们得走了。"一个中士说。另一个一言不发。他们急着要走。看都不想看我。

"我命令你们回来砍树枝。"我说。其中一个转过身来:"我们得走了。再过一会儿你们就会被切断退路。你无权命令我们。你不是我们的长官。"

"我命令你们去砍树枝。"我说。他们转身沿路走去。

"站住。"我说。他们只管沿泥泞的路上走去,两边都是树篱。"我命令你们站住。"我嚷道。他们走得更快了。我打开了枪套,拔出枪来,对准那个说话多的开了一枪。可是没有打中,两人拔腿就跑。我连开三枪,撂倒了一个。另一个钻过树篱,没了踪影。他穿过田野时,我隔着树篱朝他开枪。只听手枪吧的一声,没有子弹了,我连忙再装上一夹子弹。我发现第二个中士已经跑远了,手枪打不着了。他低着头在田野上奔跑,已经跑得太远了。我往空弹夹里装子弹。博内洛走上前来。

"让我来结果他。"他说。我把手枪递给他,他朝那个扑倒在路上的工兵中士走去。博内洛弯下身,把手枪对准那人的脑袋,扣动了扳机。枪没打响。

"你得扳起扳机。"我说。他扳起了扳机,连开了两枪。他抓住中士的两条腿,把他拖到路边丢在树篱旁。然后走回来把枪还给我。

"狗娘养的,"他说,他朝中士望了望,"你看见我打死他的吧,中尉?"

"我们得赶快弄点树枝来,"我说,"那另一个我打中了没有?"

"我想没打中吧,"艾莫说,"他跑得太远了,手枪打不到。"

"混账东西。"皮亚尼说。我们都在砍树枝。车里的东西全卸下来了。博内洛在车轮前挖土。我们准备好后,艾莫发动了车子,挂上了挡。车轮在打转,把树枝和泥土直往后甩。博内洛和我用力推车,推到觉得关节都快折断了。车子还是不动。

"把车子来回冲一冲,巴尔托。"我说。

他先倒车，再往前开。车轮陷得更深了。车子的差动齿轮又卡住了，车轮在挖开的窟窿里直打转。我直起身来。

"我们用绳子拉拉看。"我说。

"我看没用，中尉。你没法往直里拉。"

"只能试试看了，"我说，"别的法子弄不出来呀。"

皮亚尼和博内洛的车子只能沿着窄路直直地往前开。我们用绳子把两辆车拴在一起，拉了起来。车轮只是往旁边动了动，顶住了车辙。

"没有用，"我嚷道，"住手吧。"

皮亚尼和博内洛跳下车，走回来了。艾莫也下了车。两个姑娘在路前边大约四十码处，坐在一垛石墙上。

"你看怎么办，中尉？"博内洛问。

"我们接着挖，再用树枝试一次。"我说。我朝路上望去。都是我的错。我把他们领到了这儿来。太阳快从云后边露出脸了，中士的尸体躺在树篱边。

"我们拿他的上衣和斗篷来垫一垫。"我说。博内洛去拿了来。我砍树枝，艾莫和皮亚尼挖掉车轮前和车轮间的泥土。我剪开斗篷，撕成两半，铺在车轮底下，然后垫上树枝，好让车轮不再打滑。我们准备好了，艾莫爬上去开车。车轮转动起来，我们推了又推。但还是没有用。

"该死的，"我说，"车里还有什么你想要的东西吗，巴尔托？"

艾莫拿了干酪、两瓶酒和他的斗篷，跟博内洛一起爬上车。博内洛坐在驾驶盘后面，在查看中士上衣的口袋。

"还是把衣服扔了吧，"我说，"巴尔托的两个处女怎么办？"

"她们可以坐在车后头，"皮亚尼说，"我看我们也走不远。"

我打开救护车的后门。

211

"来吧，"我说，"上来。"两个姑娘爬进去，坐在角落里。刚才开枪的事，她们好像没有注意到。我回头望望那条路。中士躺在那儿，身上穿着脏兮兮的长袖内衣。我上了皮亚尼的车子，便出发了。我们打算穿过一块农田。到了大路穿进农田的地方，我下了车在前头走。我们要是能穿过去，那边就有一条路。可我们就是穿不过去。田里的泥土太软太泥泞，车子没法开。最后车子完全停住了，车轮陷入烂泥中，一直陷到轮毂，我们就把车子扔在田里，徒步向乌迪内进发。

我们上了那条回公路的小路时，我指着路那边给两个姑娘看。

"往那儿去吧，"我说，"你们会碰到人的。"她们望着我。我掏出皮夹子，给了她们一人一张十里拉的钞票。"往那儿去吧，"我指了指说，"朋友！亲人！"

她们听不懂，但却紧紧地抓着钱，朝那路上走去。她们回过头来看看，好像怕我把钱拿回去似的。我望着她们沿小路走去，把披肩裹得紧紧的，惶恐地回头望望我们。三位司机纵声大笑。

"我也朝那个方向走，你给我多少钱，中尉？"博内洛问。

"她们要是被逮住，混在人群里比单独行动好。"我说。

"给我两百里拉，我可以直接回到奥地利。"博内洛说。

"人家会把你的钱抢去的。"皮亚尼说。

"也许战争会结束。"艾莫说。我们以尽可能快的速度赶路。太阳想冲出云层来。路边有桑树。从树林间可以望见我们那两辆篷式救护车陷在田野里。皮亚尼也在回头看。

"他们得修条路，才能把车子弄出来。"他说。

"基督啊，我们要是有自行车就好了。"博内洛说。

"在美国有人骑自行车吗？"艾莫问。

"以前有。"

"在这儿骑自行车可真了不起，"艾莫说，"自行车这东西好

212

极啦。"

"基督啊,我们要是有自行车就好了,"博内洛说,"我可走不了路。"

"是开火的声音吧?"我说。我好像听见远方有开火的声音。

"搞不清楚。"艾莫说。他听了听。

"我想是吧。"我说。

"我们首先看到的会是骑兵。"皮亚尼说。

"他们不见得会有骑兵吧。"

"求求基督,但愿他们没有,"博内洛说,"我可不想被该死的骑兵一枪刺死。"

"你倒是实实在在向那中士开了枪,中尉。"皮亚尼说。我们走得很快。

"是我打死了他,"博内洛说,"我在这场战争中还从没杀过人,我一辈子就想杀一个中士。"

"你是趁他动弹不了的时候打死他的,"皮亚尼说,"你打死他的时候,他并不在飞奔。"

"没关系。这是一件让我终生难忘的事。我杀了那个狗娘养的中士。"

"你忏悔的时候会怎么说?"艾莫问。

"我会说:'我的天哪,神父,我杀了一个中士。'"他们都笑起来。

"他是个无政府主义者,"皮亚尼说,"他不去教堂的。"

"皮亚尼也是个无政府主义者。"博内洛说。

"你们真是无政府主义者吗?"我问。

"不是,中尉。我们是社会主义者。我们是伊莫拉人[①]。"

[①] 伊莫拉为意大利北部波洛尼亚省一古城。

213

"你去过那儿吗?"

"没有。"

"基督可以证明,那可是个好地方,中尉。战后你来好了,我们让你开开眼界。"

"你们都是社会主义者吗?"

"人人都是。"

"那镇子不错吧?"

"好极了。你从没见过这样的小镇。"

"你们怎么成为社会主义者的?"

"我们都是社会主义者。人人都是社会主义者。我们一直是社会主义者。"

"你来吧,中尉。我们也让你成为社会主义者。"

路在前头向左转弯,那儿有一座小山,在一堵石墙那边,有一个苹果园。沿路往山上去时,他们就不说话了。我们一起快步往前赶路,想争取点时间。

第三十章

后来我们上了一条通往河边的路。这路上一直到桥边,有一长溜被遗弃的卡车和畜力车。一个人影也见不到。河水涨得很高,桥被拦腰炸断了;石拱跌入河中,褐色的河水就从上面流过。我们沿着河岸往上走,想找个过河的地方。我知道河上头有一座铁路桥,我想我们可以从那儿过河。小路又湿又泥泞。我们没见到任何部队;只看到被遗弃的卡车和辎重。河岸上什么东西都没有,什么人也看不见,只有潮湿的树枝和泥泞的地面。我们来到岸边,终于看到了铁路桥。

"多美的一座桥。"艾莫说。那是一座普通的长铁桥,横跨在一条通常干涸的河床上。

"我们还是赶快过去,别等到他们把桥炸掉。"我说。

"没人来把桥炸掉,"皮亚尼说,"人都跑光了。"

"也许埋了地雷,"博内洛说,"你先过,中尉。"

"听听这个无政府主义者讲的话,"艾莫说,"让他先过。"

"我先过吧,"我说,"就是埋了地雷,一个人踩上去也不会爆炸。"

"瞧,"皮亚尼说,"这才叫有脑筋。你怎么就没脑筋呢,无政府主义者?"

"我要是有脑筋的话,就不会在这儿了。"博内洛说。

"说得很有道理,中尉。"艾莫说。

"很有道理。"我说。我们现在临近铁桥了。天上又乌云密布,下起了小雨。桥看起来又长又坚固。我们爬上路堤。

"一次过一个。"我说,动身往桥那边走去。我仔细察看枕木和铁轨,看有没有地雷绊发线或炸药的痕迹,但是什么也没看见。从枕木的空隙往下看,底下的河水又混浊又湍急。而前边,越过湿漉漉的乡野,可以望见雨中的乌迪内。过了桥,我再往后看。河上游还有一座桥。我正看着,一辆黄泥色的小汽车开上桥来。桥的两边很高,车一上桥就看不见了。但是我看到了司机的头,坐在司机旁边的那人的头,还有坐在后座的那两个人的头。他们都戴着德国钢盔。转眼间车子过了桥,驶到树木和被遗弃的车辆后面又看不见了。我向正在过桥的艾莫和其他人挥挥手,叫他们过来。我爬下桥,蹲在铁路路堤边。艾莫跟着我下来。

"看见那辆车了吗?"我问。

"没有。我们都盯着你。"

"一辆德国指挥车从上边那座桥上开过。"

"一辆指挥车?"

"是的。"

"圣母马利亚啊。"

其他人都过来了,我们蹲在路堤后边的烂泥里,望着铁轨那边的那座桥,那排树,那道沟和那条路。

"你看我们是不是被敌人切断了退路,中尉?"

"我不知道。我只知道有一辆德国指挥车打那条路上开过去了。"

"你不觉得有点蹊跷吗，中尉？你脑子里没有什么奇异的感觉吗？"

"别开玩笑了，博内洛。"

"喝点酒怎么样？"皮亚尼问，"就是被敌人切断了退路，还是要喝点酒的。"他解下水壶，打开塞子。

"瞧！瞧！"艾莫说，指着路上。石桥顶上，可以看见德国兵的钢盔在移动。那些钢盔向前倾斜，平稳地移动着，简直像是被神奇的力量操纵着。那些人下了桥，我们才看见他们。原来是自行车部队。我瞧见前两个人的脸。又红润又健康。他们的钢盔戴得很低，遮住了前额和脸侧。他们的卡宾枪给扣在自行车架上。手雷倒挂在腰带上。钢盔和灰色制服都湿了，但却从容地骑着车子，眼睛瞅着前方和两边。先是两人一排——接着是四人一排，然后又是两人，接着差不多是十二人；接着又是十二人——然后是独自一人。他们不说话，不过就是说话我们也听不见，因为河水的声音太喧闹。他们到了路上就消失了。

"圣母马利亚啊。"艾莫说。

"是德国兵，"皮亚尼说，"不是奥国佬。"

"怎么这儿也没人阻拦他们？"我说，"他们为什么没把桥炸掉？为什么路堤上也不架设机关枪？"

"你跟我们说说，中尉。"博内洛说。

我很气愤。

"该死，整个事情荒唐透了。他们炸掉了下面的小桥。这儿却把大路上的桥给留下来了。人都跑到哪儿去了？难道压根儿不打算阻击敌人吗？"

"你跟我们说说，中尉。"博内洛说。我闭口不语。这不关我的事；我的任务只是把三辆救护车开到波代诺内。我没完成这个任务。

我现在只要人赶到波代诺内就行了。我也许连乌迪内都到不了。真见鬼,我办不到。要紧的是保持镇静,不要给人打死,或者给人俘虏去。

"你不是打开了一只水壶吗?"我问皮亚尼。他把水壶递给我。我喝了一大口。"我们还是动身吧,"我说,"不过不用急。你们想吃点东西吗?"

"这可不是久留之地。"博内洛说。

"好的。我们动身吧。"

"我们靠这边走吧——免得给人看见?"

"我们还是走上边吧。他们也可能从这座桥赶来。我们可别还没看到他们,就让他们出现在我们头顶上。"

我们沿着铁轨走。两边都是湿漉漉的平原。平原前头就是乌迪内山。山上城堡的屋顶都掉了下来。我们看得见钟楼和钟塔。田野里有许多桑树。我看到前头有个地方,铁轨都给拆掉了。枕木也给挖出来,扔在路堤上。

"卧倒!卧倒!"艾莫说。我们扑倒在路堤边。路上又来了一队骑着自行车的人。我从堤顶上瞅着他们骑过去。

"他们看见我们了,但还是往前走了。"艾莫说。

"我们要是在上边走就会被打死的,中尉。"博内洛说。

"他们不是冲着我们来的,"我说,"他们另有目标。他们要是突然撞上我们,我们就更危险了。"

"我情愿在这别人看不见的地方走。"博内洛说。

"好吧。我们沿着铁轨走。"

"你认为我们能穿过去吗?"艾莫问。

"当然能。他们人还不是很多。我们趁着天黑溜过去。"

"那辆指挥车是来干什么的?"

"上帝知道。"我说。我们继续沿着铁轨走。博内洛在路堤的泥泞里走腻烦了，也上来跟我们一起走。铁路朝南拐，跟公路岔开了，我们也就看不到公路上的情况了。一条沟渠上的一座短桥给炸毁了，但是我们借助残余的桥身爬了过去。这时听见前头有枪响。

过了沟渠，我们又来到铁路上。铁路越过低洼的田野，一直通到城里。我们看见前头还有一条铁路线。北边是我们看到自行车队经过的大道；南边是一条横贯田野，两边有茂密树木的小路。我想我们还是抄小路朝南行进，绕过城，穿过乡野朝坎波福尔米奥和通往塔利亚门托的大路走。我们走乌迪内那边的岔路小道，可以避开撤退的大队人马。我知道有许多小路穿过平原。我动身走下路堤。

"来吧。"我说。我们要走小路，绕到城南去。大家都走下路堤。从小道那边嗖的向我们开来一枪。子弹打进路堤的泥地里。

"退回去。"我喊道。我往路堤上爬，脚在泥土里打滑。几个司机走在我前边。我尽快爬上路堤。茂密的矮树丛里又打来两枪，艾莫正穿过铁路，突然一个踉跄，脚下一绊，面朝下栽倒在地。我们把他拖到另一边路堤上，把他翻过身来。"他的头应该朝着上坡。"我说。皮亚尼把他转过来。他躺在路堤边的泥地上，双脚朝着下坡方向，断断续续地吐着血。在雨中，我们三人蹲在他身边。他脖子后下方中了一枪，子弹往上穿，从右眼下面穿出来。我设法给他堵两个窟窿的时候，他就死了。皮亚尼放下他的头，用一块急救纱布擦擦他的脸，然后就由他去了。

"那些该死的。"他说。

"不是德国兵，"我说，"那边不可能有德国兵。"

"意大利人，"皮亚尼说，把这个词当成一个形容词来用，"意大利佬[①]！"博内洛一声不吭。他坐在艾莫身边，并不望着他。皮亚

[①] 原文为意大利语：Italiani。

尼把艾莫那滚到路堤下面的帽子捡回来,盖住了他的脸。他拿出水壶来。

"想喝一点吗?"皮亚尼把水壶递给博内洛。

"不,"博内洛说,他转向我,"在铁路上走,我们随时都可能碰到这种事。"

"不,"我说,"那是因为我们要穿过田野。"

博内洛摇摇头。"艾莫死了,"他说,"下一个轮到谁,中尉?我们现在上哪儿?"

"开枪的是意大利人,"我说,"不是德国人。"

"我想,要是德国人的话,他们会把我们都打死的。"博内洛说。

"意大利人对我们的威胁比德国人还要大,"我说,"后卫部队对什么都害怕。德国人知道他们的目标是什么。"

"你说得很有道理,中尉。"博内洛说。

"我们现在去哪儿?"皮亚尼问。

"我们还是找个地方隐蔽起来,等到天黑再说。我们要是能走到南边,就没事了。"

"他们若是想证明第一次没打错,就必定要把我们全打死,"博内洛说,"我可不想豁着命去探试他们会怎么着。"

"我们找一个尽可能接近乌迪内的地方隐蔽起来,等天黑再穿过去。"

"那就走吧。"博内洛说。我们沿着路堤的北边走下去。我回头望了望。艾莫躺在烂泥里,跟路堤成同一角度。他人很小,两只胳臂贴在身边,裹着绑腿的双腿和沾满烂泥的靴子连在一起,脸上盖着帽子。他看上去彻底咽了气。天在下雨。在我认识的人中,他算是我很喜欢的人了。我口袋里装着他的证件,我准备给他的家人写信。田野的前头有一幢农舍。农舍周围都是树,挨着农舍还有一些农场建筑

220

物。二楼有个用柱子撑起来的阳台。

"我们彼此之间还是拉开一点距离,"我说,"我先走。"我朝农舍走去。田野里有一条小路。

从田野里走过时,我不知道会不会有人从农舍附近的树木间,或者就从农舍里朝我们开枪。我朝农舍走去,这下就看清楚了。二楼的阳台和仓房连在一起,柱子间露出干草来。院子是用石块砌成的,院里的树都滴滴答答地滴着雨水。一辆双轮大车没装东西,车辕高高地翘在雨中。我来到院子里,穿过去,在阳台下站住了。房门开着,我走了进去。博内洛和皮亚尼跟了进来。屋里很暗。我走到后边厨房。一个没加盖的大火炉里还有炉灰的余烬。炉灰上方吊着几只水壶,但里面都是空的。我寻来寻去,却找不到什么吃的。

"我们得到仓房里去躲一躲,"我说,"你看能不能找到什么吃的,皮亚尼,拿到那儿去?"

"我去找找。"皮亚尼说。

"我也去找找。"博内洛说。

"好吧,"我说,"我上去看看仓房。"我找到一道石梯,从下面的牛栏通到上面。雨中的牛栏闻起来又干燥又适意。牲口都没有了,大概是主人撤离时赶走了。仓房里装着半屋子干草。屋顶上有两个窗子,一个用木板堵着,另一个是狭窄的老虎窗,朝北开着。仓房里有一道斜槽,叉起的干草可以从上面滑下去喂牲口。亮光透过窗孔射到地板上,干草车开进来,就可以把草叉起送到楼上。我听见雨打屋顶的声音,闻到干草的气味,我下楼时,还闻到牛栏里纯正的干牛粪味。我们可以把南面窗子撬开一块木板,往外张望院子里的动静。另一扇窗子面对着北边的田野。我们可以通过两个窗子爬到屋顶再下去,要是楼梯不能用,还可以从喂牲口的斜槽滑下去。这是一座大仓房,一听见有人来,就可以躲进干草堆里。这地方似乎挺不错。我相

221

信，假若他们不向我们开枪的话，我们肯定早已到达南边了。那儿不可能有德国人。他们从北边开过来，从奇维达莱沿公路行进。他们不可能是从南边过来。意大利人更为危险。他们吓坏了，看到什么都乱开枪。昨天夜里我们撤退时，听见有人说许多德国兵穿上了意大利军服，混在北边撤退的队伍中。我不相信。战争中经常听说这种事。敌人常常这样对付你。你没听说我们有人穿上德军军服去扰乱他们。也许有人这样做，不过似乎很难。我不相信德国人会这么做。我不相信他们非得这么做。没有必要来扰乱我们的撤退。军队庞大，道路稀少，撤退必然混乱。根本没人下令指挥，更别说德国人。然而，他们还会把我们当成德国人而开枪。他们打死了艾莫。干草味很香，躺在仓房的干草堆上，好像回到了小时候。那时候我们躺在干草堆里聊天，用气枪打歇在仓房墙头高高的三角切口上的麻雀。仓房现在不见了，那片铁杉树林砍掉有一年了，原来是树林的地方，就只剩下树墩、干枯的树梢、枝条和火后长出的杂草。你不能往后退了。你要是不往前走，会怎么样呢？你再也回不到米兰。你就是回到了米兰，又会怎么样呢？我听着北面乌迪内那边开火的声音。我听得出是机枪开火的声音。却没有炮轰。这还算值得庆幸的。他们一定沿路布下了兵力。我向下望去，借着干草仓房灰暗的光线，看见皮亚尼站在下边卸草的地板上。他胳膊下夹着一根长香肠，一壶什么东西和两瓶酒。

"上来，"我说，"梯子在那儿。"随即我意识到，我应该帮他拿东西，于是便下去了。因为在干草上躺了一阵，头脑有些迷迷糊糊。我刚才几乎睡着了。

"博内洛呢？"我问。

"我会告诉你的。"皮亚尼说。我们上了梯子。把东西放在干草堆上。皮亚尼拿出一把带瓶塞钻的刀子，用那钻子去开瓶酒。

"瓶口上了封蜡，"他说，"一定是好酒。"他笑了笑。

"博内洛呢?"我问。

皮亚尼看看我。

"他走了,中尉,"他说,"他情愿当俘虏。"

我一声没吭。

"他怕我们会被打死。"

我抓着瓶酒,一声不响。

"你瞧,我们对这场战争根本没有信心,中尉。"

"你为什么不走呢?"我问。

"我不想离开你。"

"他上哪儿去了?"

"我不知道,中尉。他溜走了。"

"好的,"我说,"你切一下香肠好吗?"

皮亚尼在灰暗的光线中看着我。

"大伙说话的时候,我就切好了。"他说。我们坐在干草上吃香肠,喝酒。那酒一定是人家留着准备举行婚礼的。放的时间太久了,有点褪色了。

"你守在这个窗口往外瞅着,路易吉,"我说,"我去守在那个窗口。"

我们一人喝一瓶酒,我拿了我那一瓶走过去,平躺在干草上,由那狭窄的小窗口往外望着湿淋淋的乡野。我不知道我期待看到什么,但是除了一块块农田、光秃秃的桑树和落雨之外,我什么也没看见。我喝了酒,但是并没觉得舒服些。因为放的时间太久了,酒已经变质了,失去了原有的品味和色泽。我看着外面天黑下来;黑暗来得很快。今夜将是一个黑漆漆的雨夜。天一黑再守望就没有什么用了,所以我走到皮亚尼那儿。他睡着了,我没有叫醒他,只在他身边坐了一会儿。他是个大个子,睡得很沉。过了一会儿,我把他叫醒,我们就动身了。

那是个非常奇特的夜晚。我不知道自己期待着什么,也许是死亡,在黑暗中开枪和奔跑。我们趴在大道边的水沟后面,等着一营德国兵开过,等他们过去后,我们才穿过大路,继续朝北走。我们在雨中两次贴近德国部队,但是他们并没看到我们。我们打北边绕过城的时候,一个意大利人也没碰见,过了一会儿便遇见了撤退的大队人马,整夜都在朝塔利亚门托行进。不但是军队,整个国家都在退却。我们整夜都在行进,走得比车辆还快。我的腿发痛,人很疲乏,但却走得很快。博内洛情愿去当俘虏,似乎太傻了。其实没有什么危险。我们在两国军队中穿行,也没出什么意外。假如艾莫没有被打死,那就决不会觉得有什么危险。我们公开沿着铁路走的时候,没有人来打扰我们。艾莫的遇难来得太突然,太没来由了。不晓得博内洛在哪儿。

"你感觉怎么样,中尉?"皮亚尼问。路上挤满了车辆和部队,我们沿路边走着。

"挺好。"

"我走烦了。"

"唉,我们现在只能走路。不用担心。"

"博内洛是个傻瓜。"

"他真是个傻瓜。"

"你准备怎么处理他,中尉?"

"我不知道。"

"你不能报告说他被俘虏了吗?"

"我不知道。"

"你知道,要是战争继续下去,他们会给他家人造成很大麻烦的。"

"战争不会持续下去的,"一个士兵说,"我们要回家了。战争结束了。"

"人人都回家。"

"我们都回家。"

"快走，中尉。"皮亚尼说，他希望能超过那些士兵。

"中尉？谁是中尉？打倒军官①！打倒军官！"

皮亚尼抓起我的胳臂。"我还是叫你名字吧，"他说，"他们或许会闹事的。他们已经枪毙了几名军官。"我们加快脚步，赶过了那些人。

"我不会打报告害他的家人的。"我继续我们的话题。

"要是战争结束了，那就没关系了，"皮亚尼说，"但是我不相信战争已经结束。要是真结束了，那就太好啦。"

"我们很快就会知道的。"我说。

"我不相信战争结束了。他们都认为结束了，可我不这样认为。"

"和平万岁！②"一个士兵喊道，"我们要回家啦！"

"我们要是都能回家就好了，"皮亚尼说，"你们不想回家吗？"

"想。"

"我们绝对回不了家。我看战争还没结束。"

"回家去！③"一个士兵喊道。

"他们扔掉了枪，"皮亚尼说，"他们行军时把枪取下来，扔掉了。然后就喊起来。"

"他们应该留住枪的。"

"他们以为只要把枪扔掉，就不会叫他们打仗了。"

在黑暗中，我们冒雨沿着路边行进，我看见许多士兵还挂着步

---

① 原文为意大利语：A basso gli ufficiali！
② 原文为意大利语：Viva la Pace！
③ 原文为意大利语：Andiamo a casa！

枪。枪在斗篷上边突出来。

"你们是哪一个旅的?"一个军官叫道。

"和平旅①,"有人嚷道,"和平旅!"军官一声不响。

"他说什么?军官说什么?"

"打倒军官。和平万岁!"

"快走吧。"皮亚尼说。我们过了两辆英国救护车,它们给丢在一个车辆堆里。

"从戈里察开来的,"皮亚尼说,"我认得这些车子。"

"比我们走得远一些。"

"比我们出发得早啊。"

"不知道司机都上哪儿去了?"

"大概就在前头吧。"

"德军在乌迪内城外停下了,"我说,"这些人都要过河了。"

"是的,"皮亚尼说,"正是因为这个缘故,我认为战争还会打下去。"

"德军本来可以追上来的,"我说,"不知道他们为什么没追上来。"

"我也不知道。我对这种战争一无所知。"

"我想他们得等待他们的运输车辆吧。"

"我也不知道。"皮亚尼说。他独自一人的时候,要和气得多。和别人在一起时,讲起话来就很粗鲁。

"你结婚了没有,路易吉?"

"你知道我结婚了。"

"你就是为了这个原因不愿当俘虏吧?"

---

① 原文为意大利语:Brigata di Pace。

"那是一个原因。你结婚了吗，中尉？"

"没有。"

"博内洛也没结婚。"

"一个人结没结婚说明不了什么问题。不过，我想结了婚的人总想回到妻子身边。"我说。我很想谈谈妻子的事。

"是啊。"

"你的脚怎么样？"

"挺疼的。"

天亮前我们赶到了塔利亚门托河岸，沿着涨满水的河往下走去，来到所有的人马车辆必经的一座桥。

"他们应该是守得住这条河的。"皮亚尼说。黑暗中，水看上去涨得很高。河水打着漩涡，河面宽阔。木桥大约有四分之三英里长，河床宽阔多石，平常只有几条窄窄的水道，远在桥的下方，现在河水高涨得快挨近桥板了。我们沿着河岸走，然后挤进了过桥的人群。我给紧紧地夹在人群中，冒雨在桥上慢慢地走着，下边几英尺就是洪水，前面是炮车上的一只弹药箱，我从桥边探头望望河水。因为没法按照自己的速度赶路，我觉得非常疲惫。过桥一点也打不起精神。我在琢磨，要是白天飞机来轰炸，会是个什么光景。

"皮亚尼。"我说。

"我在这儿，中尉。"他走在拥挤的队伍前边一点。谁也没说话。大家都想尽快过桥：心里只有这个念头。我们快过去了。在桥的那一头，两边站着一些军官和宪兵，晃着手电筒，后边的天空映衬着他们的身影。我们走近他们时，我看见有个军官指了指队伍中的一个人。一名宪兵走进队伍，抓住那人的胳膊，拖了出去。他把那人拽出了大路。我们快走到他们对面了。军官们仔细地审视着队伍中的每一个人，时不时地交谈一下，往前走几步，拿手电筒照照某个人的脸。就在我们快走到正对面时,他们又抓出了一个人。我看见被抓出来的人了,是个中校。他们用手电筒照他时,我看见他的袖标上有两颗星。他头发灰白,矮矮胖胖的。宪兵把他拖到一排军官后面。我们走到他们正对面时,我看到有一两个军官正盯着我。随即有一位指着我,对宪兵嘀咕了一番。只见宪兵忽地往这边冲,挤过队伍的边沿朝我跑来,转眼间就感到他抓住了我的衣领。

"你干吗?"我说,一拳打在他脸上。我看到他帽子下的那张脸,小胡子向上翘着,血顺着脸颊淌下来。又有一个宪兵朝我们俩扑过来。

"你干吗?"我说。他没答话。他在寻找时机来抓我。我伸手到背后去解手枪。

"难道你不知道军官是不能随便碰的?"

另一个从后边抓住了我,把我的手臂往上扭,扭得都快脱臼了。我跟他一起转过身,另一个宪兵猛地抓住了我的脖子。我踢他的胫骨,用左膝撞他的腹股沟。

"他再反抗,就毙了他。"我听见有人说。

"这算怎么回事?"我竭力叫喊,可是我的声音大不起来。他们把我弄到了路边。

"他再反抗,就毙了他,"一个军官说,"把他押到后边去。"

"你们是什么人?"

"你会知道的。"

"你们是什么人?"

"战场宪兵。"另一个军官说。

"你们为什么不让我走出来,却派这样一架飞机来抓我?"

他们没有回答。也不必回答。人家是战场宪兵嘛。

"把他押到后面那些人那儿去,"第一个军官说,"你瞧。他讲意大利话带外国口音。"

"你也是啊,你这——"我说。

"把他押到后面那些人那儿。"第一个军官说。他们把我押到公路下边那一排军官后边,朝河边一块田野上的一群人走去。就在我们朝那儿走时,有人开了几枪。我看到步枪射击的闪光,然后听见砰砰的枪声。我们走到那群人跟前。四个军官站在一起,他们面前站着一个人,左右各有一名宪兵。一群人站在那里,由宪兵看守着。另有四名宪兵站在审问的军官旁边,一个个都靠在卡宾枪上。这些宪兵都戴着宽边帽。押我来的两个人把我推进等待审问的人群中。我看看军官正在审问的那个人。他就是刚才从撤退的队伍中抓出来的那个头发灰白、又矮又胖的中校。这些审问官个个冷静能干,威风凛凛,凡是光枪毙人家而不会被别人枪毙的意大利人,都是这个气派。

"哪个旅的?"

他告诉了他们。

"哪个团?"

他告诉了他们。

"难道你不知道军官必须跟自己的部队在一起吗?"

他知道。

一个军官审问完了。另一个军官开口了。

"就是你和你这样的人,把野蛮人放进来践踏我们祖国神圣的国土。"

"你说什么?"中校问。

"就是因为你这样的叛国行为,我们才丧失了胜利的果实。"

"你有过撤退的经历吗?"中校问。

"意大利永不撤退。"

我们站在雨中,听着这番话。我们面对着那些军官,犯人站在前面，稍微靠近我们这一边。

"你们要是想枪毙我，"中校说，"请马上执行吧，不要再问了。这种审问是愚蠢的。"他画了一个十字。那些军官合议了一番。其中一个在一张拍纸簿上写了些什么。

"擅离部队，立即枪决。"他说。

两个宪兵把中校押到河岸上。中校在雨中走着，一个没戴军帽的老头，一边一个宪兵。我没看他们枪决他，可我听到了枪声。他们又在审问另一个人。这位军官也离开了他的部队。他们不让他申辩。他们从拍纸簿上宣读判决时，他大哭起来，他们枪决他的时候，又在审问另一个人。他们执意要在处决刚审完的那个人的同时，就专注于审问下一个人。这样一来，他们显然只能这样做，没有别的办法。我不知道我该等着受审呢，还是马上逃跑。我显然是个穿着意大利军装的德国人。我知道他们脑子里是怎么想的；如果他们还有脑子，而且这脑子还管用的话。他们都是年轻人，正在拯救自己的国家。在塔利亚门托那边，第二军团正在整编。他们在处决那些脱离了部队的少校军衔以上的军官。与此同时，他们也从速处决身穿意大利军装的德国煽动者。他们都戴着钢盔。我们这里只有两个人戴钢盔。有些宪兵也戴钢盔。其余的宪兵都戴宽边帽。我们管这种人叫飞机。我们站在雨中，一次给提一人出去受审和枪决。到现在为止，凡是审问过的全枪决了。这些审问官本身绝无任何危险，因而处理起生杀大权来优雅超脱，大义凛然。他们现在在审问一个前线团的上校。又有三个军官被押到我们这儿。

"他那个团在哪儿？"

我看着那些宪兵。他们正瞅着那些新抓来的人。其余的宪兵都盯着上校。我急忙一猫腰，拨开两个人，低着头往河边奔去。我在河沿上绊了一跤，啪的一声掉进水里。水很冷，我尽可能潜在水下不上来。我感觉水流在卷着我，我一直潜在水下，直到以为再也上不来

230

了。我一冒出水面，就吸一口气，连忙又钻下去了。穿这么多衣服还有靴子，潜在水下倒也并不难。我第二次冒出水面时，看见前头有一根木头，便游过去用一只手抓住了。我把头缩在木头后面，连看都不敢往上边看。我不想看岸上。我逃跑时，他们开枪了，我第一次冒出水面时，他们又开枪了。我快冒出水面时就听到枪响。现在却没有人打枪。那根木头顺着水流转动，我一只手拽着它。我看看河岸。河岸似乎朝后溜得很快。河流中有许多木头。水很冷。我从一个小岛垂在水面上的枝条下淌过去。我双手紧紧抓住木头，跟着木头漂流。现在已经看不见河岸了。

第三十一章

水流湍急的时候，你也搞不清究竟在河里漂流了多久。时间好像很长，也可能很短。水很冷，又上涨，而这一涨，就有许多东西从岸上卷来，在水上漂流。我挺幸运，抓住了一根大木头，身子浸在冰冷的水里，下巴靠在木头上，双手尽量轻松地抱着木头。我怕会抽筋，就想漂到岸边去。我漂流而下，划出一道长长的弧线。天渐渐亮了，我看得见沿岸的灌木丛了。前头有一个灌木丛生的小岛，河水在向岸上流去。我琢磨是不是脱下靴子和衣服，游到岸上，但还是决定不这么做。我心想不管怎样，我总归是能上岸的，要是光着脚上了岸，那可就糟糕了。我还得想法子赶到梅斯特雷。

我望着河岸在靠近，随即又漂开了，随即又靠近了一点。我抱着木头漂得慢些了。这时离河岸很近了。我看得见柳树丛的细枝了。木头慢慢地旋转，河岸又到了我身后，我才知道碰上漩涡了。我抱着木头慢慢地转着圈。我再看见河岸时，已经离岸很近了，我用一只手臂抱住木头，一边用脚踩水，一边用另一只手臂划水，向岸边靠拢，但是又很难再靠近。我担心会给卷出漩涡，所以还是一手抓住木头，抬起双脚抵住木头边沿，使劲朝岸边推。我看得见灌木丛了，但是尽管我有一股冲力，而且在拼命划水，水流还是把我冲走了。这时我才想到我要被淹死了，因为我还穿着靴子，但是我仍在划水，拼命地挣扎着，等我抬起头来，发现河岸正向我靠近，我便不顾两脚沉重，惊惶失措地拼命蹬打，拼命地划，终于游到了岸边。我抓住了柳树枝，吊在那儿，但却没有力气往上攀，不过我知道这下我不会淹死了。我抱着木头的时候，还从没想过会被淹死。经过这番挣扎，我觉得胃和胸腔又空又想吐，只好攀住树枝等候。恶心过去后，我才爬进柳树丛，又休息了一下，双臂抱住一棵柳树，双手紧紧抓住树枝。后来我爬了出来，穿过柳树林，爬到了岸上。天已半亮，没见到一个人影。我平躺在岸边，听着流水声和雨声。

过了一阵，我站了起来，动身沿河岸走去。我知道河上这一带没有桥，要到拉蒂萨纳才行。我想我也许到了圣维托对岸。我开始琢磨该怎么办。前面有一条流入河里的水沟。我朝那水沟走去。到现在我还没见到人影，就在水沟边几棵灌木旁坐下，脱掉靴子，把里面的水倒出来。我脱下上衣，从里边口袋里掏出皮夹子，里面的证件和钱全浸湿了，我把上衣拧干。接着把裤子脱下来拧干，然后拧干衬衫和内衣。我拍拍身体，擦了擦，再把衣服穿上。我的帽子可丢了。

我穿上上衣之前，先把袖子上的布星星割下来，放进里边口袋里，和钱放在一块。钱都湿了，但是还可以用。我数了数。三千多里拉。我觉得衣服又湿又黏，便拍打手臂，让血液流通。我穿的是羊毛内衣，心想只要不停地走动，就不会着凉。我的手枪在路边被他们夺去了，我把枪套塞进上衣里边。我也没有斗篷，雨中觉得很冷。我顺着水渠岸边走。天大亮了，乡间又湿又低又凄凉。田野光秃潮湿。在远处可以看见一座钟塔屹立在平原上。我上了一条公路。看见前头有些部队打路上走来。我一瘸一拐地沿路边走,他们从我身边走过,没人理会我。他们是一支机枪分队,正朝河边开去。我沿着公路往前走。

那天我穿过了威尼斯平原。那是个又低又平的地带,一下雨,显得愈发平坦。靠海边有些盐沼地,没几条路可走。所有的路都顺着河口通向大海,要穿过乡野,就得走沟渠边的小径。我从北往南穿过乡野,跨过两条铁路线和许多小路,终于从一条小路的尽头走了出来,来到沼泽地旁的一条铁路线上。这是从威尼斯到的里雅斯特的干线,有坚固的高堤,坚固的路基,还铺着双轨。铁轨过去不远,有一个旗站。我看得见有士兵守卫。铁路线那头有一座桥,桥下是一条小溪,溪水流进沼泽地。我看见桥上也有一名卫兵。刚才穿过北边的田野时,我就看到一列火车驶过这条铁路线,在平地上老远都望得见,于是我想可能有列火车从波多格鲁罗开来。我注视着那些卫兵,在路堤上趴下来,这样就能看得见铁轨的两头。桥上的卫兵顺着铁路线向我趴的地方走过来一点,随即又转身回到桥边去了。我趴在那儿,饥肠辘辘,等着火车来。我先前看见的那列火车相当长,机车拖着走得非常慢,我想我肯定能跳上去。就在我等得几乎绝望的时候,终于看见一列火车开来了。那机车直开过来,慢慢地越来越大。我看看桥上的卫兵。他在桥的这一端巡逻,不过是在铁轨的另一边。这样火车一来,就把他的视线挡住了。我瞅着机车开近了。开得很吃力。一看挂了很多车皮。我知道车上一定会有卫兵,就想看看卫兵在什么地方,但是因为给遮住了视线,我又看不见。机车快开到我趴着的地方了。机车到我面前了,即使在平地上开,还是又吃力又喘气,我看着司机过去了,于是便站起来,走近一节节开过去的车厢。即使卫兵在巡视,我站在铁轨边,也不大会成为怀疑目标。几节封闭的货车开过去了。随即我看到开来了一节很低的、没有遮盖的车厢,他们管这种车厢叫无盖货车,上面罩着帆布。我等它快要过去时,突然纵身一跃,抓住了后面的把手，攀了上去。我爬到无盖货车和后面那节高高的货车的车檐间。我想没有人看见我。我抓着把手，蹲着身子，脚踏在车钩上。车快到桥上了。我想起了那个卫兵。我打他面前经过时，他望望我。他还是个孩子，他的钢盔太大了。我轻蔑地瞪着他，他连忙别过头去。他以为我是火车上的什么人。

我们的车厢过去了。我看见他依旧显得很不自在，眼瞅着别的车厢驶过去，我便俯下身去看看帆布是怎么绑牢的。帆布边沿上有扣眼，用绳子穿过系在车厢上。我拿出刀子来，割断了绳子，把一只胳臂伸了进去。帆布底下有些硬鼓鼓的东西，那帆布因为被雨打湿了，绷得紧紧的。我抬头看看，又望望前面。前头货车上有一个卫兵，不过他只顾朝前看。我放开了扶手，往帆布底下一钻。前额碰到了什么东西，猛地撞了一下，我觉得脸上出血了，不过还是爬了进去，直挺挺地躺下来。随后我转过身，把帆布重新系好。

帆布底下原来都是大炮。大炮散发出润滑油和油脂的清新气味。我躺着倾听雨打在帆布上的噼里啪啦声，火车轧过轨道的咔哒咔哒声。有点亮光透了进来，我躺着看看那些炮。炮身还罩着帆布套。我想一定是第三军团送往前线的。我额上被撞的地方肿起来了，我躺着不动，让血凝结，以便止住流血，然后把伤口四周的干血块一点一点剥掉。这算不了什么。我没有手帕，就用手指摸索着，蘸着帆布上滴下来的雨水，洗去那些干血块，然后用衣袖揩干净。我可不想显出惹人注意的样子。我知道没等列车到达梅斯特雷，我就得下车，因为到了那里，一定会有人来接收这些大炮的。他们正需要大炮，损失不起，也忘记不了。我肚子饿极了。

第三十二章

我躺在盖着帆布的平板货车的车板上，旁边是大炮，觉得又湿又冷又饿得慌。最后我翻过身，头枕着臂膀，趴在车板上。我的膝盖僵硬，不过还挺管用。瓦伦蒂尼干得不错。撤退时我有一半路是步行的，后来在塔利亚门托河里游了一段，靠的都是他这膝盖。这确实是他的膝盖。另一只膝盖才是我的。你的身体经过医生的摆弄，就不再是你的了。头还是我的，肚子里的东西也是我的。肚子现在好饿。我能感到它在乱翻乱绞。头是我的，但是不管用，不能思考，只能回忆，而回忆的东西又不多。

我能想起凯瑟琳，但是我知道，我要是想她却没有把握见到她，那是会发疯的，所以我不敢太想她，只是略微想一想，只是在列车慢慢地咔哒咔哒行驶时，略微想想她，帆布上漏进一点光来，我仿佛是和凯瑟琳躺在火车的车板上。躺在这硬板上，不去思考，只是感觉，分离的时间太长了，衣服湿透了，车板每次只是稍微移动一下，内心寂寞，孤身一人，只有湿衣服和硬地板当老婆。

你不喜欢平板货车的车板，或是罩着帆布套的大炮,或是涂过凡士林的金属的气味,或是漏雨的帆布,尽管躲在帆布下面挺好,和大炮待在一起还是挺愉快;你喜爱的是某个人,那个人你明知不在车上,甚至连假想在车上都不可能;你现在看得很清醒,也很冷静——与其说很冷静,不如说很清楚很空虚。你趴在那儿,什么也看不到,你亲身经历了一支军队撤退,另一支军队进军。你失去了几辆救护车和部下,就像大百货店中的铺面巡视员在大火中损失了店里的货物。不过没有买保险。现在你也脱离了干系。不再承担任何责任。假若商店在火灾后要处决铺面巡视员,因为他们说话总带外国口音,那么商店重新开张时,当然就不要指望巡视员会回来。他们可能会另谋职业;只要还有其他职业可找,只要警察抓不到他们。

愤怒和责任一起,都在河里被冲洗掉了。其实,早在宪兵伸手抓住我衣领时,我的责任就停止了。我真想脱下军装,虽说我并不在乎表面形式。我早就割下了星标,可那只是为了方便起见。跟荣誉无关。我不反对他们。我洗手不干了。我祝他们个个好运。他们中有善良的,有勇敢的,有冷静的,有明智的,他们该交好运。不过这不再是我的战争了,我只盼望这该死的列车早点开到梅斯特雷,让我吃点东西,停止思考。我得停止思考。

皮亚尼会跟他们说,我被枪决了。凡是被枪决的人,他们要搜查口袋,取出证件。他们弄不到我的证件。或许会说我溺水而亡。不知道美国会听到怎样的说法。死于受伤或其他原因。仁慈的基督啊,我好饿啊。不知道食堂里的那个牧师怎么样了。还有里纳尔迪。他可能在波代诺内。假如他们没有退得更远的话。唉,我将永远见不到他了。他们这些人我谁都见不到了。那段生活结束了。我不相信他得了梅毒。他们说,要是及早治疗,这也不是什么严重的病。不过他还是发愁。我要是害上这个病,也会发愁的。谁都会发愁的。

我生来不多思考。我生来就好吃。上帝啊,是的。吃饭,喝酒,跟凯瑟琳睡觉。也许今天夜里。不,这不可能。但是明天夜里,美餐一顿，同床共枕，永不分离，要走就一起走。也许还得赶快走。她是肯走的。我知道她肯走。我们什么时候走呢？这倒是值得考虑的。天渐渐黑了。我躺着琢磨要去哪儿。地方倒挺多。

第四部

第三十三章

　　大清早天还没亮,火车慢了下来,准备开进米兰站,我赶快跳下了车。我跨过铁路,穿过几座楼房,来到街上。有家酒店开着,我进去喝杯咖啡。酒店里有清晨的气息,刚打扫过的尘埃气味,咖啡杯里搁着调羹,桌上还有酒杯底所留下的湿圆圈。店主在酒吧后边。两个士兵坐在桌子边。我站在吧台前喝了一杯咖啡,吃了一片面包。咖啡给牛奶冲成了灰色,我用面包片撇去牛奶的浮皮。店主看着我。
　　"来杯格拉帕酒吧?"
　　"不,谢谢。"
　　"我请客,"他说,倒了一小杯,朝我推过来,"前线有什么情况?"
　　"我哪能知道。"
　　"他们喝醉了。"他说,一边用手指指那两个士兵。这我相信。他们看上去是醉了。
　　"告诉我,"他说,"前线有什么情况?"
　　"我哪能知道前线的事。"
　　"我看见你翻墙过来的。你刚下火车吧。"

"都在撤退。"

"我看过报纸了。怎么回事?打完了吗?"

"我想没有吧。"

他从一只矮瓶子里倒了一杯格拉帕酒。"你要是有难处,"他说,"我可以收留你。"

"我没什么难处。"

"你要是有难处,就待在我这儿吧。"

"待在哪儿呢?"

"就在这楼里。许多人待在这儿。凡是有难处的人都待在这儿。"

"有难处的人很多吗?"

"那要看是什么难处了。你是南美人?"

"不是。"

"会讲西班牙语吗?"

"会一点。"

他擦干净吧台。

"离开这个国家很难,不过也不是不可能。"

"我并不想离开。"

"你在这儿想待多久就待多久。你会明白我是什么样的人。"

"我今天早上就得走,不过我要记下地址,以后再回来。"

他摇摇头。"听你这么说法,你是不会回来的。我原以为你真有难处。"

"我没什么难处。但是我珍视朋友的地址。"

我将一张十里拉的钞票放在吧台上,付咖啡的账。

"陪我喝一杯格拉帕吧。"我说。

"这倒不必。"

"喝一杯吧。"

242

他倒了两杯。

"记住,"他说,"到这儿来吧。别让别人收留你。你在这儿是安全的。"

"这我相信。"

"你真相信吗?"

"是的。"

他认真起来:"那么让我跟你说一个事。别穿着这件衣服到处走。"

"为什么?"

"袖子上割掉星章的地方看得清清楚楚。布的颜色不一样。"

我没有吭声。

"你要是没有证件,我可以给你。"

"什么证件?"

"休假证。"

"我不需要证件。我有。"

"好吧,"他说,"不过你要是需要的话,我可以给你办好。"

"这种证件要多少钱?"

"要看是什么证件。价格很公道的。"

"眼下我不需要任何证件。"

他耸耸肩。

"我没事。"我说。

我出去时,他说:"别忘记我是你的朋友。"

"不会的。"

"希望再见到你。"他说。

"好的。"我说。

到了外面,我尽量避开车站,那儿有宪兵,我在小公园边叫到一辆马车。我把医院的地址给了车夫。到了医院,我去了门房的住处。门房的妻子拥抱了我。门房握握我的手。

"你回来了。平安无事。"

"是的。"

"吃早饭没有?"

"吃过了。"

"你怎么样,中尉,你怎么样?"那妻子问。

"挺好。"

"和我们一道吃早饭吧?"

"不,谢谢。告诉我巴克利小姐现在可在医院里?"

"巴克利小姐?"

"那个英国女护士。"

"他的女朋友啊。"那妻子说。她拍拍我的胳膊,笑了笑。

"不在,"门房说,"她走了。"

我的心往下一沉:"你肯定吗?我说的是那个金黄头发的高个子英国小姐。"

"我肯定。她去斯特雷萨①了。"

"她什么时候走的?"

"两天前跟另外那个英国小姐一块去的。"

"好,"我说,"我想让你帮我做一件事。别跟任何人说你们见到过我。事关重大。"

"我不会跟任何人讲的。"门房说。我给了他一张十里拉的钞票。他推开了。

"我保证不跟任何人讲,"他说,"我不要钱。"

"我们能为你做点什么吗,中尉先生?"他妻子问。

"就这个。"我说。

---

① 意大利皮埃蒙特区一城镇,系疗养旅游胜地。

"我们装哑巴,"门房说,"有什么事要我做,跟我说一声好吗?"

"好的,"我说,"再见。以后会再见的。"

他们站在门口,目送着我。

我跳上马车,把西蒙斯的住址给了车夫。西蒙斯是我那两位学唱歌的熟人中的一个。

西蒙斯住在城里很远的地方,靠近马根塔门①。我去看他时,他还没起床,睡眼惺忪。

"你起得太早了,亨利。"他说。

"我搭早班车来的。"

"这大撤退是怎么回事?你在前线吗?抽支烟好吗?烟在桌上那个盒子里。"这是个大房间,床靠墙放着,房间另一边放着一架钢琴、梳妆台和桌子。我坐在床边的椅子上。西蒙斯靠枕头坐着,抽着烟。

"我陷入困境了,西蒙。"我说。

"我也是,"他说,"我经常陷入困境。你不抽根烟吗?"

"不了,"我说,"到瑞士去要办什么手续?"

"你吗?意大利人是不会让你出境的。"

"是的,这我知道。但是瑞士人呢,他们会怎么样?"

"他们拘留你。"

"我知道。不过有什么例行手续呀?"

"没什么手续,很简单。你什么地方都能去。我想你只需要打个报告什么的。怎么啦?你在逃避警察吗?"

"还不大清楚。"

"你不想说就不必告诉我。不过听听一定很有趣。这儿没啥事。我在皮亚琴察演唱,失败得很惨。"

---

① 马根塔门是米兰的西门。

245

"非常遗憾。"

"噢,是啊——我失败得很惨。我唱得还不错。我要在利瑞歌[1]这儿再试一次。"

"我倒想去听听。"

"你太客气了。你不是搞得一团糟吗?"

"我也不知道。"

"你不想说就不必告诉我。你是怎么离开那该死的前线的?"

"我再也不干了。"

"好小子。我一向知道你是有头脑的。我能帮你什么忙吗?"

"你太忙了。"

"一点也不忙,亲爱的亨利。一点也不忙。什么事我都乐意做。"

"你跟我身材差不多。是否劳驾你出去帮我买一套平民服装?我本来有衣服,可是都放在罗马。"

"你真在罗马住过吗?那是个肮脏的地方。你怎么会住到那儿去?"

"我原先想当建筑师。"

"那也不是搞建筑的地方。别买衣服了。你要什么衣服,我都给你。我把你好好打扮一下,你一定大获成功。你到梳妆室去。里边有个衣橱。想穿什么尽管拿。好伙计,你不用买衣服。"

"我情愿买,西蒙。"

"好伙计,我把衣服送给你,比出去买衣服方便多了。你有护照没有?没有护照可寸步难行啊。"

"有。我的护照还在。"

---

[1] 米兰一家歌剧院。

"那么换衣服吧,好伙计,上老赫尔维西亚①去吧。"

"没那么简单。我得先去一趟斯特雷萨。"

"太棒了,好伙计。只消乘条船就过去了。我要不是因为要演唱,就陪你去。我还得去演唱。"

"你可以学习真假嗓音变换着唱啊。"

"好伙计,我会学习真假嗓音变换着唱的。不过我还能真唱。怪就怪在这里。"

"我敢打赌你能唱。"

他躺倒在床上,抽着烟卷。

"赌注可别太大。不过我能唱。说起来真是太滑稽了,我就是能唱。我喜欢唱。听。"他扯开嗓子唱起《非洲女》②来,脖子膨胀,血管突出。"我能唱。"他说。"不管他们喜欢不喜欢。"我望望窗外。"我下去打发马车走啦。"

"快回来,好伙计,我们一起吃早餐。"他下了床,站直身子,来了个深呼吸,开始做屈身运动。我下楼付了账打发马车走了。

---

① 赫尔维西亚是古时欧洲中部一地区的罗马名称,相当于现代瑞士的西部。
②《非洲女》系德国音乐家梅耶贝尔(1791—1864)所写的五幕歌剧。

第三十四章

我穿上平民服装,觉得自己好像参加化装舞会一样。军装穿得久了,现在身子不再裹得紧紧的,反而有一种不自在的感觉。那条裤子穿上去觉得松松垮垮。我在米兰买了一张到斯特雷萨去的车票。我还买了一顶新帽子。西姆的帽子我戴不了,不过他的衣服倒挺不错。衣服上带有一股烟草味,我坐在车厢里望着窗外,只觉得帽子太新,衣服太旧。我觉得自己的心情,就像窗外伦巴第区那片潮湿的乡野一样忧郁。车厢里有几个飞行员,不大瞧得起我。他们对我避而不看,非常蔑视我这个年龄的平民。我倒不觉得受了侮辱。若是在以前,我准会侮辱他们一番,并且寻衅打一架。他们在加拉拉泰下了车,我倒乐得一个人图个清静。我有报纸,但却不看,因为我不想了解战事。我要忘掉战争。我单独媾和了。我觉得非常寂寞,火车到了斯特雷萨,心里才高兴起来。

到了车站,我原以为会有旅馆的伙计来接客,结果一个也没看见。旅游季节早过了,没人来接火车。我拎着包下了车,包是西姆的,里面除了两件衬衫没有别的东西，提起来很轻。我站在车站的屋檐下躲雨，看着火车开走了。我在车站上找到一个人，问他是否知道什么旅馆还在营业。巴罗美群岛大饭店还营业，另有几家小旅店一年四季都营业。我拎着包冒雨去找巴罗美大饭店。我看到一辆马车沿街驶来，就向车夫招手。坐着马车去要体面些。到了大饭店停车处的入口，门房连忙打着伞出来迎接，非常有礼貌。

我要了一个上好的房间。房间又大又亮，面对着湖①。湖上眼下烟云笼罩，不过太阳一出来，一定美不胜收。我说我在等我的太太。房间里有一张双人大床，那种供新婚夫妇用的大床，上面铺着缎面床罩。饭店非常豪华。我走下长廊和宽阔的楼梯，穿过几个房间，来到酒吧间。我认得那酒吧侍者，我坐在一张高凳上，吃咸杏仁和炸土豆片。马丁尼酒又凉爽又纯净。

"你穿着便装在这儿做什么？"酒吧侍者调好了第二杯马丁尼酒，问道。

"我来休假。疗养休假。"

"这儿一个人都没有。不知道他们为什么还营业。"

"钓鱼了吗？"

"钓到了几条很不错的鱼。每年这个季节，你能钓到一些很不错的鱼。"

"你收到我寄的烟草了吗？"

"收到了。你收到我的明信片了吗？"

我笑了。我根本搞不到烟草。他要的是美国烟斗烟丝，但是不知道是我的亲戚不再寄了呢，还是中途给人扣留了。不管怎么说，从来

---

① 指马焦雷湖。该湖位于意大利北部，距米兰约 90 公里；湖北端位于瑞士境内。四面环山，绿丘环抱，以风景优美、文史财富丰厚著称。湖西畔的斯特雷萨是最吸引游客的一个小镇，贝拉岛、马德雷岛等都是湖上有名的风景点。

没收到过。

"我可以从什么地方弄点来,"我说,"告诉我你有没有看见城里来了两个英国姑娘？她们是前天到的。"

"她们不住这家饭店。"

"她们是护士。"

"我见过两个护士。等一等，我能查到她们在哪儿。"

"其中有一位是我妻子。"

"另一位是我妻子。"

"我可不是开玩笑。"

"请原谅我愚蠢的玩笑,"他说,"我刚才没听明白你的话。"他走开了，去了好一会儿。我吃着橄榄、咸杏仁和炸土豆片，对着吧台后面的镜子，照照穿便装的我。酒吧侍者回来了。"她们住在车站附近的小旅店里。"他说。

"来点三明治吧？"

"我按铃叫他们送些来。你知道这儿什么东西都没有，因为没什么客人。"

"难道真的连一个客人都没有吗？"

"有的，有几位。"

三明治送来了，我吃了三块，又喝了两杯马丁尼。我从没喝过这么凉爽纯净的酒。喝了以后，我觉得变文明了。以前都是红酒、面包、干酪、劣质咖啡和格拉帕酒，吃喝得太多了。我坐在高凳上，面对着那赏心悦目的桃花心木柜台、黄铜装饰和镜子等，什么也不去想。酒吧侍者问了我个问题。

"别谈战争。"我说。战争离我很遥远了。也许根本就没有什么战争。这儿并没有战争。随即我意识到，战争对我来说已经结束了。但是我又没有战争真正结束的感觉。我感觉自己就像个逃学的孩子，心里还惦记着学校某一时刻有什么事。

我到她们旅馆时,凯瑟琳和海伦·弗格森正吃着晚饭。我站在门廊上,看见她们坐在饭桌前。凯瑟琳的脸背着我,我看见她头发的轮廓、她的脸颊、她那美丽的脖子和肩膀。弗格森在说话。我一进去她就住嘴了。

"天哪。"她说。

"你好。"我说。

"怎么是你啊!"凯瑟琳说。她顿时笑逐颜开。她太高兴了,不敢相信这是真的。我吻了她。凯瑟琳脸红了,我在桌边坐下。

"你这个专惹麻烦的讨厌鬼,"弗格森说,"你来这儿做什么?吃过饭没有?"

"还没有。"伺候开饭的女招待进来了,我叫她给我拿个盘子来。凯瑟琳一直盯着我看,两眼喜气洋洋。

"你怎么穿便装了?"弗格森问。

"我入内阁了。"

"你惹麻烦了吧。"

"高兴起来,弗基。稍微高兴一点。"

"我看见你可高兴不起来。我知道你给这姑娘招来的麻烦。看见你没法让我高兴。"

"没有人给我招来什么麻烦,弗基。我是自找的麻烦。"

凯瑟琳对我笑笑,用脚在桌子底下踢了我一下。

"我可不能容忍他,"弗格森说,"他没做什么好事,只是用他那鬼鬼祟祟的意大利伎俩毁了你。美国人比意大利人还要坏。"

"苏格兰人是个很讲道德的民族。"凯瑟琳说。

"我不是那个意思。我是说他那意大利式的鬼鬼祟祟。"

"我鬼鬼祟祟吗,弗基?"

251

"是的。你比鬼鬼祟祟还要坏。你像条蛇。一条穿着意大利军装的蛇：脖子上还扎着斗篷。"

"我现在可没有意大利军装了。"

"那只是你鬼鬼祟祟的又一例证。你整个夏天都在搞风流韵事，让这个姑娘怀了孕，现在你大概想溜走吧。"

我对凯瑟琳笑笑，她也对我笑笑。

"我们俩都要溜走。"她说。

"你们俩是一路货，"弗格森说，"我为你感到羞耻，凯瑟琳·巴克利。你不知羞耻，不顾名誉，你和他一样鬼鬼祟祟。"

"别这么说，弗基，"凯瑟琳说，拍拍她的手，"别指责我。你知道我们彼此喜欢嘛。"

"拿开你的手，"弗格森说，她的脸都涨红了，"你要是知道羞耻，那还好说一些。但是天知道你怀了几个月的孩子，还当做儿戏，满脸堆笑，因为勾引你的人回来了。你不知羞耻，也没有情感。"她哭起来了。凯瑟琳走过去，用胳膊搂着她。她站着安慰弗格森时，我看不出她的体型有什么变化。

"我不管，"弗格森抽泣说，"我觉得太可怕了。"

"好了，好了，弗基，"凯瑟琳安慰她，"我知道羞耻。别哭了，弗基。别哭了，好弗基。"

"我不哭，"弗格森抽泣道，"我不哭。都是因为你闹出这可怕的乱子。"她看着我。"我恨你，"她说，"她没法叫我不恨你。你这个卑鄙下流的美国意大利佬。"她的眼睛鼻子都哭红了。

凯瑟琳对我笑笑。

"不许你一边抱着我，一边对他笑。"

"你不讲道理了，弗基。"

"这我知道，"弗格森抽泣道，"你们俩都别往心里去。我心里太烦了。我不讲道理。这我知道。希望你们俩快乐。"

"我们是快乐的,"凯瑟琳说,"你是个甜蜜可爱的弗基。"

弗格森又哭了。"我不想让你们这样快乐法。你们为什么不结婚?你不是另有老婆吧?"

"没有。"我说。凯瑟琳笑了。

"没什么可笑的,"弗格森说,"他们很多人都另有老婆。"

"我们会结婚的,弗基,"凯瑟琳说,"如果这会让你高兴的话。"

"不是让我高兴。你应该要求结婚。"

"我们一直很忙啊。"

"是的。我知道。忙着生孩子。"我以为她又要哭了,没想到她变得刻薄起来了。"我想你今晚就跟他走了吧?"

"是的,"凯瑟琳说,"要是他想让我去的话。"

"我怎么办呢?"

"你怕一个人待在这儿吗?"

"是的,我怕。"

"那我就留下来陪你。"

"不,你还是跟他走吧。马上跟他走。看见你们俩我就心烦。"

"我们还是把饭吃完吧。"

"不。赶快走。"

"弗基,讲点道理吧。"

"我说这就走。你们俩都给我走。"

"那我们走吧。"我说。我讨厌弗基。

"你们真要走了。你们瞧,你们甚至想扔下我一个人吃晚饭。我一直想去看看意大利的湖,却落了这么个结局。呜……呜。"她啜泣道,随后望望凯瑟琳,哽咽起来。

"我们待到晚饭后再说,"凯瑟琳说,"你要是想让我陪你,我就不走了。我不会丢下你一个人的,弗基。"

"不。不。我要你走。我要你走,"她擦擦眼睛,"我太不讲理了。请不要介意。"

伺候开饭的女招待被她的哭声弄得很紧张。现在她把下一道菜端上来,看到情况好转了,似乎松了一口气。

那天夜晚在饭店里,房间外边是一条又长又空的走廊,我们的鞋子放在门外边,房间里铺着厚厚的地毯,窗子外面下着雨,屋内却灯光明亮,欢快宜人,后来灯灭了,床单平滑,床铺舒适,真令人兴奋,感觉像是回到了家,不再感到孤独,夜间醒来发现彼此都在,谁也没走;除此之外,其他事情都不真实了。我们累了就睡觉,一个醒来,另一个也跟着醒,因此谁也不会孤单。男人经常想一个人清静一下,女孩也想一个人清静一下,不过他们要是彼此相爱,就会嫉妒对方有那样的想法,不过我可以实实在在地说,我们从来没有这种感觉。我们在一起的时候,也会感到孤独,那是一种与世人格格不入的孤独。我只有过一次这样的经历。我和许多女孩在一起的时候,就觉得很孤独,而且你在这种时候最孤独。但是我和凯瑟琳在一起,就从不孤独,从不害怕。我知道夜晚和白天不一样:什么事都不一样,夜里的事在白天没法解释,因为那些事在白天就不存在了,对于孤寂的人来说,只要他们的孤寂一开始,夜晚可能是极其可怕的时间。但是和凯瑟琳在一起,夜里和白天几乎没什么不同,甚至夜间可能更美好。如果世人给这个世界带来如此多的勇气,世界为了打垮他们,而不得不加以杀害,那当然就把他们杀死了。世界打垮了每一个人,许多人在被打垮之后,变得很坚强。但是对于那些打不垮的人,就加以杀害。对于最善良的人,最温和的人,最勇敢的人,世界不偏不倚,一律杀害。即使你不是这几类人,世界肯定还要杀害你,只是不那么急迫罢了。

我记得早晨醒来的情形。凯瑟琳还睡着,阳光从窗口照进来。雨停了,我下床走到窗前。窗下是花园,虽然现在草木凋零,但却整齐美丽,有沙砾小径、树木、湖边的石墙、阳光下的湖泊,湖那边重峦叠嶂。我站在窗前往外望去,等我转过头来,看见凯瑟琳醒了,正望着我。

"你好啊,亲爱的?"她说,"天气不是很美吗?"

"你感觉怎么样?"

"我感觉很好。我们度过了一个快活的夜晚。"

"你想吃早饭吗?"

她想吃。我也想吃,我们就在床上吃,十一月的阳光从窗外射进来,早餐的托盘就搁在我的膝上。

"你不想看看报纸吗?你在医院时总要看报纸。"

"不,"我说,"我现在不要看报纸了。"

"战况这么糟,你看都不想看了吗?"

"我不想看了。"

"我早跟你在一起就好了,这样我也会了解一点战况。"

"等我脑子里想清楚以后,我会告诉你的。"

"他们发觉你不穿军装,不会逮捕你吧?"

"他们很可能枪毙我。"

"那我们不要待在这儿。我们可以出境去。"

"我也这样考虑过。"

"我们离开吧。亲爱的,你不能这样瞎冒险。告诉我,你是怎么从梅斯特雷到米兰来的?"

"我坐火车来的。当时还穿着军装。"

"当时没危险吗?"

255

"不太危险。我有一份旧的调令。我在梅斯特雷把日期改了改。"

"亲爱的,你在这儿随时都有被捕的危险。我不能让你这样。这样做太傻了。万一他们把你抓去了,我们到哪儿去呀?"

"这事儿别去想啦。我都想烦了。"

"他们要是来抓你,你怎么办?"

"开枪打他们。"

"你看你多傻,我不让你走出这个饭店,除非我们离开这儿。"

"我们上哪儿?"

"请别这样,亲爱的。你说上哪儿我们就上哪儿。但是请你马上找一个可以去的地方。"

"瑞士就在湖那边,我们可以去那儿。"

"那太好了。"

外面阴云密布,湖上阴暗下来。

"但愿我们不要总过着逃犯似的生活。"我说。

"亲爱的,别这样。你过逃犯似的生活并不长。我们也永远不会过逃犯的生活。我们会过得很快活的。"

"我觉得自己像个逃犯。我从部队里逃了出来。"

"亲爱的,**请**你理智些。不是逃离部队。那不过是意大利的军队。"

我笑起来。"你是个好姑娘。我们回床上去吧。我在床上感觉很好。"

过了一会儿,凯瑟琳说:"你不觉得像逃犯了吧?"

"是呀,"我说,"和你在一起,就不觉得了。"

"你是个傻孩子,"她说,"但是我会照顾你的。亲爱的,我早上并不想吐,这不是很好吗?"

"好极了。"

"你不知道你有个多好的妻子。不过我不在乎。我会给你找个地方,让他们没法抓走你,然后我们可以快快活活地生活。"

"我们现在就去吧。"

"我们要去的,亲爱的。随便什么地方,随便什么时候,你要去我就去。"

"我们什么都别想了吧。"

"好的。"

第三十五章

凯瑟琳沿着湖边走,到小旅馆去看弗格森,我则坐在酒吧看报纸。酒吧间里有舒适的皮椅,我就坐在一张皮椅上看报,一直看到酒吧侍者进来。军队没有守住塔利亚门托河。他们正朝皮亚韦河撤退。我记得皮亚韦河。通往前线的铁路在圣多纳附近跨过那条河。那儿的河水很深,流速很慢,河面还很狭窄。河下边是蚊子滋生的沼泽和沟渠。那儿有些漂亮的小别墅。战前有一回我去科蒂纳丹佩佐①,曾在临河的山间走了几个小时。从山上望下去,那像是一条出鳟鱼的河流,水流湍急,形成一道道浅滩,山岩阴影下是一个个水潭。公路到了卡多雷就和河道岔开了。我有些纳闷:山上的部队是怎么撤下来的。这时酒吧侍者进来了。

"格雷菲伯爵在找你。"他说。

"谁呀?"

"格雷菲伯爵。你还记得上次你来这儿碰到的那个老人吧。"

---

① 科蒂纳丹佩佐是意大利北部阿尔卑斯山一冬季运动胜地,1956年冬奥会在此举行。

"他在这儿吗?"

"是的,他和他侄女一起来的。我告诉他你在这儿。他要跟你打台球。"

"他在哪儿?"

"正在散步。"

"他怎么样了?"

"他越来越年轻了。昨天晚饭前,他喝了三杯香槟鸡尾酒。"

"他的台球打得怎么样?"

"不错。把我给击败了。我跟他说你来了,他非常高兴。这儿没有人陪他玩。"

格雷菲伯爵九十四岁了。他和梅特涅[1]是同时代人,是个白发银髯的老人,举止优雅。曾在奥地利和意大利从事外交工作,他的生日宴会可是米兰社交界的一件大事。他眼看要活到一百岁,打得一手娴熟流畅的台球,和他九十四岁的脆弱身体形成鲜明的对照。有一回在旅游季节过后,我曾在斯特雷萨碰见过他,我们边打台球边喝香槟。我觉得这是个极好的习俗,而他一百分让我十五分,还赢了我。

"你为什么不早告诉我他在这儿?"

"我忘了。"

"还有谁在这儿?"

"没有你认得的人了。总共就六个人。"

"你现在在干什么?"

"没干什么。"

"出去钓鱼吧。"

"我可以去一个小时。"

---

[1] 梅特涅(1773—1859),曾任奥地利帝国外交大臣。

"走吧。带上钓鱼线。"

酒吧侍者穿上一件外衣，我们就出去了。我们来到湖边，弄了条小船，我划船，酒吧侍者坐在船尾，把头上带有旋转匙形诱饵和沉重铅坠的钓鱼线放开，去钓湖里的鳟鱼。我沿着湖岸划船，酒吧侍者手里扯着线，时而朝前抖动几下。从湖上看起来，斯特雷萨非常荒凉。一长排一长排光秃的树木，一座座大旅馆，还有不少关闭的别墅。我把船划过去，划到贝拉岛①，紧挨着石壁，那儿的湖水突然变深了，你看见石壁在清澈的湖水中低斜下去，接着我们又朝北划向渔人岛。太阳被一朵云遮住了，湖水黑暗平滑，寒气逼人。虽然看见有鱼上来在水面划出的涟漪，但却没有鱼上钩。

我把船划到渔人岛对面，那儿停靠着几只小船，有人在补渔网。

"我们去喝一杯吧？"

"好的。"

我把船划拢到石码头，酒吧侍者把钓鱼线收起来，卷好放在船底，把诱饵挂在船舷的上缘。我上了岸，把船拴好。我们走进一家小酒吧间，在一张没铺桌布的木桌边坐下，要了味美思。

"你划累了吧？"

"不累。"

"我划回去吧。"他说。

"我喜欢划船。"

"要是你来抓住钓鱼线，也许会转运的。"

"好吧。"

"告诉我战争怎么样了？"

"糟糕透了。"

---

① 贝拉岛，也叫美丽岛，是马焦雷湖上一个风景优美的小岛。

"我不用去打仗。我年纪太大,像格雷菲伯爵一样。"

"也许你还得去。"

"明年他们会到我们这个阶层来招兵。但是我不去。"

"你怎么办呢?"

"出国去。我才不去打仗。我在阿比西尼亚①打过一次仗。真没劲。你为什么去打仗?"

"我不知道。我是个傻瓜。"

"再来一杯美味思?"

"好的。"

酒吧侍者划船回去。我们到斯特雷萨那边的湖上钓鱼,然后又划到离岸不远的地方去钓。我抓着绷紧的钓鱼线,感到那旋转中的诱饵在微微抖动,一边望着十一月阴暗的湖水和荒凉的湖岸。侍者荡着长桨,船每往前一冲,钓鱼线就跳动一下。有一次鱼上了钩:钓鱼线突然绷紧了,往后猛拉。我拽了拽,感到一条活生生的鳟鱼的分量,随后钓鱼线又抖动起来。鱼脱钩了。

"那鱼觉得大吗?"

"相当大。"

"有一次我一个人出来钓鱼,我用牙齿咬住钓鱼线,一条鱼上钩了,差一点把我的嘴巴扯破。"

"最好的办法是把钓鱼线绕在腿上,"我说,"那样有鱼上钩你能感到,还不会给拽掉牙齿。"

我把手伸进湖里。湖水很冷。这时我们差不多到旅馆对面了。

"我得进去了,"酒吧侍者说,"赶十一点的班。鸡尾酒时间②。"

---

① 阿比西尼亚:埃塞俄比亚的旧称,1896年曾遭受意军进犯。
② 原文为意大利语:L'heure du cocktail。

"好吧。"

我收起钓鱼线,缠在一根两头有凹口的棍子上。侍者把船停放在石墙间一个小小的停泊处,用铁链和锁锁好。

"你什么时候要用,"他说,"我就把钥匙给你。"

"谢谢。"

我们来到旅馆,进了酒吧间。大清早我不想再喝酒,便上楼回房去。女侍刚收拾好房间,凯瑟琳还没回来。我躺到床上,尽量不去想事情。

凯瑟琳回来了,又没有事了。她说弗格森在楼下。她是来吃中饭的。

"我知道你不会介意的。"凯瑟琳说。

"不介意。"我说。

"怎么啦,亲爱的?"

"我不知道。"

"我知道。你闲得慌。你现在只有我,而我又出去了。"

"是这样。"

"对不起,亲爱的。我知道突然间失去了一切,这种感觉一定很可怕。"

"我的生活本来是很充实的,"我说,"现在你要是不和我在一起,我在这世上就一无所有了。"

"可我会和你在一起的。我才走了两个小时。你真没有事情可做吗?"

"我和酒吧侍者钓鱼去了。"

"有意思吗?"

"是的。"

"我不在的时候,不要想我。"

"我在前线就是这么对付的。不过那时候有事可做。"

"丢了职业的奥赛罗。"她打趣说。

"奥赛罗是个黑人,"我说,"再说,我可不猜疑。我只是太爱你了,别的都无所谓。"

"你能不能做个乖孩子,对弗格森好一点?"

"我对弗格森一向是好的,只要她别骂我。"

"对她好点。想想我们什么都有,而她什么都没有。"

"我们所拥有的她不见得想要。"

"你是个聪明孩子,亲爱的,但你不大懂事。"

"我会对她好的。"

"我知道你会的。你太可爱了。"

"她吃完饭不会不走吧?"

"不会。我会打发她走的。"

"然后我们就到这楼上来。"

"当然。你以为我想做什么?"

我们下楼去和弗格森一道吃中饭。饭店和餐厅的富丽堂皇给弗格森留下深刻的印象。我们吃了一顿美餐,喝了两瓶卡普里白葡萄酒。格雷菲伯爵来到了餐厅,对我们点点头。他的侄女陪着他,她那模样有点像我祖母。我跟凯瑟琳和弗格森讲了讲他的情况,弗格森深有感触。饭店宏伟、豪华,空荡荡的没几个人,不过饭菜很好,酒也很爽口,喝了后大家都觉得很惬意。凯瑟琳没有必要再提高兴致了。她已经很开心了。弗格森也很快活。我自己也感觉挺不错。饭后弗格森回她的旅馆去了。她说她午饭后都要休息一会儿。

下午晚些时候,有人来敲我们的门。

"谁啊?"

"格雷菲伯爵问你愿不愿意陪他打台球。"

263

我看看表；我早就把表摘下来了，还放在枕头底下。

"你非去不可吗，亲爱的？"凯瑟琳小声问。

"我看还是去吧。"表上时间是四点一刻。我大声说："告诉格雷菲伯爵，我五点钟到台球室。"

五点差一刻我吻别了凯瑟琳，走进浴室去穿衣服。我对着镜子系领带时，发觉自己穿着便装很奇怪。我得记住再去买些衬衫和袜子。

"你要去很久吗？"凯瑟琳问。她在床上看起来楚楚动人。"请把梳子递给我好吗？"

我看着她梳头发，她偏着头，头发全落到了一边。外头很暗，床头的灯光照在她的头发、脖颈和肩膀上。我走过去亲她，握住她拿梳子的手，她的头倒在枕头上。我吻她的脖子和肩膀。我太爱她了，爱得晕晕乎乎的。

"我不想去了。"

"我不想让你去。"

"那我就不去了。"

"别。去吧。只是一会儿，然后你就回来了。"

"我们就在这儿吃晚饭。"

"快去快回啊。"

我在台球室找到了格雷菲伯爵。他在练习击球，球台顶上的灯光照耀下来，他的身子显得很脆弱。在灯光圈外不远处的牌桌上，摆着一只放冰的银桶，冰块上露出两瓶香槟酒的瓶颈和瓶塞。我往球台走去时，格雷菲伯爵直起身子朝我走来。他伸出手："你在这儿真让人太高兴了。你来和我打球实在太好了。"

"谢谢你盛情邀请我。"

"你痊愈了没有？他们告诉我说，你在伊松佐受了伤。希望你康复了。"

"我挺好的。你好吗？"

"噢，我一向挺好。但是越来越老了。我发现了一些老迈的迹象。"

"不敢相信啊。"

"是的。想知道一个迹象吗？对我来说，讲意大利语来得容易些。我规定自己尽量不说，但是我人一累，就觉得说意大利语容易得多。所以我知道我在变老。"

"我们可以讲意大利语啊。我也有点累。"

"噢，不过你累的时候，讲英语还是比较容易的。"

"美国语。"

"是的。美国语。请你讲美国语吧。那是一种让人喜欢的语言。"

"我很少见到美国人。"

"你一定想念他们了。人们想念自己的同胞，尤其是女同胞。我有这种体验。我们是打台球呢，还是你太累了？"

"我不是真累。刚才是开玩笑的。你准备让我多少？"

"你近来打得多吗？"

"压根儿没打过。"

"你打得不错。一百分让十分吧？"

"你抬举我了。"

"十五分？"

"那挺好，不过你会赢我的。"

"我们玩点赌注怎么样？你总是喜欢下注的。"

"我看还是赌一点吧。"

"好吧。我让你十八分，我们就玩一分一法郎。"

他的球打得很棒，他让我十八分，打到五十分时我只领先四分。格雷菲伯爵按了按墙上的电铃，喊侍者进来。

"请开一瓶酒。"他说。然后对我说:"我们来点小刺激吧。"酒冰凉的,不带甜味,味道挺醇。

"我们讲意大利语好吗?你不大介意吧?现在这成了我的癖好了。"

我们继续打球,打几下喝口酒,用意大利语交谈,不过话讲得很少,还是专心打球。格雷菲伯爵打到一百分了,我加上他让的十八分,才打到九十四分。他笑了笑,拍拍我的肩膀。

"现在我们来喝另一瓶,你跟我谈谈战事吧。"他等我坐下来。

"谈别的什么都行。"我说。

"你不想谈战争吗?好吧。最近你看了什么书?"

"没看什么,"我说,"我这人恐怕很无聊。"

"不会的。不过你应该看看书。"

"战时能有什么书啊?"

"有个法国人巴比塞[①],写了本书叫《火线》。还有《布里特林先生看穿了》[②]。"

"不,他没有。"

"没有什么?"

"没有看穿。医院里有这些书。"

"那你一直在看书啦?"

"是的,不过没什么好看的。"

"我认为《布里特林先生》这本书对英国中产阶级的灵魂研究得很透彻。"

"我不知道灵魂是怎么回事。"

---

① 亨利·巴比塞(1873—1935),法国记者、作家,"一战"期间在战壕里写成《火线》,揭露战争的罪恶。
② 这是英国作家威尔斯的一部反战小说,发表于1916年。

266

"可怜的孩子。我们谁也不知道灵魂是怎么回事。你信教吗?"

"夜里信。"

格雷菲伯爵笑了笑,用手指转转酒杯。"我原以为,人年纪越大就会变得越虔诚,但是不知道怎么回事,我没有这样的变化,"他说,"真遗憾。"

"你死后还想活下去吗?"我问,马上意识到自己太愚蠢,居然提到死。但是他却不介意。

"那得看今世的生活了。我这一生过得挺快活的。我倒想长久活下去,"他笑了笑,"我也够长寿了。"

我们坐在深深的皮椅里,冰桶里放着香槟,我们中间的桌上摆着酒杯。

"你要是活到跟我一样老,就会发现很多事情挺奇怪的。"

"你从不见老。"

"老的是身体。有时我怕我的手指会像粉笔那样折断。而精神是不老的,也不会变得多么聪明。"

"你是聪明的。"

"不,那是最大的谬误,说什么老人富有智慧。人老了并不会越来越聪明。只是越来越小心罢了。"

"也许这就是智慧。"

"这是一种不讨人喜欢的智慧。你最珍惜什么?"

"我爱的人。"

"我也是这样。这可不是智慧。你珍惜生命吗?"

"是的。"

"我也是。因为我只有生命。还要做做寿,"他大笑起来,"你可能比我聪明。你不做寿。"

我们都喝了一口酒。

"你到底怎么看待战争?"我问。

"我认为战争是愚蠢的。"

"哪一边会打赢?"

"意大利。"

"为什么?"

"这是个比较年轻的国家。"

"年轻的国家总能打赢吗?"

"一度是这样的。"

"然后又怎么样呢?"

"他们也成了比较老的国家了。"

"你说过你没有智慧。"

"好孩子,那不是智慧。那是愤世嫉俗。"

"我听起来倒是充满智慧。"

"也不是什么大不了的智慧。我可以给你举出反面的例子。不过也不算很糟糕。你的香槟喝完没有?"

"差不多了。"

"要不要再喝一点?然后就得换衣服去了。"

"也许不要再喝了吧。"

"你真不想再喝了吗?"

"是的。"他站起身来。

"我希望你非常走运,非常幸福,非常非常健康。"

"谢谢。希望你长生不老。"

"谢谢。我已经长寿了。你要是以后变得虔诚了,我死后请替我祈祷。我拜托了几位朋友这么做。我原以为自己会虔诚起来,但是没做到。"我想他苦笑了一下,不过我也说不准。他太老了,满脸皱纹,一笑起来全是皱纹,分不清层次。

"我也可能变得很虔诚，"我说，"无论如何，我会为你祈祷的。"

"我原以为自己会变得虔诚的。我的家人死时都很虔诚。但不知怎么回事，我就是虔诚不起来。"

"为时过早吧。"

"也许太晚了。我大概活得太久了，已经失去了虔诚心。"

"我只有夜里才有虔诚心。"

"那你也恋爱了。别忘了，那也是一种虔诚心。"

"你这样认为吗？"

"当然。"他朝桌子走了一步，"你能来打球，太好了。"

"我也很高兴。"

"我们一道上楼去吧。"

第三十六章

那天夜里来了场暴风雨,我醒来听见雨点敲击窗玻璃的声音。雨从敞开的窗口打进来。有人敲门了。我怕惊醒凯瑟琳,便悄悄走到门口,把门打开。酒吧侍者站在外边。他穿着大衣,手里拿着顶湿帽子。

"能跟你谈谈吗,中尉?"

"什么事?"

"很严肃的事。"

我朝四下望望。房间里很暗。我看到地板上有窗口飘进来的雨水。"进来吧。"我说。我拉着他的胳膊走进浴室;锁上了门,打开了灯。我坐在浴缸的边沿上。

"什么事,埃米利奥?你遇到麻烦啦?"

"不。是你遇到麻烦了,中尉。"

"是吗?"

"他们早上要来逮捕你。"

"是吗?"

"我特意来告诉你。我到城里去了,在一家咖啡馆听到他们在议论。"

"原来如此。"

他站在那儿,衣服湿了,手里拿着他那顶湿帽子,一声不响。

"他们为什么要逮捕我?"

"为了战争的什么事。"

"你知道是什么事吗?"

"不知道。不过我知道他们知道你以前在这儿是个军官,现在到这儿没穿军装。这次撤退后,他们什么人都逮捕。"

我考虑了一会儿。

"他们什么时候来逮捕我?"

"早上。我不知道具体时间。"

"你说我怎么办呢?"

他把帽子放在洗脸盆里。帽子湿透了,一直往地板上滴水。

"你要是什么都不怕,被逮捕也没关系。不过被捕总不是好事——尤其是现在。"

"我不想被逮捕。"

"那就到瑞士去吧。"

"怎么去?"

"划我的船去。"

"有暴风雨啊。"我说。

"暴风雨过去了。风浪很大,但是你们不会有事的。"

"我们什么时候走呢?"

"马上。他们也许一大清早就来逮捕你。"

"我们的行李怎么办?"

"收拾起来。叫你夫人穿好衣服。行李交给我吧。"

"你在哪儿等呢?"

"就在这儿等。我怕在外边走廊上让人看见。"

我打开门，关上，走进卧室。凯瑟琳醒了。

"什么事，亲爱的？"

"没事，凯特，"我说，"你想不想马上穿好衣服乘船去瑞士？"

"你想去吗？"

"不，"我说，"我想上床睡觉。"

"怎么回事？"

"酒吧侍者说他们早晨要来抓我。"

"侍者疯了吗？"

"没有。"

"那就赶快吧，亲爱的，穿好衣服就可以动身了。"她在床边坐了起来。她还是睡眼惺忪，"那个侍者待在浴室里吧？"

"是的。"

"那我就不梳洗了。请你转过脸去，亲爱的，我一会儿就穿好。"

她脱下睡衣时，我看到她洁白的背部，然后我就扭过头去，因为她叫我不要看。她怀着孩子，肚子有点大，就不想让我看见。我穿着衣服，听见雨敲打窗子的声音。我没有多少东西要装进手提包。

"你要是想放什么东西，凯特，我的提包里还有好多空地方。"

"我快收拾好了，"她说，"亲爱的，我太傻了，那个侍者为什么要待在浴室里？"

"嘘——他等着把我们的包提下去。"

"他太好啦。"

"他是个老朋友，"我说，"我有一次差一点给他寄去点烟斗烟丝。"

我朝敞开的窗子外边望着黑夜。我看不见湖，只看到黑夜和雨，但是风却平静了些。

"我准备好了，亲爱的。"凯瑟琳说。

"好的，"我走到浴室门口，"包在这儿，埃米利奥。"我说。侍者接过两只包。

"你帮我们真是太好了。"凯瑟琳说。

"这没什么，夫人，"侍者说，"我很愿意帮你们，这样我自己也不会招来麻烦。这么着吧。"他对我说。"我提着这些行李走员工楼梯下去，送到船上去。你们就假装散步出去。"

"这样的夜晚出去散步可真痛快啊。"凯瑟琳说。

"真是个糟糕的夜晚呀。"

"幸亏我有一把伞。"凯瑟琳说。

我们往走廊那头走去，从铺着厚地毯的宽楼梯上下了楼。楼梯底门旁，门房正坐在桌子后面。

他一见到我们，露出很惊讶的样子。

"你们不是要出去吧，先生？"他说。

"是的，"我说，"我们想到湖边看看暴风雨。"

"没有伞吗，先生？"

"没有，"我说，"这件大衣是防雨的。"

他怀疑地望望我的大衣。"我给你拿把伞吧，先生。"他说。他走开拿了把伞回来。"伞有点大，先生。"他说。我给了他一张十里拉的钞票。"噢，你太好了，先生。非常感谢。"他说。他把门打开，我们走到雨里去。他朝凯瑟琳笑笑，凯瑟琳也朝他笑笑。"别在暴风雨中待久了，"他说，"会给淋湿的，先生太太。"他是门房的副手，他的英语是从意大利语逐字翻译过来的。

"我们会回来的。"我说。我们打着那把大伞走下小径，穿过又暗又湿的花园，穿过一条路，来到沿湖搭有棚架的小径。风现在由岸上朝湖面刮。这是十一月又冷又湿的风，我知道山里已在下雪了。我们沿着码头走，经过许多用铁链拴着的小船，来到该是侍者停船的地

273

方。石码头下边,湖水一片漆黑。侍者从一排树边走出来。

"提包放在船上了。"他说。

"我想把船钱付给你。"我说。

"你有多少钱?"

"不太多。"

"你以后寄给我好了。没关系。"

"多少钱?"

"你看着给吧。"

"跟我说个价吧。"

"你要是平安过去了,就给我寄五百法郎吧。你要是平安到达了,不会在乎这点钱的。"

"好吧。"

"这是三明治。"他递给我一只小包。"酒吧间有的东西我都拿来了。全在这儿。这是一瓶白兰地和一瓶葡萄酒。"我把这些东西塞进我的提包里。"我把这些东西的钱付给你吧。"

"好的,给我五十里拉吧。"

我把钱给了他。"白兰地是不错的,"他说,"不要怕给你太太喝。她还是上船吧。"他抓住船,船一起一伏地撞着石壁,我把凯瑟琳扶上船。她坐在船尾,用斗篷把自己裹了起来。

"你知道去什么地方吗?"

"沿湖北上。"

"你知道有多远吗?"

"要过卢伊诺。"

"要过卢伊诺、坎内罗、坎诺比奥、特兰扎诺。你只有到了布里萨戈,才算进入瑞士。你得穿过塔马拉山。"

"现在几点了?"凯瑟琳问。

"才十一点。"我说。

"你要是不停地划,早晨七点就该到那边了。"

"这么远吗?"

"三十五公里。"

"我们怎么走?这样的雨天,非得有罗盘仪不可。"

"不用。你划到贝拉岛。到了马德雷岛那边,就可以顺着风划。风会把你们带到帕兰扎。你可以看到灯光。然后靠近岸朝北走。"

"也许风会变向的。"

"不会,"他说,"这场风会这样刮上三天的。风是直接从马塔龙峰刮下来的。船上有个罐子可以舀水。"

"我现在就付点船钱给你吧。"

"不用。我还是冒个险吧。你要是平安到达了,就尽你所能付给我吧。"

"好吧。"

"我看你们是不会淹死的。"

"那就好。"

"顺风沿湖北上。"

"好的。"我上了船。

"旅馆的房钱你留下没有?"

"留下了。放在房间的一只信封里。"

"好的。祝你好运,中尉。"

"祝你好运。我们对你感激不尽。"

"你们要是淹死了,就不会感谢我了。"

"他说什么?"凯瑟琳问。

"他祝我们好运。"

"祝你好运,"凯瑟琳说,"非常感谢。"

275

"你准备好了吗？"

"好了。"

他弯下腰，把船推离岸边。我用双桨划着水，随即抬起一只手挥了挥。侍者摆摆手表示不必客气。我看到旅馆的灯光，把船直划了出去，直到灯光看不见了。湖上波涛汹涌，不过我们是顺风划行。

第三十七章

　　我在黑暗中划着船,一直让风迎面吹着我。雨已经停了,只是偶尔下上一阵。天很黑,风又冷。我看得见凯瑟琳坐在船尾,但是桨片划下去,却看不见湖水。桨很长,把柄上没有皮套,有时难免不滑出手。我划桨,上提,往前倾身,触水,往下压,往后扳,尽量省着力划。因为顺风,我并不用摆平桨面。我知道手上会起泡,可我还想尽可能晚点起泡。船身很轻,划起来不费劲。我在黑暗的湖面上划行着。什么也看不见,只希望能早一点到达帕兰扎的对面。

　　我们始终没看到帕兰扎。风在湖面上刮着,我们在黑暗中划过了遮蔽帕兰扎的岬角,所以一直看不到灯火。等我们终于在湖上北边很远的近岸处望见灯光时,就发现到了因特拉。但是有很长时间,既看不见灯光,也看不见湖岸,只是在黑暗中乘风破浪,不断地划桨。有时一个浪头把船掀起,我的桨碰不到水面。湖上浪很大,但是我还在继续划,突然船贴近岸边,一道石岬耸立在我们旁边。浪打在石岬上,冲得很高,然后落下来。我使劲扳着右桨,用左桨倒着划,才又回到湖面上；石岬看不见了,我们继续沿湖北上。

"我们过了湖了。"我对凯瑟琳说。

"我们不是要看到帕兰扎吗？"

"已经划过去了。"

"你怎么样,亲爱的？"

"挺好。"

"我可以划一阵。"

"不,我能行。"

"可怜的弗格森,"凯瑟琳说,"早晨她会来旅馆,发现我们走了。"

"这我倒不大担心,"我说,"我只担心能否在天亮前进入瑞士湖区,别让海关警卫看见。"

"还很远吗？"

"离这儿大约三十公里。"

我整夜都在划船。后来我的手太疼了,几乎握不住桨了。有几次撞到岸上,差一点把船撞破。我让船靠近岸边走,因为害怕在湖上迷失方向,延误时间。有时船离湖岸好近,可以望见一溜树木、湖滨的公路和后边的高山。雨停了,风驱走了乌云,月亮露出了脸,我回头一望,看见了卡斯塔尼奥拉那黑乎乎的长岬,白浪翻腾的湖面,以及湖后边高高雪山上的月色。后来乌云又把月亮遮住,高山和湖又消失了,不过现在比先前亮多了,我们看得见湖岸了。岸上的景物看得清清楚楚,我赶紧把船往湖上划,如果帕兰扎公路上有海关警卫的话,也好不让他们看见。月亮再露面时,我们可以看到湖滨山坡上的白色别墅,还有树隙间透露出的白色公路。我一直划个不停。

湖面越来越宽了,湖对面山脚下有些灯光,那应该是卢伊诺。我看到湖对岸高山间有个楔形的峡谷,我想那一定是卢伊诺。如果真是卢伊诺,我们的速度还真够快的。我收起了桨,朝座位上一靠。我划得极其疲惫。胳膊、肩膀和后背都在发痛,手也疼。

"我可以打着伞,"凯瑟琳说,"我们可以用伞当帆顺风行驶。"

"你会把舵吗?"

"我想会吧。"

"你拿着这把桨,夹在胳膊底下,紧挨着船边把舵,我来撑伞。"我回到船尾,教她如何拿桨。我拿起门房给我的那把大伞,面对船头坐下,把伞撑开。伞啪的一声打开了。伞柄勾住了座位,我双手拉住伞的边缘,跨坐在伞柄上。伞里鼓满了风,我感到船猛然往前加速了,便竭力抓住伞的边缘。伞拽得很紧。船在快速行进。

"船行驶得太棒了。"凯瑟琳说。我只看得见伞的骨架。伞给风绷得紧紧的,直往前拽,我觉得我们在跟着伞前进。我使劲蹬住双脚,紧紧拽住伞,突然伞一歪,我感觉一根伞骨啪的一声打在我的前额上,当我伸手去抓那被风刮歪的伞顶时,整个伞给吹翻了,本来我一直抓着一个灌满风的帆,现在却跨在一个里朝外的破伞的柄上。我把勾在座位上的伞柄解下来,把伞搁在船头,回到凯瑟琳那儿去拿桨。她在大笑。一把抓住我的手,笑个不停。

"怎么啦?"我接过桨。

"你抓着那东西的样子真滑稽。"

"我想是吧。"

"别生气,亲爱的。太滑稽啦。你看上去有二十英尺宽,抓着伞的边缘,显得好亲密啊——"她笑得喘不过气来。

"我来划吧。"

"休息一下,喝一点酒。这是个了不起的夜晚,我们赶了好远的路。"

"我得让船避开浪谷。"

"我给你倒杯酒。你得稍微休息一下,亲爱的。"

我举起双桨,划着船前进。凯瑟琳打开提包。拿出白兰地瓶子递给我。我用折刀撬开瓶塞,喝了一大口。酒味醇和,热辣辣的,热气透过全身,我感觉暖和快活起来。"这白兰地真不错。"我说。月亮又躲起来了,但是我看得见湖岸。前边似乎又有个小岬,深深地伸入到湖中。

"你觉得暖和吗,凯特?"

"我挺好。只是身子有点发僵。"

"把水舀出去,你可以把脚放下来。"

随后我又划船,听着桨声、划水声和船尾座位下传来的白铁罐子的舀水声。

"把舀水罐子递给我好吗?"我说,"我想喝口水。"

"罐子太脏了。"

"没关系。我来洗一洗。"

我听见凯瑟琳在船边洗罐子的声音。随后她把罐子汲满水,递给了我。我喝了白兰地口很渴,而湖水又冰凉,冰得牙齿发痛。我朝岸边望望。我们离那长岬更近了。前头湖湾上有灯光。

"谢谢。"我说,把铁罐子递回去。

"别客气,"凯瑟琳说,"你想喝,水多着呢。"

"你不想吃点东西吗?"

"不想。我过一阵才会饿。我们留到那时候吃吧。"

"好的。"

先前看上去像个小岬的地方,原来是个又长又高的陆岬。我往湖里划了很远,才绕了过去。湖面现在狭窄多了。月亮又出来了,海关警察要是注意观察,就能看到我们的船黑乎乎地待在湖面上。

"你怎么样，凯特？"我问。

"我挺好。我们到哪儿啦？"

"我想我们大不了还有八英里。"

"划起来可挺远的，可怜的宝贝。你没累坏吧？"

"没有。我还行，只不过手有些痛。"

我们继续往湖北面划。右岸的山上有一个缺口，露出一条低平的湖岸线，我想那一定是坎诺比奥。我把船划得离岸远远的，因为从现在起很有碰上海关警察的危险。前方对岸有一座圆顶的高山。我太疲惫了。划起来距离并不算远，但是人若不在状态，那就显得远了。我知道我必须过了那座高山，再往北划至少五英里，才能进入瑞士水域。现在月亮快要下去了，但是还没等它落下，天空又阴云密布，变得一片黑暗。我把船使劲往湖里划，划一会儿，歇一会儿，抬起双桨，让风吹着桨叶。

"让我来划一会儿吧。"凯瑟琳说。

"我想不该让你划。"

"瞎说。划一划对我有好处。可以使我不至于身子发僵。"

"我想你不能划，凯特。"

"瞎说。适度的划船对孕妇很有好处。"

"好吧，你就适度地划一会儿。我先回船尾，你再过来。你过来时，双手抓住船舷。"

我披上大衣，翻起衣领，坐在船尾看凯瑟琳划船。她划得挺好，只是桨太长，有点不顺手。我打开提包，吃了两块三明治，喝了一口白兰地。这一来精神好多了，我又喝了一口酒。

"你累了就说一声，"我说，"当心点，别把桨撞到肚子上。"

"要是撞到了，"凯瑟琳说，"那人生就简单多了。"

我又喝了一口白兰地。

"你怎么样啦？"

"挺好。"

"你想歇一歇就说一声。"

"好的。"

我又喝了一口白兰地，然后抓住两边的舷缘，往前移动。

"别。我划得挺好啊。"

"回到船尾去。我休息够了。"

借助白兰地的力量，我轻松而沉稳地划了一阵。随后我就一桨深一桨浅地没了准头，不久便乱划一气，因为喝了白兰地后划得过猛，嘴里涌起一股淡淡的褐色胆汁味。

"给我点水喝好吗？"我说。

"这好办。"凯瑟琳说。

天还没亮，下起毛毛雨来。风不知是停了，还是被弯曲的湖岸边的高山挡住了。我一发觉天快亮了，便专心地划起船来。我不知道我们到了什么地方，一心想进入瑞士的水域。天开始放亮时，我们离湖岸很近了。我望得见那岩岸和树木。

"那是什么？"凯瑟琳说。我停桨倾听。发现一条小汽艇在湖上突突突地行驶。我赶紧把船划近岸边，静悄悄地趴在那儿。那突突声来得更近了，随即便看见那汽艇在雨中行驶，离我们的船尾不远。汽艇尾部有四名海关警察，阿尔卑斯山式的帽子拉得低低的，斗篷的领子往上翘着，背上斜挂着卡宾枪。一大清早，他们看上去个个昏昏欲睡。我看得见他们帽子上的黄色和斗篷领子上的黄色徽标。汽艇突突地开过去，在雨中消失了。

我把船朝湖中划去。要是我们离边境很近了，我可不想让湖滨公路上的哨兵叫住。我让船处在刚能看到湖岸的位置，在雨中划了三刻钟。我们又听见了汽艇声，我连忙把船停下来，直到引擎声在湖那边消失。

"我想我们到瑞士了,凯特。"我说。

"真的吗?"

"这也难说,除非见到瑞士的陆军部队。"

"或者瑞士的海军。"

"瑞士海军对我们可不是好玩的。我们最后听到的那艘汽艇,可能就是瑞士海军的。"

"要是我们真到了瑞士,就好好吃一顿早餐吧。瑞士有非常好的面包卷、黄油和果子酱。"

天已经大亮,又下着蒙蒙细雨。湖北边还刮着风,我们眼见着滔滔白浪从我们这里腾起,朝湖北边翻卷。我敢肯定,我们现在到了瑞士。湖滨树木后边有许多房屋,离岸不远处还有一个村庄,村里有些石砌房屋,山上有些别墅,还有一座教堂。我一直在往湖滨公路上张望,看有没有卫兵,但是一个也没看到。公路现在离湖很近,我看见一名士兵从路边一家咖啡店走出来。他身穿灰绿色的军装,头戴德国兵的帽盔。他长着一张看上去很健康的面庞,留着一撮牙刷般的小胡子。他朝我们望望。

"朝他招招手。"我对凯瑟琳说。凯瑟琳招招手,那士兵尴尬地笑了笑,也招了招手。我放慢了划船速度。我们正经过村前的水边。

"我们一定深入到瑞士境内了。"我说。

"我们要有把握才行,亲爱的。可别让他们把我们从边境线上押回去。"

"边境线早过了。我想这就是海关边镇。我相信这准是布里萨戈。"

"这儿不会有意大利军警吧?海关边镇通常驻有两国军警。"

"战时可没有。我想他们不会让意大利军警过境的。"

这是个相当漂亮的小镇。码头上泊着许多渔船,渔网摊在架子上。虽然下着十一月的蒙蒙细雨,但是小镇看起来又欢快又干净。

"那我们该上岸吃早饭吧?"

"好的。"

我用力划左桨,向岸上靠近,随即把船拉直,往码头靠拢,然后把船打横,靠上码头。我收起桨,抓住码头上的一个铁环,踏上湿淋淋的石码头,算是到了瑞士。我拴好船,伸手去拉凯瑟琳。

"上来吧,凯特。感觉真开心。"

"行李怎么办?"

"放在船上吧。"

凯瑟琳上了岸,我们一起到了瑞士。

"多美丽的国家呀。"她说。

"不是很棒嘛?"

"我们去吃早饭吧!"

"这不是个很棒的国家吗?我喜欢我脚底走路的感觉。"

"我人都僵了,脚底下感觉不大灵敏。不过我觉得这是个好棒的国家。亲爱的,你有没有意识到我们来到了这儿,离开了那个该死的地方?"

"意识到了。我真的意识到了。我从前什么也意识不到。"

"瞧瞧那些房子。那不是个很好的广场吗?我们可以到那儿去吃早饭。"

"这雨下得不是很好吗?意大利从没下过这样的雨。这雨下得多带劲呀。"

"我们到这儿了,亲爱的!你意识到我们到这儿来了吗?"

我们进了咖啡店,在一张干净的木桌旁坐下。我们兴奋得如醉如痴。一个仪态优雅、模样清净、围着围裙的妇人过来问我们要吃什么。

"面包卷、果酱和咖啡。"凯瑟琳说。

"对不起,战争时期我们没有面包卷。"

"那就面包吧。"

"我可以给你们烤面包。"

"好的。"

"我还要几个煎鸡蛋。"

"先生来几个?"

"三个。"

"来四个吧,亲爱的。"

"四个鸡蛋。"

那妇人走开了。我亲亲凯瑟琳,紧紧握住她的手。我们相互望望,又瞧瞧咖啡店。

"亲爱的,亲爱的,这不是太好了吗?"

"棒极了。"我说。

"我不在乎有没有面包卷,"凯瑟琳说,"我整夜都想着要吃面包卷。但是我不在乎。我一点也不在乎。"

"我想他们很快就要来抓我们了。"

"不要紧,亲爱的。我们先吃早饭。吃了早饭被抓走没什么大不了的。那时候他们也不能拿我们怎么样。我们是堂堂正正的英国和美国公民。"

"你有护照吧?"

"当然有。噢,我们别谈这事了。还是开心点吧。"

"我是再开心不过了。"我说。一只胖灰猫竖起羽毛似的尾巴,穿过地板来到我们桌前,弓起身子靠在我的腿上,每摩擦一下就要呼噜一声。我伸手去抚摸它。凯瑟琳十分开心地对我笑笑。"咖啡来了。"她说。

早饭后他们逮捕了我们。我们先到村里散了一会儿步,然后到码头去取行李。一名士兵正守着我们的小船。

"这是你们的船吗?"

"是的。"

"你们从哪儿来的?"

"从湖上来的。"

"那我得请你们跟我走。"

"行李怎么办?"

"你们可以带上。"

我拎着提包,凯瑟琳走在我旁边,士兵跟在我们后面,一起朝老海关走去。海关里有一名中尉,人很瘦,很有军人气质,他来审问我们。

"你们是什么国籍?"

"美国和英国。"

"给我看看护照。"

我把我的护照递给他,凯瑟琳从皮包里掏出她的护照。

他查看了好长时间。

"你为什么要这样划着船到瑞士来?"

"我是个爱好运动的人,"我说,"划船是我最喜爱的运动。我一有机会就划船。"

"你为什么上这儿来?"

"来搞冬季运动。我们是游客,想搞冬季运动。"

"这儿可不是搞冬季运动的地方。"

"这我们知道。我们想去有冬季运动的地方。"

"你们在意大利是做什么的?"

"我学建筑。我表妹学美术。"

"为什么离开那里?"

"我们想搞冬季运动。那边在打仗,没法学建筑。"

"请你们在这里等一等。"中尉说。他拿着我们的护照回到房里。

"你太棒了,亲爱的,"凯瑟琳说,"就坚持这个说法。你要搞冬季运动。"

"你懂点美术知识吧?"

"鲁本斯[①]。"凯瑟琳说。

"画的人物又大又肥。"我说。

"提香[②]。"凯瑟琳说。

"提香画中的橙红色头发,"我说,"曼特尼亚[③]怎么样?"

"别问太难的,"凯瑟琳说,"不过我对他有所了解——非常冷酷。"

"非常冷酷,"我说,"画了很多钉眼[④]。"

"你瞧我可以给你做个好妻子,"凯瑟琳说,"我要能和你的顾客谈美术。"

"他来了。"我说。瘦削的中尉拿着我们的护照,从海关屋子的那一头走来。

"我得把你们送到洛迦诺去,"他说,"你们可以乘上马车,由一名士兵和你们一道去。"

"好吧,"我说,"船怎么办?"

---

① 鲁本斯(1577—1640),佛兰德斯画家,巴罗克艺术代表。
② 提香(1488/1490—1576),意大利文艺复兴盛期威尼斯派最杰出的代表。
③ 曼特尼亚(1431—1506),意大利文艺复兴初期巴杜亚派画家,名画有《哀悼基督》。
④ 曼特尼亚在《哀悼基督》一画中,在基督尸体上画出钉十字架的钉痕。

"船给没收了。你们的提包里有什么东西？"

他把两只包检查了一番，把那四分之一瓶白兰地举在手里。"跟我喝一杯吧？"我问。

"不啦，谢谢，"他挺直身子，"你身上有多少钱？"

"两千五百里拉。"

他一听顿生好感："你表妹呢？"

凯瑟琳有一千二百里拉多一点。中尉很高兴。他对我们的态度不像刚才那么傲慢了。

"你要是想搞冬季运动，"他说，"文根是个好地方。我父亲在文根开了一家上好的旅馆。一直都在营业。"

"那太好了，"我说，"你能把旅馆的名字告诉我吗？"

"我给你写在一张卡片上。"他很有礼貌地把卡片递给我。

"士兵会把你们送到洛迦诺。他会替你们保管护照。我很抱歉，这是必不可少的手续。到了洛迦诺，他们很可能发给你一张签证，或者是一张警方许可证。"

他把两份护照交给士兵，我们拎起提包到村里去叫马车。"喂。"中尉对那士兵喊道。他用德国土语对士兵说了点什么。士兵背上枪，拎起了背包。

"这是个了不起的国家。"我对凯瑟琳说。

"非常实际。"

"非常感谢。"我对中尉说。他摆摆手。

"为你服务！"他说。我们跟着士兵进了村。

我们乘坐马车往洛迦诺驶去，士兵和车夫一起坐在前座上。到了洛迦诺，事情办得倒还顺利。他们盘问了我们，不过还挺客气，因为我们有护照也有钱。依我看，我们说的话他们压根儿不相信，我自己也觉得很荒谬，不过倒是很像在法庭上。你不需要考虑合理不合理，而只要法律上讲得过去，然后就坚持下去，不必加以解释。我们有护照，又愿意花钱。所以他们给了我们临时签证。这签证随时可以吊销。我们无论到什么地方，都得向警察报告。

我们能想去什么地方就去什么地方吗？是的。我们想去哪儿呢？

"你想去哪儿，凯特？"

"蒙特勒①。"

"那是个很好的地方，"官员说，"我想你们会喜欢那地方的。"

"洛迦诺这儿就是个很好的地方，"另一位官员说，"我想你们一定会非常喜欢洛迦诺这地方的。洛迦诺是个很迷人的地方。"

"我们想找个有冬季运动的地方。"

"蒙特勒可没有冬季运动。"

"你说什么呀，"另一位官员说，"我就是蒙特勒人。在蒙特勒-伯尔尼高地铁路沿线就绝对有冬季运动。你否认这一点是没有根据的。"

"我没有否认。我只是说蒙特勒没有冬季运动。"

"我对此提出异议，"另一位官员说，"我对你的说法提出异议。"

"我坚持这么说。"

"我对这说法提出异议。我本人就乘小雪橇进入蒙特勒的街道。而且不止一次，而是好几次。乘小雪橇当然算冬季运动。"

另一个官员转向我。

"你认为乘小雪橇算是冬季运动吗，先生？跟你说吧，你在洛迦诺这儿会觉得很舒服的。你会发现这儿的气候有益于健康，你会发现这儿的环境幽美迷人。你会非常喜欢这儿的。"

"这位先生表示想要去蒙特勒。"

---

① 蒙特勒位于日内瓦湖的东畔，是一个田园诗般的小镇，也是瑞士历史最悠久的旅游疗养胜地，并有专线火车通上风光迷人的山顶。

"乘小雪橇是怎么回事？"我问。

"你瞧他还从没听说过乘小雪橇！"

这对第二位官员来说可是很重要的。他听了十分高兴。

"小雪橇，"第一位官员说，"就是平底雪橇。"

"恕我不敢苟同，"另一位官员摇摇头，"我又得提出不同意见。平底雪橇和小雪橇大不相同。平底雪橇是在加拿大用平板做成的。小雪橇是装有滑板的普通雪橇。讲究精确还是很重要的。"

"我们不能乘平底雪橇吗？"我问。

"当然能，"第一位官员说，"你完全可以乘平底雪橇。蒙特勒有很好的平底雪橇出售。奥克斯兄弟公司就卖这种雪橇。他们特地进口平底雪橇。"

第二位官员转过脸去。"乘平底雪橇，"他说，"得有专门的滑雪道。你总不能乘平底雪橇滑到蒙特勒的大街上吧。你们现在住在这里什么地方？"

"我们还不知道，"我说，"我们刚乘车从布里萨戈赶来。马车还停在外边。"

"你们去蒙特勒是没错的，"第一位官员说，"你们会发现这儿的天气又美丽又宜人。你们要搞冬季运动，用不着跑多远。"

"你们若是真要搞冬季运动，"第二位官员说，"就该到恩加丁或者缪伦。我反对有人建议你们去蒙特勒搞冬季运动。"

"蒙特勒北面的莱萨旺可以进行各种很好的冬季运动。"蒙特勒的支持者对他的同事怒目而视。

"先生们，"我说，"我们恐怕得走了。我表妹很累了。我们就到蒙特勒试试看。"

"我祝贺你。"第一位官员握握我的手。

"我想你们离开洛迦诺会后悔的，"第二位官员说，"不管怎么说，

290

你都得向蒙特勒的警察局报到。"

"警察局不会跟你们过不去的,"第一位官员向我担保说,"你们会发现所有的居民都非常客气友好。"

"非常感谢你们二位,"我说,"非常感激你们的指点。"

"再见,"凯瑟琳说,"非常感谢你们二位。"

他们躬身把我们送到门口,洛迦诺的支持者有点冷淡。我们下了台阶,上了马车。

"天哪,亲爱的,"凯瑟琳说,"难道我们就不能早点走吗?"我把其中一位官员推荐的旅馆名字告诉了车夫。他拉起了马缰绳。

"你已经忘了军队。"凯瑟琳说。那士兵还站在马车旁。我给了他一张十里拉钞票。"我还没有瑞士钞票。"我说。他谢谢我,行了个礼走了。马车出发了,朝旅馆驶去。

"你怎么会选中蒙特勒的?"我问凯瑟琳,"你真想去那儿吗?"

"这是我能想到的第一个地方,"她说,"那地方不错。我们可以在山上找个地方住。"

"你困了吗?"

"我现在就睡着了啊。"

"我们要好好睡一觉。可怜的凯特,你熬过了一个艰苦的漫漫长夜。"

"我觉得挺开心的,"凯瑟琳说,"尤其是你撑着伞行驶的时候。"

"你意识到我们已经到了瑞士吗?"

"不,我就怕醒来时发现不是真的。"

"我也是。"

"这是真的吧,亲爱的?我不是坐着车子到米兰站给你送行吧?"

"希望不是。"

"别那么说。这样说让我惊慌。也许那正是我们要去的地方。"

291

"我昏昏沉沉的,什么也不知道。"我说。

"让我看看你的手。"

我伸出手去。两手都起了水疱。

"我肋旁可没有钉痕[①]。"我说。

"不要亵渎。"

我觉得很累,脑子迷迷糊糊。原先的兴奋劲全消失了。马车顺着街道行驶。

"可怜的手。"凯瑟琳说。

"别碰,"我说,"老天作证,我真不知道我们究竟到哪儿了。我们去哪儿呀,车夫?"车夫勒住马。

"去大都会大饭店。难道你不想去那儿吗?"

"想去,"我说,"没事了,凯特。"

"没关系,亲爱的。别烦恼。我们要好好睡一觉,明天你就不会头晕了。"

"我晕晕乎乎的,"我说,"今天就像一场滑稽戏。也许我饿了。"

"你不过是累了,亲爱的。你会没事的。"马车停在饭店门前。有人出来帮着拿行李。

"我觉得没事。"我说。我们走下人行道,往饭店走去。

"我知道你会没事的。你只是累了,你好久没睡觉了。"

"我们总算到了。"

"是的,我们真的到了。"

我们跟着提行李的伙计走进饭店。

[①] 多马是耶稣门下十二使徒之一。耶稣死后复活的消息不胫而走,多马听说后表示:"我非看见他手上的钉痕,用指头深入那钉痕,并将手探入他的肋旁,我总不信。"见《圣经·约翰福音》第二十章。

第五部

第三十八章

那年秋天雪下得很晚。我们住在山坡松林中的一栋褐色木屋里,夜里下了霜,梳妆台上的两只水罐在早上便结了一层薄冰。古丁根夫人一大早就进房来,关上窗子,在一个高瓷炉里生起火来。松木噼里啪啦作响,冒出火花,随即炉火便熊熊燃烧,古丁根夫人第二次进来时,就拿来了烧火用的大块木头和一罐热水。等房间暖和起来,她端来了早饭。我们坐在床上吃饭时,可以望见外面的湖①和湖对面法国那边的山。山顶上积着雪,湖水则是灰蒙蒙的钢青色。

外边,在这瑞士农舍前,有一条上山的路。车辙和两边的棱都被霜冻得像铁一样坚硬,小路不断地往上爬,穿过森林,绕到山上,来到一片草地上,草地靠森林边上有仓房和木屋,俯瞰着山谷。山谷很深,谷底有一条溪水,向下流入湖中,风从山谷那边吹来,可以听见岩石间淙淙的水声。

有时我们离开小路,踏上穿过松林的小径。森林

---

① 这里以及后面所提到的"湖",都指日内瓦湖。

里的地面走起来软绵绵的；霜把山路冻结了，却没有把这儿冻结。我们不大在乎山路的坚硬，因为我们靴子的前后跟都有钉子，后跟上的钉子扎进冰冻的车辙，走在山路上倒是很舒适，也很带劲。不过在森林里走路，也是很惬意的。

我们住房的前面，山路很陡地通到湖边的小平原，我们坐在洒满阳光的门廊上，看见山路沿着山坡蜿蜒而下，低一点山坡上的梯田形葡萄园里，随着冬季来临，葡萄藤都已凋零，田园中间用石墙隔开，而葡萄园底下便是镇上的房屋，沿着湖滨形成一片狭窄的平地。湖中有一个小岛，岛上有两棵树，看上去就像渔船的双帆。湖对面山峰陡峭险峻，湖的尽头就是罗纳河河谷，那是夹在两道山脉之间的一片平川；河谷上游被山峰切断的地方，就是南牙峰。那是一座白雪皑皑的高山，俯视着河谷，不过距离太远，没有投下阴影。

阳光明媚的时候，我们就在门廊上吃饭，其余时间都在楼上的小房间里吃，房间四面都是朴实无华的木壁，角落里有一个大火炉。我们在城里买来书和杂志，还买了一本《霍伊尔牌戏大全》，学会了不少两人玩的牌戏。那个装炉子的小房间就是我们的起居室。里头有两把舒适的椅子，一张放书和杂志的桌子，饭桌收拾干净后，我们就在上面玩牌。古丁根夫妇住在楼下，我们晚上有时听见他们在说话，他们在一起也很幸福。男的原是旅馆的侍者领班，女的在同一家旅馆当女侍，他们存了钱买下这个地方。他们有个儿子，正在学习当侍者领班。目前他在苏黎世一家旅馆当学徒。楼底下有个客厅，夫妇俩在那里卖葡萄酒和啤酒，晚上有时候我们能听见外边路上有马车停下来，车上的人走上台阶到客厅里喝酒。

起居室外边的走廊里有一箱木头，我用这箱木头确保炉火不灭。不过我们夜里并不熬得太晚。我们在大卧室里摸黑上床睡觉，我脱了衣服，就打开窗子，看看夜色、寒星和窗下的松树，然后尽快上床。

空气又冷又清新,窗外夜色苍茫,躺在床上着实舒服。我们睡得很香,要是夜间醒来,那就只有一个原因,我会把羽毛褥垫扯掉,动作非常轻柔,免得把凯瑟琳惊醒,然后又睡着了,暖暖和和的,盖的被子少了一点,觉得轻松了一些。战争似乎离得很远了,好像是别人大学里举行的足球比赛。不过我从报纸上得知,因为还没有下雪,山里还在打仗。

有时我们从山上下来,走到蒙特勒。下山有一条路,但是路很陡,因此我们通常上了那条路,然后走到田野间那条又宽又硬的路上,接着又往下在葡萄园的石墙中间走,再往下就沿路在村里的房屋间走了。那儿有三个村子:切尔尼克斯,丰塔尼凡,还有一个名字我忘了。我们沿途经过一座古老的方形石头城堡,矗立在山坡边一个岩脊上,山坡上有一层层的葡萄园,每棵葡萄都绑在一根木杆上,撑着葡萄藤,葡萄藤都已干枯,变成了褐色,泥土在等着下雪,底下的湖面平平的,呈现钢一般的灰色。城堡往下,下山的路有一段很长的坡路,然后向右拐弯,路面用卵石铺成,陡陡地朝下通到蒙特勒。

我们在蒙特勒没有一个熟人。我们沿着湖边走,看到了天鹅,还有许多海鸥和燕鸥,等你一走近,它们就忽啦啦地飞起来,一边俯视着水面,一边尖声地啼叫。湖中有一群群的鹏鹕,又小又黑,在湖上游动时,后面留下一道水痕。我们沿城里的大街走着,一边朝店铺的橱窗里张望。许多大饭店都关门了,但是商店大多都还开着,人们见到我们都很高兴。那里有家很好的发廊,凯瑟琳总去那儿做头发。开发廊的女人性情非常开朗,是我们在蒙特勒所认识的唯一一个人。凯瑟琳去发廊的时候,我到一家啤酒店去喝慕尼黑黑啤酒,看看报纸。我看的是意大利的《晚邮报》和从巴黎转来的英美报纸。报上一概不准刊登广告,据说为了防止有人以这种方式跟敌人私通消息。

297

报纸读起来不是滋味。情况到处都很糟糕。我背靠椅子坐在一个角落里，面前放着一大杯黑啤酒和一包打开的光面纸包装的椒盐卷饼，一边吃咸卷饼来下啤酒，一边看战事灾难新闻。我以为凯瑟琳会过来，但她并没有来，我只好把报纸放回架子上，付了啤酒钱，上街去找她。天又冷又暗，一派寒冬景象，连房子的石头看上去也是冰冷的。凯瑟琳还在发廊。女美发师在给她烫头发。我坐在小间里观看。这样看着真让人兴奋，凯瑟琳笑盈盈的，跟我说话，我因为兴奋，嗓音有点嘶哑。卷发钳发出悦耳的嗒嗒声，我可以从三面镜子里看到凯瑟琳，待在小间里真是又温暖又舒服。接着美发师把凯瑟琳的头发向上梳好，凯瑟琳往镜子里瞧瞧，作了一点调整，把发夹抽掉几个，又在别处插上几个；然后站起身来。"对不起，花了这么长时间。"

"先生很感兴趣。难道不是吗，先生？"女人笑道。

"是的。"我说。

我们出来走到街上。天气又冷又凄寒，还刮起了风。"噢，亲爱的，我太爱你了。"我说。

"我们不是过得很快活吗？"凯瑟琳说，"哎，我们找个地方去喝啤酒，不喝茶。这对小凯瑟琳很有好处。能让她长得小巧。"

"小凯瑟琳，"我说，"这个小懒虫。"

"她一直很乖，"凯瑟琳说，"一点都不烦人。医生说啤酒对我有好处，能让她长得小巧。"

"你要是让她长得小巧，而她又是个男孩，将来也许能当骑师。"

"我们要是真把这孩子生下来，我想我们应该结婚呀。"凯瑟琳说。我们来到了啤酒店，坐在角落里的桌子边。外边天渐渐黑了。其实时间还早，只是天已经暗下来，暮色又早早降临了。

"我们现在就结婚吧。"我说。

"不，"凯瑟琳说，"现在太尴尬了。我这模样太显眼了。处于这种状态,我不会当着任何人的面结婚。"

"我们要是结过婚就好了。"

"我觉得那样会好一些。不过我们什么时候可以结婚呢,亲爱的?"

"我不知道。"

"有一点我知道。我可不要在这大腹便便的状态下结婚。"

"你并不大腹便便呀。"

"噢,我是的,亲爱的。美发师问我这是不是我们的第一个孩子。我撒谎说不是的,我们生过两男两女。"

"我们什么时候结婚呢?"

"等我瘦下来,什么时候都行。我们要办一个壮观的婚礼,让人人认为我们是一对漂亮的年轻夫妇。"

"你不担忧吗?"

"亲爱的,我为什么要担忧呢?我只有一次感到不好受,就是在米兰那次,我觉得自己像个妓女,不过那种感觉只持续了七分钟,再说主要还是因为房间里的陈设。难道我不是个好妻子吗?"

"你是个可爱的妻子。"

"那就别太拘泥形式了,亲爱的。我一瘦下来就跟你结婚。"

"好吧。"

"你看我是不是应该再喝一杯啤酒?医生说我的臀部太窄,我们最好让小凯瑟琳长得小巧一点。"

"他还说了什么?"我担心起来。

"没说什么。我的血压很棒,亲爱的。他对我的血压大为赞赏。"

"对你臀部太窄,他是怎么说的?"

"没说什么。什么也没说。他说我不能滑雪。"

"很有道理。"

"他说我要是以前从没滑过雪,现在再滑就太晚了。他说我可以滑雪,只要不摔跤。"

"他是个好心人,就爱开玩笑。"

"他人真是挺好。我们生孩子的时候,就找他接生吧。"

"你有没有问他你该不该结婚?"

"没有。我跟他说我们已经结婚四年了。你知道,亲爱的,我要是嫁给了你,我就是美国人了,不管什么时候我们根据美国法律结婚,孩子就是合法的。"

"你这是从哪儿得知的?"

"从图书馆的纽约《世界年鉴》上看到的。"

"你真是个了不起的姑娘。"

"我很喜欢做美国人,我们要去美国吧,亲爱的?我想去看看尼亚加拉大瀑布。"

"你是个好姑娘。"

"还有个地方我想去看看,但是一时想不起来了。"

"屠宰场①吗?"

"不是。我想不起来了。"

"伍尔沃思大厦②?"

"不是。"

"大峡谷?"

"不是。但是大峡谷看看也行。"

"那是什么?"

"金门③!我想看的就是金门。金门在哪儿?"

---

① 指芝加哥的宰牛场。美国作家辛克莱曾写过揭露其内幕的长篇小说《屠场》。
② 纽约市的一家百货公司,当时是世界上最高的建筑物。
③ 金门系美国加利福尼亚州西面圣弗兰西斯科湾的湾口,西通太平洋,后修成金门大桥。

"旧金山。"

"那我们就去那儿吧。反正我想看看旧金山。"

"好的。我们就去那儿。"

"现在我们回山上去吧。好吗?我们能不能赶上蒙特勒到伯尔尼高地的火车?"

"五点多一点有一班。"

"我们就乘这一班吧?"

"好的。我先再喝一杯啤酒。"

我们出了酒店走上街,爬上到车站的楼梯,天气非常冷。一股寒风从罗纳河谷刮来。商店橱窗里亮着灯,我们爬上陡峭的石阶来到上边一条街,然后又爬了一段楼梯到了火车站。电动火车在那里等着,车里的灯都开着。那里有个钟盘,显示着开车的时间。上面的指针指向五点十分。我看着车站的钟。五点零五分。我们上车时,我看见司机兼列车长从车站的酒店里出来。我们坐下来,打开窗子。火车用电气取暖,有些闷热,不过窗外有新鲜的冷空气吹进来。

"你累了吧,凯特?"我问。

"不累。我感觉很好。"

"路程不太远。"

"我喜欢乘车,"她说。"别为我担心,亲爱的。我感觉很好。"

直到圣诞节前三天,才开始下雪。一天早晨,我们醒来发现下雪了。炉子里的火呼呼燃烧,我们待在床上,看着外边雪花飞扬。古丁根夫人收走了早饭的盘子,往炉子里又添了些木柴。这是场大暴风雪。她说半夜左右就开始下了。我走到窗前,往外看去,可路的对面就看不清了。狂风呼啸,大雪纷飞。我回到床上,我们躺下来说话。

"我要是能滑雪就好了,"凯瑟琳说,"不能滑雪真是太糟糕了。"

301

"我们去弄部连橇来，到路上去滑滑。对你来说，这不会比乘车还糟糕吧。"

"不会颠得很厉害吧？"

"滑滑看吧。"

"希望不要颠得太厉害。"

"过一会儿我们到雪上走走。"

"中饭前去吧，"凯瑟琳说，"这样可以开开胃口。"

"我总觉得饿。"

"我也是。"

我们来到雪地里，但是雪花纷飞，我们没法走太远。我在前头走，踩出一条通往车站的小路，可是等到了车站，就再也走不下去了。大雪飘舞，我们什么也看不见，于是我们便走进车站旁边的一家小酒店，拿一把刷帚扫去彼此身上的雪，然后坐在一张长凳上喝味美思。

"真是一场大暴风雪。"酒吧女侍说。

"是的。"

"今年雪下得很晚。"

"是啊。"

"我可以吃块巧克力吗？"凯瑟琳问，"是不是离午饭时间太近了？我总是饿得慌。"

"吃一块吧。"我说。

"我要一块榛子巧克力。"凯瑟琳说。

"那是很好吃的，"女侍说，"我最喜欢吃了。"

"我要再来一杯味美思。"我说。

我们出了酒店往回走，来时踏出的小径又被雪淹没了。先前的脚印只有依稀可见的痕迹。雪扑面而来，我们几乎什么都看不见。我们拍去身上的雪，进屋去吃中饭。古丁根先生端来了饭。

"明天可以滑雪,"他说,"你滑雪吗,亨利先生?"

"我不会。但是我想学学。"

"学起来很容易。我儿子回来过圣诞节,他会教你的。"

"那太好了。他什么时候回来?"

"明天晚上。"

饭后我们坐在小屋的炉子边,望着窗外的飞雪,凯瑟琳说:"亲爱的,你不想一个人到什么地方去跑一趟,和男人们一起滑滑雪吗?"

"不。我为什么要去呢?"

"我想你除了我以外,有时还会想要见见别人。"

"你想见见别人吗?"

"不想。"

"我也不想。"

"我知道。但是你不同。我怀着孩子,所以不做什么事也心安理得。我知道我现在笨得很,嘴又唠叨,我想你该出去走走,这样就不至于厌烦我。"

"你想让我走开吗?"

"不。我想让你待着不走。"

"我就想待着不走的。"

"你过来,"她说,"我想摸摸你头上的那个包。这是个大包。"她用手指摸了摸。"亲爱的,你想留胡子吗?"

"你想让我留吗?"

"那也许很有趣。我想看看你留胡子的模样。"

"好的。那我就留。这就开始留。这是个好主意。这样我就有点事情做了。"

"你因为没有事做而发愁吗?"

"不。我喜欢这种生活。我生活得很好。难道你过得不好吗?"

303

"我过得很开心。不过我现在肚子大了,就担心也许会惹你厌烦。"

"噢,凯特。你不知道我爱你都爱得发疯了。"

"就我这样子?"

"就你这样子。我生活得很好。我们不是生活得很开心吗?"

"我过得很开心,不过我怕你会感到腻烦。"

"不。有时我也想知道前线和朋友们的消息,但是我并不发愁。我什么事也不多想。"

"你想知道谁的消息呢?"

"里纳尔迪、牧师和许多我认识的人。不过我没有多去想他们。我不愿想起战争。我和战争没有关系了。"

"你现在在想什么呢?"

"什么也没想。"

"不,你在想。告诉我。"

"我在想里纳尔迪有没有染上梅毒。"

"就这一件事吗?"

"是的。"

"他染上梅毒了吗?"

"我不知道。"

"我很高兴你没染上。你得过这一类的病没有?"

"我得过淋病。"

"这我可不想听。很痛吗,亲爱的?"

"很痛。"

"我也得过就好了。"

"不,别这么想。"

"我就想。我想跟你一样得过。我想把你玩过的妞儿也都玩一玩,这样我就可以拿她们来取笑你。"

"那倒是很奇妙的景象啊。"

"染上淋病可不是什么奇妙的景象。"

"这我知道。你瞧现在下雪了。"

"我宁愿看你。亲爱的,你为什么不把头发留起来?"

"怎么个留法?"

"留得稍微长一点。"

"现在够长了。"

"不,再留长一点,我可以把我的剪短,这样我们就一样了,只不过一个是黄头发,一个是黑头发。"

"我不让你剪短。"

"这会很有趣的。我讨厌长头发。夜里在床上讨厌极啦。"

"我喜欢长头发。"

"你不喜欢短点吗?"

"也许会喜欢。我喜欢现在这样子。"

"剪短也许很好。这样我们俩就一样了。噢,亲爱的,我太需要你,我想自己就是你。"

"你就是我。我们俩是一个人。"

"这我知道。夜里我们就是一个人。"

"夜晚真美妙。"

"我想要我们的一切都融为一体。我不要你走。我只是这么说说。你真想走,就走吧。不过要快点回来。唉,亲爱的,我一不跟你在一起,就活得没有劲。"

"我永远都不会走开,"我说,"你不在的时候,我也同样糟糕。我活得一点劲都没有。"

"我想要你活得带劲。我要你有美好的生活。不过我们要一起享有美好的生活,对吧?"

305

"现在你要我不留胡子还是留胡子？"

"留下去。留胡子。会让人高兴的。也许到新年就留好了。"

"现在你想下棋吗？"

"我更愿意跟你玩。"

"不。我们下棋吧。"

"下完棋我们再玩？"

"好的。"

"行啊。"

我拿出棋盘，摆好棋子。外边依然是大雪纷飞。

有一次我夜里醒来，发现凯瑟琳也醒了。月亮照在窗子上，玻璃框在床上投下了阴影。

"你醒了吗，亲爱的？"

"是啊。你睡不着吗？"

"我刚醒，想起我第一次遇见你时，差一点发疯。你还记得吗？"

"你只是有一点发疯。"

"我再也不会那样了。我现在棒极了。你说棒说得真好听。快说棒极了。"

"棒极了。"

"噢，你真讨人喜欢。我现在也不疯了。我只是觉得非常、非常、非常幸福。"

"接着睡吧。"我说。

"好的。我们同一时刻睡吧。"

"好的。"

但是我们并没有同时睡着。我又醒了好久，东想西想，瞅着凯瑟琳睡觉，月光照在她脸上。后来我也睡着了。

第三十九章

到了一月中旬,我留好了胡子,冬天的天气也已稳定下来,白天晴朗寒冷,夜晚天寒地冻。我们又可以在路上走了。路上的积雪被运草的雪橇、运柴的雪橇以及从山上运下来的木材,压得又结实又光滑。整个乡间全被白雪覆盖,几乎覆盖到蒙特勒。湖对面的群山一片雪白,罗纳河谷平原也是银装素裹。我们到山的那边做长途散步,一直走到阿利亚兹温泉。凯瑟琳穿着钉有平头钉的靴子,披着斗篷,拄着一根带钢尖头的拐棍。她披着斗篷倒不显得肚子大,我们不想走得太快,她一觉得累了,我们就在路旁的木材堆上坐下休息。

阿利亚兹温泉的树林间有一家小酒店,那是伐木者歇脚喝酒的地方,我们也坐在里面,一边烤着炉火,一边喝着放有香料和柠檬的热红葡萄酒。他们管这种酒叫格鲁怀因,拿这玩意暖身子、搞庆贺,倒是再好不过了。小酒店里头很暗,烟雾弥漫,等你出门一吸气,冷空气猛地钻进肺里,搞得你鼻尖都发麻。我们回头望望小酒店,只见从窗口透出来的灯光,伐木者的马匹又跺脚又甩头，取暖御寒。马的鼻口汗毛上结了霜，呼出的气变成了一缕缕白雾。上山回家的路有一段又平整又滑溜，冰雪给马践踏成橙黄色，一直延伸到拖运木材的小道拐弯的地方。然后就是铺着洁净白雪的山路，穿过树林，傍晚回家的途中，我们两次见到了狐狸。

乡间景致很美，我们每次出去，都觉得很有意思。

"你的胡子现在棒极了，"凯瑟琳说，"看上去和伐木工一模一样。你看到那个戴着小金耳环的男人了吗？"

"他是个小羚羊猎手，"我说，"他们之所以戴耳环，是因为据他们说可以听得更清楚一些。"

"真的吗？我不信。我看他们戴耳环是为了要人家知道他们是小羚羊猎手。这附近有小羚羊吗？"

"有，在牙山那边。"

"看到狐狸很有意思。"

"狐狸睡觉的时候，就用那尾巴蜷着身子取暖。"

"那一定是一种美妙的感觉。"

"我总想要一条这样的尾巴。我们要是都有狐狸那样的尾巴，岂不是很有趣吗？"

"那穿衣服可能就很困难。"

"我们就要定做特别的衣服，或者到一个不受拘束的国家去生活。"

"我们现在生活的这个国家就一点不受别人的拘束。我们什么人都见不到，难道不是挺好吗？你不想见别的人吧，亲爱的？"

"不想。"

"我们就在这儿坐一坐吧？我有点累了。"

我们紧挨着坐在木头上。前面的路穿到森林，往下延伸。

"她不会使我们之间产生隔阂吧?那个小调皮。"

"不会。我们不让她那么做。"

"我们的钱怎么样了?"

"钱还多的是。他们承兑了我最近那张即期汇票。"

"你的家人既然知道你在瑞士,难道他们不会设法找到你吗?"

"很可能。我得给他们写封信。"

"你还没有写过吗?"

"没有。我只开了张即期汇票。"

"感谢上帝,我不是你的家人。"

"我会给他们发个电报的。"

"难道你一点都不牵挂他们?"

"我牵挂过,但是我们经常吵架,感情就淡薄了。"

"我想我会喜欢他们的。我可能会非常喜欢他们。"

"我们还是别谈他们,否则我就会为他们担忧了。"过了一会儿我说:"你要是休息好了,我们走吧。"

"我休息好了。"

我们沿着路继续走。现在天黑了,我们的靴子踩到雪上发出嘎吱嘎吱的响声。夜晚又干又冷又很清净。

"我喜爱你的胡子,"凯瑟琳说,"留得很成功。看上去又硬又凶,其实很软,让人非常喜欢。"

"你更喜欢我留胡子吗?"

"我想是的。你知道,亲爱的,我要等到小凯瑟琳出生后再去剪发。我现在肚子太大,看着太胖。不过等她出生后,我一瘦下来,就去剪发,那时我就会成为你的一个新奇不同的女郎。你陪我一起去剪发,要不还是我一个人去,回来给你一个惊喜。"

我没作声。

309

"你不会说我不可以剪发吧?"

"不会。我想会令人兴奋的。"

"噢,你真可爱。也许我又会好看起来,亲爱的,让你觉得又苗条又讨人喜欢,你就会重新爱上我。"

"见鬼,"我说,"我现在已经够爱你的了。你还想怎么样?毁掉我吗?"

"是的。我想毁掉你。"

"那好,"我说,"我也正想如此。"

第四十章

我们过着幸福的生活。就这样度过了一月和二月,那年冬天天气非常好,我们生活得非常美满。有时暖风吹来,雪融化了,空气中有了春天的气息,于是便出现了短暂的解冻,但是清冷凛冽的寒风总要再度袭来,冬天又会回来。到了三月,冬天才首次变暖了。夜里下起雨来。第二天上午还是下个不停,把雪化成了雪水,搞得山坡上一片阴沉。湖上和河谷上乌云笼罩。高山上在下雨。凯瑟琳穿着笨重的套鞋,我穿着古丁根先生的高筒雨靴,两人打着伞往车站走去,跨过雪水和把路上的冰块冲洗得干干净净的流水,想在午饭前到酒店喝一杯味美思。我们听得见外面的雨声。

"你看我们是不是应该搬到城里去?"

"你看呢?"凯瑟琳问。

"等冬天过去,雨下个不停,待在这山上也没有什么意思。小凯瑟琳还有多久出生?"

"大约一个月。也许稍长一点。"

"我们可以下山住到蒙特勒。"

311

"为什么不去洛桑①呢？医院就在那儿。"

"好吧。不过我想那个城市也许太大了。"

"我们在大城市同样可以过独自的生活，洛桑可能是个好地方。"

"我们什么时候去呢？"

"我无所谓。你想什么时候去都行，亲爱的。你要是不想离开这儿，我也不想走。"

"我们看看天气再说吧。"

接连下了三天雨。车站下面的山坡上，雪都融化了。路上流淌着泥泞的雪水。地上太湿，满是雪泥，不便出门。下雨的第三天早上，我们决定下山去城里。

"这挺好，亨利先生，"古丁根说，"你用不着事先通知我。眼下天气这么糟糕，我想你们不会待下去。"

"因为夫人的缘故，我们总得靠医院近一点。"我说。

"我明白，"他说，"你们什么时候会带着小家伙回来住住吗？"

"好的，只要你有房间。"

"春天天气好了，你们可以来享受一下。小家伙和保姆可以住在眼下关着的大房间里，你和夫人还可以住这间临湖的房间。"

"我来前一定先写信通知你。"我说。我们收拾好行李，乘午饭后那班车下山。古丁根夫妇送我们到车站，古丁根先生用雪橇把我们的行李拖过雪泥地。他们俩站在车站旁边，在雨中向我们挥手告别。

"他们俩人真好。"凯瑟琳说。

"他们待我们真好。"

我们坐上了由蒙特勒开往洛桑的火车。从窗子往外瞧着我们住过的地方，因为有云看不见那些山。火车在沃韦停了停，然后又往前

---

① 洛桑是瑞士的大都市，位于蒙特勒西北，日内瓦湖北岸，市内有医学院。

开,经过的一边是湖,另一边是潮湿的褐色田野、光秃秃的森林和湿漉漉的房子。我们来到洛桑,住进了一家中型旅馆。当时天还下着雨,我们的车穿过大街,来到旅馆的马车入口处。衣襟上挂着铜钥匙的门房、电梯、地板上的地毯、装有亮晶晶附属装置的白色盥洗盆、铜床和舒适的大卧室,在古丁根先生家住过之后,这一切显得非常奢侈。房间的窗户面对着一个湿漉漉的花园,花园围着围墙,墙顶上装着铁栅栏。街道很陡,街对面是另一家旅馆,也有同样的围墙和花园。我朝窗外望着雨落在花园的喷水池里。

凯瑟琳打开了所有的灯,动手清理行李。我要了一杯苏打威士忌,躺在床上看从车站上买来的报纸。这时是1918年3月,德军在法国发动了攻势。我边喝苏打威士忌边看报,凯瑟琳收拾着行李,在屋里走来走去。

"你知道我还得买什么吗,亲爱的?"

"什么?"

"婴儿衣服。到了我这个时候还没准备婴儿衣服的人不多。"

"你可以买衣服啊。"

"我知道。我明天就去买。我得看看缺什么。"

"你应该知道。你是护士啊。"

"但是医院里很少有士兵生小孩的。"

"我要生啊。"

她拿枕头打我,把苏打威士忌打洒了。

"我给你再要一杯,"她说,"对不起,给我弄洒了。"

"本来就没剩多少。到床上来吧。"

"不。我得把房间收拾得像个样子。"

"像什么样子?"

"像我们的家。"

"把协约国①的旗子挂出来吧。"

"噢,住嘴。"

"再说一遍。"

"住嘴。"

"你说得那么小心,"我说,"好像你不想得罪任何人。"

"我是不想。"

"那就到床上来吧。"

"好吧,"她走过来坐在床上,"我知道我现在对你来说没意思了,亲爱的。我像只大面粉桶。"

"不,你才不像呢。你又美又可爱。"

"我就是你娶的那个丑八怪。"

"不,你才不是呢。你总是越来越漂亮。"

"不过我会瘦下来的,亲爱的。"

"你现在就很瘦。"

"你一直在喝酒。"

"不过是苏打威士忌。"

"还有一杯快来了,"她说,"然后我们就吩咐把饭送上来吃好吗?"

"这倒挺好。"

"那我们就不用出去了吧?我们今天晚上就待在房里。"

"一起玩。"我说。

"我要喝点酒,"凯瑟琳说,"酒不会伤我。也许我们可以喝点我们常喝的卡普里白葡萄酒。"

"我知道可以要到的,"我说,"这种规模的旅馆应该有意大

---

① 第一次世界大战的协约国起初是英、法、俄,后来也包括意大利、美国。

314

利酒。"

侍者敲门了。他端来一只盘子,上面放着一杯加有冰块的威士忌,旁边还有一小瓶苏打水。

"谢谢,"我说,"就放那儿吧。请你送两个人的饭来,再拿两瓶冰镇的干卡普里白葡萄酒来。"

"你要不要先来个汤?"

"你要汤吗,凯特?"

"要吧。"

"给来一份汤。"

"谢谢,先生。"侍者出去了,带上了门。我接着看报,看报上的战争消息,把苏打水慢慢地从冰块上倒进威士忌里。我本该告诉他们别把冰块放在酒里。要把冰块分开放。这样你就会知道有多少威士忌,免得苏打水冲下去,突然变得很淡了。我要来一瓶威士忌,让他们送冰块和苏打水来。这才是稳妥的办法。好威士忌喝起来很痛快。是人生的享乐之一。

"你在想什么,亲爱的?"

"想威士忌。"

"威士忌怎么啦?"

"想它有多好。"

凯瑟琳做了个鬼脸。"好吧。"她说。

我们在这家旅馆住了三个星期。条件还不错;餐厅里通常没什么人,夜间我们多半在房间里吃。我们到城里去散步,乘齿轮车到乌希,在湖边走走。天气变得很暖和了,像春天一样。我们要是回到山里就好了,但是春天的天气只持续了几天,残冬的酷寒又来到了。

凯瑟琳上城里买了孩子要用的东西。我到拱廊街一家健身房去练

315

拳击。我通常是早上去,那时凯瑟琳还躺在床上,很晚才起来。在乍暖还寒的日子里,天气非常好,拳击后洗个澡,走在街上闻到春天的气息,然后到咖啡店里坐坐,看看人,读读报,喝一杯味美思;接着回旅馆,跟凯瑟琳一道吃中饭。拳击房教练留着小胡子,拳法准确,动作急促,你要是真追着他打,他也就彻底完蛋了。不过健身房里很愉快。空气光线都挺好,我练得很刻苦,跳绳,打假想拳,映着从敞开的窗外射进的一片阳光,躺在地板上做腹部运动,和教练打拳时,偶尔还能吓吓他。面对一面窄窄的长镜子练习打拳,我起初还很不习惯,因为看着一个留胡子的人在打拳,似乎觉得很别扭。不过后来我就觉得很好玩了。我一开始练拳时,就想剃掉胡子,但是凯瑟琳不让我剃。

有时凯瑟琳和我乘着马车到郊外去兜风。天气宜人的时候,乘车郊游还是很痛快的,我们还找到了两个可以吃饭的好地方。凯瑟琳现在走不了很远,我喜欢陪她乘车在乡间的道路上逛游。碰到天气好,我们总是玩得很开心,从来没有扫兴过。我们知道孩子就要降生了,这使我们俩产生了一种紧迫感,丝毫不敢浪费在一起的时光。

第四十一章

有一天早晨,我大约三点钟醒来,听见凯瑟琳在床上辗转反侧。
"你没事吧,凯特?"
"有些疼了,亲爱的。"
"有规律的疼吗?"
"不,不大有规律。"
"要是有规律的话,我们就得去医院了。"
我困得厉害,又睡着了。过了一会儿,又醒来了。
"你还是给医生打个电话吧,"凯瑟琳说,"我想这次也许真来了。"
我去给医生打电话。"多长时间疼痛一次?"他问。
"多长时间疼痛一次,凯特?"
"我想是一刻钟一次吧。"
"那就应该上医院了,"医生说,"我穿上衣服马上就去。"
我挂断了,给车站附近的汽车行打电话,叫一辆出租车来。好久没人接电话。后来终于有人接了,答应马上派辆车过来。凯瑟琳在穿衣服。她把包都收拾好了,里边装着她住院的用品和婴儿的东西。我到外边走廊里按电铃叫开电梯。没人回应。我走下楼去。除了值夜员,楼下没有别人。我自己开了电梯上去,把凯瑟琳的包放进去,凯瑟琳走进来,我们一起下去。值夜员给我们开了门,我们走出去,坐在通车道的台阶旁的石板上,等出租车来。夜空晴朗,满天繁星。凯瑟琳非常兴奋。

"我很高兴,总算开始了,"她说,"再过一会儿,一切就会过去的。"

"你是个勇敢的好姑娘。"

"我不害怕。不过我还是盼着出租车快点来。"

我们听见出租车从街上开来,看到了车前灯的灯光。车拐进车道,我把凯瑟琳扶上车,司机把包放在前面的座位上。

"去医院。"我说。

出租车出了车道,往山上驶去。

到了医院,我们走进去,我拎着包。有个女人坐在服务台前,她在一个簿子上写下凯瑟琳的姓名、年龄、地址、亲属和宗教信仰。凯瑟琳说她没有宗教信仰,那女人就在那个词后边空白处画了一杠。她报的姓名是凯瑟琳·亨利。

"我带你到你的房间去。"那女人说。我们乘电梯上去。那女人停下电梯,我们走了出去,跟着她走下一条走廊。凯瑟琳紧紧抓住我的手。

"就是这个房间,"那女人说,"请你脱了衣服上床吧?这儿有一件睡衣给你穿的。"

"我有睡衣。"凯瑟琳说。

"你还是穿上这一件好。"那女人说。

我走出去,坐在走廊里一把椅子上。

"你现在可以进来了。"那女人站在门口说。凯瑟琳躺在那张窄床上，穿着一件朴素的、宽大的睡衣，看上去好像是粗布床单改成的。她冲我笑笑。

"我现在感觉好痛。"她说。那女人抓住她的手腕，看着表计算阵痛的时间。

"刚才痛得好厉害。"凯瑟琳说。我从她脸上看出她是痛得厉害。

"医生呢？"我问那女人。

"他在睡觉。需要他的时候他会来。"

"现在我得给夫人办点事儿，"护士说，"请你再出去一下好吗？"

我到了外边走廊。走廊里空荡荡的，只有两扇窗户，所有的门都关闭着。这儿散发着医院的气味。我坐在椅子上，望着地板，为凯瑟琳祈祷。

"你可以进来了。"护士说。我进去了。

"嗨，亲爱的。"凯瑟琳说。

"怎么样？"

"现在来得很频繁了。"她绷起了脸。然后笑了笑。

"刚才真痛啊。你能不能把手再放到我背上，护士？"

"只要对你有好处。"护士说。

"你去吧，亲爱的，"凯瑟琳说，"出去弄点吃的。护士说我这样还要拖好久呢。"

"初次分娩通常都会拖好久的。"护士说。

"请出去弄点东西吃吧，"凯瑟琳说，"我真的挺好。"

"我再待一会儿。"我说。

阵痛来得相当频繁了，然后又缓和下来。凯瑟琳非常兴奋。痛得厉害的时候，她说痛得好。等阵痛一减轻，她就失望，感到难为情。

"你出去吧，亲爱的，"她说，"我觉得你在这儿反而让我不自在。"她又绷起了脸。"好了。这次好一些。我多想做个好妻子，好好

319

地生下这孩子，可别傻里傻气的。请你去吃点早饭吧，亲爱的，然后再回来。我不会想你的。护士待我好极了。"

"你有充足的时间吃早饭。"护士说。

"那我走了。再见，心爱的。"

"再见，"凯瑟琳说，"也替我吃一顿好好的早餐。"

"哪儿可以吃到早饭？"我问护士。

"顺着街走，广场那儿有家咖啡店，"她说，"现在应该开门了。"

外边天亮起来。我走过空荡荡的街道去咖啡店。店窗口亮着灯。我走进去，站在镀锌的吧台前，老店主给了我一杯白葡萄酒和一只奶油蛋卷。蛋卷是昨天剩下来的。我把它蘸着酒吃，然后喝了一杯咖啡。

"你这么早来做什么？"老头问。

"我妻子在医院里生孩子。"

"这样啊。祝你好运。"

"再给我一杯酒。"

他端起酒瓶来倒，溢出了一些酒，淌到镀锌的吧台上。我喝了这杯酒，付了账就出去了。外边街上，家家门口都摆着个垃圾桶，等着倒垃圾的来清理。有一条狗在用鼻子嗅着一只垃圾桶。

"你想找什么？"我问，然后瞧瞧垃圾桶里有什么东西可以拉出来给它吃；垃圾桶上面只有咖啡渣、尘埃和一些枯萎的花。

"什么都没有啊，狗。"我说。狗穿过街道走了。我回到医院，上楼来到凯瑟琳那一层，顺着走廊走到她的房间。我敲敲门。没人回应。我推开门；房间里空无一人，只有凯瑟琳的包还放在椅子上，她的睡衣挂在墙上的钩子上。我出去到了走廊里，到处找人。我找到了一个护士。

"亨利夫人在哪儿？"

320

"一位夫人刚刚进了产房。"

"产房在哪儿?"

"我带你去。"

她带着我走到走廊的尽头。那房间的门半开着。我看见凯瑟琳躺在一张台子上,身上盖着一条被单。护士站在台子的一边,医生站在另一边,旁边有些圆桶。医生手里拿着一个橡胶面罩,面罩连着一根管子。

"我给你拿件罩衣,你穿上就可以进去,"护士说,"请到这儿来。"

她给我套上一件白大褂,用别针在脖子后面别住。

"现在你可以进去了。"她说。我走进房去。

"嗨,亲爱的,"凯瑟琳用虚弱的口气说,"我没有什么进展。"

"你是亨利先生吧?"医生问。

"是的。情况怎么样,医生?"

"情况很好,"医生说,"我们到这儿来,便于用麻醉气减轻产痛。"

"我这就要。"凯瑟琳说。医生把橡皮面罩往她脸上一罩,转了转刻度盘上的指针,我看着凯瑟琳急促地做着深呼吸。随即她把面罩推开了。医生关掉了气阀。

"这次不是痛得很厉害。刚才那次痛得才厉害呢。医生使我完全失去了知觉,是吧,医生?"她的声音有些怪。说到"医生"两字时提高了嗓门。

医生笑了笑。

"我又想要了。"凯瑟琳说。她把橡皮面罩紧紧按在脸上,急促地呼吸着。我听见她轻微地呻吟着。接着她推开了面罩,笑了笑。

"这次痛得厉害,"她说,"这次痛得真厉害。别担心,亲爱的。

你去吧。再去吃一顿早饭。"

"我就待在这儿。"我说。

我们大约是早上三点钟到的医院。到了中午，凯瑟琳还在产房里。疼痛减缓了。她看上去非常疲惫，非常憔悴，但她仍然很高兴。

"我太不中用了，亲爱的，"她说，"真对不起。我原以为事情会很容易的。现在——又来了——"她伸手抓过面罩，捂在脸上。医生转动刻度盘，注视着她。过了一会儿，疼痛过去了。

"不是很痛，"凯瑟琳说，她笑了笑，"我对麻醉气吸上瘾了。真奇妙啊。"

"我们在家里装一个吧。"我说。

"**又来了**。"凯瑟琳急促地说。医生转动刻度盘，看着他的表。

"现在间隔是多少？"我问。

"大约一分钟。"

"你不要吃中饭吗？"

"我过一会儿就去吃。"他说。

"你得吃点东西，医生，"凯瑟琳说，"真对不起，我拖了这么久。不能让我丈夫给我输麻醉气吗？"

"你要是愿意的话，"医生说，"你把它拨到数字二上。"

"我明白了。"我说。刻度盘上有个指针，可以用把手转动。

"**我想要了**。"凯瑟琳说。她抓住面罩，紧紧捂在脸上。我把指针拨到二上，等凯瑟琳一放下面罩，我就把它关掉。医生让我来做点事倒也挺好。

"是你送的气吗，亲爱的？"凯瑟琳问。她抚摸着我的手腕。

"当然。"

"你真可爱。"她吸了气，有点麻醉了。

"我到隔壁房间吃点东西，"医生说，"你可以随时叫我。"就这样，我看着医生吃饭，过了一会儿，又看见他躺下来抽根烟。凯瑟琳越来越疲惫不堪了。

"你看我究竟能不能生下这个孩子？"她问。

"能的，当然能。"

"我在竭尽全力。我把孩子往下挤，但它溜开了。**又来了。快给我上。**"

两点钟时，我出去吃午饭。咖啡店里有几个人坐在那里喝咖啡，桌上还放着一杯杯樱桃白兰地或苹果白兰地。我在一张桌边坐下来。"有吃的吗？"我问侍者。

"过了午饭时间了。"

"没有全天供应的食品吗？"

"你可以吃泡菜。"

"就给我泡菜和啤酒吧。"

"要小杯的还是大杯黑啤酒？"

"一小杯淡的。"

侍者端来一盘泡菜，上面有一片火腿，另有一根香肠埋在酒浸过的辣白菜里。我边吃泡菜边喝啤酒。我肚子很饿。我打量着咖啡店里的人。有一桌人在玩牌。我旁边那张桌子有两个人在抽烟聊天。咖啡店里烟雾弥漫。我吃早饭的那个镀锌的吧台后面，现在有三个人：一个老头，一个穿黑衣服的胖女人，正坐在柜台后面记录着客人的酒菜点心，还有一个围着围裙的伙计。我在琢磨这女人生过多少孩子，怎么生下来的。

我吃完泡菜，就回医院去。现在街上干干净净的。各家门口的垃圾桶不见了。天阴多云，不过太阳正试图冲破云层。

我乘电梯上楼，出了电梯顺着走廊往凯瑟琳的房间走，我把白大

323

褂放在那儿了。我穿上白大褂,在脖子后边别好。再照照镜子,发现自己活像个留胡子的冒牌医生。我顺着走廊往产房走去。门关着,我敲了敲。没有人回应,我便转动门把手,走了进去。医生坐在凯瑟琳旁边。护士在屋子另一头忙活什么。

"你丈夫来了。"医生说。

"噢,亲爱的,我有个最棒的医生,"凯瑟琳用一种很怪的声音说,"他给我讲最棒的故事,等我痛得不行的时候,他就让我完全失去知觉。他棒极了。你棒极了,医生。"

"你醉了。"我说。

"这我知道,"凯瑟琳说,"但是你不该说出来。"接着又说:"**快给我,快给我**。"她抓住面罩,呼吸起来又短促又深沉,气喘吁吁,弄得面罩嗒嗒响。随即她长叹一口气,医生伸出左手,拿走了面罩。

"这次痛得好厉害,"凯瑟琳说,她的声音非常怪,"我现在不会死,亲爱的。我已经过了死的关口。你不高兴吗?"

"你可别再闯入那个关口。"

"我不会的。不过我也不怕死。我不会死的,亲爱的。"

"你不会做这种傻事的,"医生说,"你不会丢下你丈夫死去的。"

"噢,不会的。我不会死。我不想死。死太傻了。又来了。**快给我**。"

过了一会儿,医生说:"你出去一下,亨利先生,只一会儿工夫,我要检查一下。"

"他要看看我怎么样了,"凯瑟琳说,"你过一会儿回来,亲爱的,可以吗,医生?"

"可以,"医生说,"他可以回来的时候,我就叫人请他回来。"

我出了门,沿着走廊走到凯瑟琳产后要待的房间。我坐在一把椅子上,打量着这房间。我出去吃午饭时买的报纸就在上衣口袋里,便拿出来看了起来。外边天渐渐黑下来,我打开灯继续看报。过了一会儿,我放下报纸,关上灯,看着外边黑下来。不知道医生为什么没叫人来喊我。也许我不在场会好些。也许他想让我离开一会儿。我看着表。要是他在十分钟内不来喊我,我就自己去看看。

可怜巴巴的亲爱的凯特。这就是你为同床共枕付出的代价。这就是陷阱造成的结局。这就是人们彼此相爱的结果。感谢上帝,总算有麻醉剂。在没有麻醉剂之前,那会是个什么样子?一旦疼痛起来,女人就陷入了磨坊水车的动力水流中。凯瑟琳怀孕期间还挺顺利。情况不错。连呕吐都很少。直到最后,才有极不舒服的感觉。就这样,她最后还是受到了惩罚。天下绝没有什么侥幸的事。绝对没有!我们即使结上五十次婚,结果还会是一样。万一她死去可怎么办?她不会死的。如今女人分娩是不会死的。所有的丈夫都是这样想的。是的,可她万一死去怎么办?她不会死的。她只不过是难产罢了。生头胎通常是拖得很久的。她只不过是难产罢了。事后我们会说当时有多艰难,凯瑟琳会说其实并不那么艰难。可她万一死去怎么办?她不能死。是的,可她万一死去怎么办?她不能死,我告诉你吧。别犯傻了。只不过是难产罢了。只不过是自然在让她受罪。只不过是生头胎,生头胎差不多总是要拖得很久的。是的,可她万一死去怎么办?她不能死。她为什么要死呢?她有什么理由要死呢?只不过是要生个孩子,那是米兰夜里寻欢的副产品。孩子惹起麻烦,生了下来,然后你要抚养她,也许还会喜欢她。可她万一死去怎么办?她不会死的。可她万一死去怎么办?她不会死的。她没事的。可她万一死去怎么办?她不能死。可她万一死去怎么办?嗨,那可怎么办啊?万一她死去怎么办?

医生走进房来。

"情况进展如何,医生?"

"没有进展。"他说。

"你这话是什么意思?"

325

"就是这个意思。我检查过了——"他详细述说了检查结果,"检查完以后,我就等着看结果。但是没有进展。"

"你看该怎么办?"

"有两个办法。一是用高位产钳分娩,这样会撕裂皮肉,相当危险,再说对孩子可能也不利,二是剖腹产。"

"剖腹产有多大危险?"她万一死去怎么办!

"危险性不会大于普通的分娩。"

"你亲自动手术吗?"

"是的。我需要一小时把手术器械准备好,还要找几个助手。也许要不了一小时。"

"你看怎么好?"

"我建议做剖腹手术。要是换成我妻子,我会采用剖腹手术。"

"会有什么后遗症吗?"

"没有。只会留下刀疤。"

"会不会感染?"

"危险性不比用产钳来得那么大。"

"要是就这么下去不动手术呢?"

"你最终还是得想个办法。亨利夫人已经消耗了大量的体力。越早动手术就越安全。"

"那就趁早动手术吧,"我说。

"我去做些交代。"

我走进产房。护士陪着凯瑟琳,凯瑟琳躺在台子上,肚子在被单下凸得高高的,面色苍白疲惫。

"你跟他说可以手术了吗?"她问。

"是的。"

"这太好啦。这样一小时内就结束了。我快垮了,亲爱的。我不行了。**请再给我上那个**。不灵了。唉，**不灵了**！"

"深呼吸。"

"我在深呼吸。唉，再也不灵了。不灵了！"

"再拿一筒气来。"我对护士说。

"这筒就是刚换的。"

"我真是个傻瓜，亲爱的，"凯瑟琳说，"那东西再也不灵了。"她哭起来了。"噢，我多想要这个孩子，不要惹麻烦，可现在我完全垮了，完全不行了，麻醉气也不灵了。噢，亲爱的，完全不灵了。只要能止住痛，我死也不在乎。噢，亲爱的，请给我止住痛吧。**又来了。噢噢噢！**"她在面罩下呜呜咽咽地呼吸着。"不灵了。不灵了。不灵了。别在意我，亲爱的。请别哭。别在意我。我完全不行了。你这可怜的宝贝。我多么爱你，我要乖乖。这一次我要乖乖。**他们不能给我点什么？**他们要是能给我点什么就好了。"

"我会让它灵起来。我把它开到头。"

"这就给我吧。"

我把指针转到了头，她拼命作深呼吸，抓住面罩的手放松下来。我关掉麻醉气，拎起面罩。她苏醒过来，好像从遥远的地方回转过来。

"这太好了，亲爱的。噢，你待我太好了。"

"你勇敢点，因为我不能老是这么做。这会要你的命。"

"我已经不再勇敢了，亲爱的。我全垮了。我给打垮了。这我现在知道了。"

"人人都是这样的。"

"但是很可怕。就是不停地折磨你，直到把你搞垮。"

"一小时后就没事了。"

"这不是很好吗？亲爱的，我不会死吧？"

327

"不会。我管保你不会死。"

"因为我不想丢下你死去,可我给折磨得不行了,我觉得我要死了。"

"胡说。人人都有这种感觉。"

"有时我知道我要死了。"

"你不会的。你不能死。"

"可我万一死了呢?"

"我不让你死。"

"快给我。**给我**!"

随后又说:"我不会死的。我不会让自己死的。"

"你当然不会的。"

"你会陪着我吗?"

"不看你做手术。"

"不,只是待在那儿。"

"当然。我会始终守在那儿。"

"你待我真好。又来了,快给我。多给我一点。**不灵了**!"

我把指针拨到三,然后拨到四。我希望医生快回来。我害怕二以上的数字。

终于又来了一位医生和两个护士,把凯瑟琳抬上一个带轮子的担架,我们就顺着走廊走去。担架迅速地穿过走廊,进了电梯,里边的人个个都得贴紧墙,给它腾出位置;接着往上开,接着开了一扇门,出了电梯,橡胶车轮顺着走廊往手术室走去。医生戴上帽子和口罩,我没有认出他来。此外还有一个医生和几个护士。

"他们得给我一点什么,"凯瑟琳说,"他们得给我一点什么。噢,医生,请多给我一点,好起点作用!"

有一位医生把面罩罩在她脸上,我从门口望进去,看到手术室里明亮的梯形座位小看台。

"你可以从另一道门进去,坐在那上边看。"一个护士对我说。栏杆后边摆着几条长凳,坐在上面可以俯视白色的手术台和灯光。我望望凯瑟琳。她脸上罩着面罩,现在人也安静了。他们把担架往前推去。我转身走上走廊。两名护士急匆匆地朝看台入口处赶来。

"是剖腹产,"一个说,"他们要做剖腹产手术。"

另一个笑起来:"我们刚好赶上。不是很幸运吗?"两人走进通往看台的门。

又一个护士赶来。她也是急急匆匆的。

"你直接进去吧。进去吧。"她说。

"我待在外边吧。"

她匆匆进去了。我在走廊里踱来踱去。我怕进去。我望望窗外。天黑了,但是借助窗内的灯光,可以看出外边在下雨。我走进走廊尽头的一间屋子,看看一个玻璃柜里那些瓶子上的标签。然后我又走出来,站在空荡荡的走廊里,望着手术室的门。

一位医生出来了,后面跟着一个护士。他双手捧着一样什么东西,好像是刚刚剥了皮的兔子,匆匆地穿过走廊,走进另外一道门。我来到他刚走进去的那道门前,发现他们正在屋里摆弄一个新生的婴儿。医生把婴儿举起来给我看。他提着婴儿的脚后跟,轻轻拍打他。

"他挺好吧?"

"好极啦。该有五公斤重。"

我对他没有感情。他跟我似乎没有什么关系。我一点没有做父亲的感觉。

"你不为你的儿子感到骄傲吗?"护士问。他们在给他洗澡,拿东西把他裹起来。我看见那小黑脸和小黑手,但没看见他动,也没听见他哭。医生又在对他采取什么措施。他看上去有些不安。

"不,"我说,"他差一点要了他母亲的命。"

"那可不是小宝贝的错。你不是想要个男孩吗?"

"不想。"我说。医生忙着摆弄他。他倒提着他的脚,拍打他。我并不等着看结果。我出门来到走廊上。现在我可以进去看了。我进了门,从看台上往下走了几步。护士们坐在底下栏杆边,招手让我去她们那儿。我摇摇头。我那地方也看得够清楚了。

我以为凯瑟琳死了。她看样子像是死了。她的面孔,就我看得到的而言,是苍白的。在下面的灯光下,医生正在缝合那道被钳子拉开的、又大又长、边沿厚厚的伤口。另一位医生戴着口罩,在给她上麻药。两位戴口罩的护士在传递器具。这真像一幅宗教审判的图画。我看的时候,心里就想刚才本可以看到全过程的,但还是庆幸自己没有看下去。我想我是不忍心看他们动刀切割的,但是看着那切口被缝合成一道高高的痕迹,针法又迅速又熟练,好像鞋匠在上线,心里倒也挺高兴。切口缝好后,我又到外面走廊里踱来踱去。过了一会儿,医生出来了。

"她怎么样了?"

"她没事。你看了没有?"

他显得很疲惫。

"我看着你缝好的。切口看上去很长。"

"你觉得长吗?"

"是的。那疤痕会长平吗?"

"噢,会的。"

过了一会儿,他们把带轮的担架推出来,迅速推下走廊上了电梯。我在旁边跟了进去。凯瑟琳在呻吟。到了楼下,他们把她放在她病房的床上。我坐在床脚的椅子上。房里有一个护士。我起来站在床边。房间里很暗。凯瑟琳伸出手。"嗨,亲爱的。"她说。她的声音又微弱又疲惫。

"嗨,亲爱的。"

"男孩还是女孩?"

"嘘——别说话。"护士说。

"男孩。又长又宽又黑。"

"他没事吧?"

"没事,"我说,"他挺好。"

我看见护士奇怪地望着我。

"我累坏了,"凯瑟琳说,"我痛得要命。你好吧,亲爱的?"

"我很好。别说话了。"

"你待我太好了。噢,亲爱的,我疼极了。他长得怎么样?"

"像只剥了皮的兔子,一张脸皱巴巴的,像个老头。"

"你得出去了,"护士说,"亨利夫人不能说话了。"

"我到外边去。"

"去弄点吃的。"

"不。我就在外边。"我吻吻凯瑟琳。她面色苍白,非常虚弱,非常疲惫。

"我可以跟你谈谈吗?"我对护士说。她跟着我来到外边走廊里。我往走廊那边走了几步。

"孩子怎么啦?"我问。

"难道你不知道?"

"不知道。"

"他没活下来。"

"他死了吗?"

"他们没法让他呼吸。大概是脐带缠住了脖子之类的问题。"

"这么说他死了。"

"是的。真遗憾。这么漂亮、这么大的一个孩子。我还以为你知道了呢。"

"不知道，"我说，"你还是回去照看夫人吧。"

我找了把椅子坐下，椅子前面有张桌子，桌子的一边用夹子夹着护士们的报告，我望望窗外。外边一片黑暗，除了射出窗外的灯光照见的雨丝之外，什么也看不到。这就是结局。孩子死了。这也是医生显得疲惫不堪的原因。但是在那屋里，他们为什么要那样对待那孩子呢？他们以为他可能会醒过来，开始呼吸。我不信教，但我知道那孩子应该受洗礼的。不过他若是压根儿从未呼吸过呢。他是没呼吸过。他压根儿没活过。只有在凯瑟琳的肚子里才是活的。我也经常感觉到他在那里边踢打。但是有一周时间感觉不到了。也许早给闷死了。可怜的小家伙。我真希望我也这样早给闷死算了。不，我没有这样希望过。不过，那样一来，就免去了这些死的磨难。现在凯瑟琳要死了。这是你干的好事。你死啦。你不知道这是怎么回事。你还没有时间来学习。他们把你送上场，告诉你规则，一抓住你不在垒上，就把你杀死。或者像对艾莫那样，无缘无故地把你杀死。或者像对里纳尔迪那样，让你染上梅毒。但最后总要杀死你。这是绝对靠得住的。你等着吧，他们会杀死你的。

有一次去野营，我往火上添了一根木柴，这木柴上爬满了蚂蚁。木柴一烧起来，蚂蚁成群地拥出来，先往中央着火的地方爬；再掉头朝木柴尾部跑。等尾部挤不下了，就纷纷坠入火中。有几只逃出来了，身体烧得又焦又扁，东奔西突地不知该往哪儿爬。但是大多数还是往火里爬，接着又往尾部爬去，挤在那没有着火的一端，最后全都跌入火中。我记得当时曾想这就是世界的末日，也是做救世主的大好时机，只要从火中抽出木柴，扔到一个蚂蚁可以爬到地上的地方。但是我什么也没做，只把锡罐里的水泼在木柴上，以便空出杯子装威士忌，然后再往里边掺水。现在想来，那杯水泼在燃烧的木柴上，只会把蚂蚁蒸死。

我就这样坐在外边走廊里，等着听凯瑟琳的消息。护士没有出来，过了一会儿，我就走到门口，轻轻打开门，朝里面看。起初什么也看不见，因为走廊里灯很亮，而屋里却很暗。随后我看到护士坐在床边，凯瑟琳的头靠在枕头上，被单下的身体全都平平的。护士把手指竖在嘴唇上，然后起身来到门口。

"她怎么样？"我问。

"她没事，"护士说，"你该去吃晚饭了，饭后想来就再来吧。"

我沿走廊走去，然后下了楼梯，出了医院的门，顺着雨中黑暗的街道，朝咖啡店走去。咖啡店里灯火通明，一张张桌前坐着许多人。我找不到可以坐的地方，一名侍者走过来，接过了我的湿外套和帽子，给我在一张桌前找到一个位子，对面坐着一个上了年纪的男子，他一边喝啤酒，一边看晚报。我坐下来，问侍者当日的推荐菜是什么。

"炖小牛肉——但是卖完了。"

"有什么可吃的吗？"

"火腿鸡蛋，干酪鸡蛋，或者泡菜。"

"我中午吃过泡菜了。"我说。

"的确，"他说，"的确是。你今天中午吃了泡菜。"他是个中年人，头顶秃了，就拿旁边的头发遮在上面。他有一张和善的脸。

"你想吃什么？火腿鸡蛋还是干酪鸡蛋？"

"火腿鸡蛋，"我说，"还有啤酒。"

"一小杯淡的？"

"是的。"我说。

333

"我想起来了，"他说，"你今天中午喝了一小杯淡的。"

我吃着火腿鸡蛋，喝着啤酒。火腿鸡蛋盛在圆盘子里——火腿在下面，鸡蛋在上头。菜很烫，我吃下第一口，赶紧喝点啤酒凉凉嘴。我肚子很饿，跟侍者又要了一份。我喝了好几杯啤酒。我脑子里什么都不想，只是看对面客人的报纸。报上报道了英军阵地被突破的消息。那人意识到我在看他那份报纸的反面，就把报纸折了起来。我想叫侍者去拿份报纸，可是又难以集中精力。咖啡店里很热，空气很糟糕。桌边的客人大多彼此认识。有几桌在打纸牌。侍者忙着从酒吧往饭桌上端酒。又进来两个客人，找不到位子坐。他们就站在我那张桌子的对面。我又要了一杯啤酒。我还不想走。现在回医院太早。我尽量什么都不想，尽量保持镇静。那两人站了一会儿，见没有人要走，只好离开了。我又喝了一杯啤酒。我面前的桌上已经堆积了不少碟子。我对面那人摘下眼镜，放进眼镜盒里，再把报纸折叠好，放进口袋，然后就端着酒杯坐在那儿，望着店里。突然间我知道我得回去了。我叫来侍者付了账，穿上外衣，戴上帽子，就往门外走。我在雨中赶回了医院。

到了楼上，我碰见护士沿走廊走来。

"我刚才往旅馆打电话找你。"她说。我心里好像有什么东西往下一沉。

"出什么事啦？"

"亨利夫人大出血了。"

"我能进去吗？"

"不，还不能。医生在里边。"

"危险吗？"

"非常危险。"护士走进房去，关上了门。我坐在外边走廊里。心里万念俱灰。我没有思索。我无法思索。我知道她就要死了，我祈祷她不要死。别让她死。噢，上帝，请别让她死。你要是别让她死，叫我怎么样都行。求求你，求求你，求求你，亲爱的上帝，别让她死啊。亲爱的上帝，别让她死啊。求求你，求求你，求求你别让她死。上帝啊，请你让她别死。你要是别让她死，叫我怎么样都行。你拿走了孩子，但是别让她死。拿走孩子没关系，但是别让她死。求求你，求求你，亲爱的上帝，别让她死。

护士开开门，用手指示意叫我进去。我跟着她走进房里。我进去时，凯瑟琳没有抬头看。我走到床边。医生站在床的另一边。凯瑟琳望着我笑了笑。我俯伏在床上哭起来了。

"可怜的宝贝。"凯瑟琳声音非常轻微地说。她面色苍白。

"你没事的，凯特，"我说，"你会没事的。"

"我要死了，"她说，然后停了停，又说，"我憎恨死。"

我抓住她的手。

"别碰我。"她说。我放开她的手。她笑了笑。"可怜的宝贝。你想碰我就尽管碰吧。"

"你会没事的，凯特。我知道你会没事的。"

"我本想写一封信留给你，以防不测，但是没有写。"

"你想让我请个牧师什么人来看看你吗？"

"只要你。"她说。过了一会儿，她说："我不怕。我只是憎恨死。"

"你不能多讲话。"医生说。

"好吧。"凯瑟琳说。

"你有什么事要我做吗，凯特？有什么要我给你拿来吗？"

凯瑟琳笑笑："没有。"过了一会儿，又说："你不会和别的姑娘做我们做过的事，或者说同样的话吧？"

"绝不会。"

"不过我还是想要你结交女友的。"

"我不想要女友。"

"你讲得太多了，"医生说，"亨利先生应该出去了。他可以晚些时候再来。你不会死的，你不能犯傻。"

"好的，"凯瑟琳说，"我会夜夜来陪你的。"她说。她讲起话来非常吃力。

"请出去吧，"医生说，"你不能讲话。"凯瑟琳向我眨眨眼，她脸色苍白。"我就在外边。"我说。

"别担心，亲爱的，"凯瑟琳说，"我一点都不害怕。这不过是个卑鄙的骗局。"

"你这亲爱的、勇敢的宝贝。"

我在外边走廊里等待。我等了好长时间。护士走到门口，来到我跟前。"恐怕亨利夫人病情很严重，"她说，"我怕她不行了。"

"她死了吗？"

"没有，不过她神志不清了。"

看来她是一阵又一阵地出血。他们无法止住。我走进房去陪着凯瑟琳，直到她死去。她始终昏迷不醒，没过多久就死了。

在房外走廊里，我对医生说："今晚有什么事我能做吗？"

"没有。没什么可做的。我能送你回旅馆吗？"

"不用，谢谢你。我要在这儿待一会儿。"

"我知道没什么话可说。我无法跟你说——"

"不用，"我说，"没什么可说的。"

"晚安，"他说，"我不能送你回旅馆吗？"

"不用，谢谢你。"

"这是唯一的办法，"他说，"手术证明——"

"我不想谈这件事。"我说。

"我想送你回旅馆。"

"不用,谢谢你。"

他顺着走廊走去。我走到病房门口。

"你现在不能进来。"一个护士说。

"不,我能进。"我说。

"你还不能进来。"

"你给我出去,"我说,"那位也出去。"

但是,我就是把她们都赶出去,关了门,熄了灯,也丝毫没用。那就像跟石像告别。过了一会儿,我走出去,离开了医院,在雨中走回旅馆。